MINHA VIDA COM OS GAROTOS WALTER

ALI NOVAK

Minha vida COM OS GAROTOS WALTER

Tradução
KAROLINE MELO

TÍTULO ORIGINAL *My Life with the Walter Boys*
© 2014, 2019 by Ali Novak
Originalmente publicado por Sourcebooks, Estados Unidos.
Todos os direitos reservados.
© 2023 VR Editora S.A.

Plataforma21 é o selo jovem da VR Editora

DIREÇÃO EDITORIAL Marco Garcia
EDIÇÃO Thaíse Costa Macêdo
ASSISTÊNCIA EDITORIAL Andréia Fernandes
PREPARAÇÃO Lielson Zeni
REVISÃO Balão Editorial
DIAGRAMAÇÃO Balão Editorial e Pamella Destefi
DESIGN DE CAPA Brittany Vibbert / Sourcebooks
ADAPTAÇÃO DE CAPA Natália Tudrey
IMAGENS DE CAPA © CACTUS Creative Studio/Stocksy, anna42f/
Shutterstock, Chipmunk131/Shutterstock, DhaNDmarketing/Shutterstock,
Tatiana Liubimova/Shutterstock

Dados Internacionais de Catalogação na Publicação (CIP)
(Câmara Brasileira do Livro, SP, Brasil)

Novak, Ali
Minha vida com os garotos Walter / Ali Novak; tradução
Karoline Melo. – Cotia, SP: Plataforma21, 2023.
Título original: My Life with the Walter Boys.
ISBN 978-65-88343-53-1

1. Romance norte-americano I. Título.

23-147963   CDD-813

Índices para catálogo sistemático:
1. Romances : Literatura norte-americana 813
Tábata Alves da Silva - Bibliotecária - CRB-8/9253

Todos os direitos desta edição reservados à
VR EDITORA S.A.
Via das Magnólias, 327 – Sala 01 | Jardim Colibri
CEP 06713-270 | Cotia | SP
Tel.| Fax: (+55 11) 4702-9148
plataforma21.com.br | plataforma21@vreditoras.com.br

em memória de meu pai,

cuja força inacreditável ainda me inspira.
Pai, em nosso último Natal juntos, prometi que
nunca desistiria do meu sonho. Aqui está ele.

prólogo

NUNCA SENTI PENA DE Romeu e Julieta.

Não me leve a mal. A peça é um clássico, e Shakespeare era sem dúvida um gênio da literatura, mas não entendo como duas pessoas que mal se conheciam puderam desistir de suas vidas num piscar de olhos. Foi por amor, dizem; amor verdadeiro e eterno. Mas, para mim, isso é besteira. É preciso mais do que alguns dias e um casamento forçado para valer a pena morrer por amor.

Concordo que Romeu e Julieta estavam *apaixonados*. Mas a paixão deles era tão intensa, tão destrutiva, que os matou. Quer dizer, a peça inteira é conduzida por suas decisões impulsivas. Não acredita em mim? Veja a Julieta, por exemplo. Que garota teria, logo de cara, a brilhante ideia de se casar com o filho do inimigo mortal do pai, depois de pegar o garoto espiando pela janela do quarto? Eu é que não, definitivamente. E é por isso que não tenho pena deles. Não houve preparação – aliás, a menor reflexão que seja. Só *se casaram*, independente das consequências. Bom, sem planejamento, as coisas tendem a se complicar.

E depois do que aconteceu há três meses, quando minha vida saiu completamente do eixo, um relacionamento amoroso complicado era a última coisa de que eu precisava.

um

EU NÃO TENHO UMA calça jeans sequer. É estranho, eu sei, pois que garota de 16 anos não tem pelo menos um jeans, com um rasgo no joelho esquerdo ou um coração rabiscado na coxa com caneta permanente?

Não que eu não gostasse da aparência da calça, e não tinha nada a ver com minha mãe ter sido estilista, principalmente se considerarmos que ela usava jeans em suas coleções o tempo todo. Mas eu acreditava firmemente na frase "vestida para impressionar", e hoje eu precisaria causar boa impressão.

– Jackie? – Ouvi Katherine chamar de algum lugar no apartamento.

– O táxi chegou.

– Só um minuto! – Peguei um bilhete na mesa. – Notebook, carregador, mouse – murmurei, lendo o resto da lista. Abri a mochila e procurei minhas coisas para ver se estavam lá. – Certo, certo, certo – sussurrei quando os dedos tocaram os três itens. Com uma caneta vermelha, marquei um X ao lado de cada um deles na lista.

Alguém bateu na porta do quarto.

– Está pronta, querida? – perguntou Katherine, enfiando a cabeça para dentro.

Ela era alta, quarenta e tantos anos, de cabelo dourado em um corte *mom bob* e estava começando a ficar grisalha.

– Acho que sim – respondi, mas minha voz falhou, revelando o contrário.

Meu olhar caiu para os meus pés, porque não queria ver a expressão em seus olhos: o olhar solidário que eu via no rosto de todo mundo desde o velório.

– Vou te dar um tempinho. – Ouvi ela dizer.

Quando a porta se fechou, alisei a saia, me olhando no espelho. Meus longos cabelos escuros encaracolados estavam alisados e amarrados para trás com uma fita azul, como sempre, nem um único fio fora do lugar. O colarinho da blusa estava torto, e eu o ajeitei até que meu reflexo ficasse perfeito. Apertei os lábios, aborrecida com os círculos roxos debaixo dos olhos, mas não havia nada que eu pudesse fazer para dar conta do que a falta de sono estava causando.

Com um suspiro, dei uma última olhada no meu quarto. Embora minha lista estivesse toda riscada, não sabia quando voltaria e não queria esquecer nada importante. O espaço estava estranhamente vazio, já que a maioria das minhas coisas estava em um caminhão de mudança com destino ao Colorado. Levei uma semana para encaixotar tudo, mas Katherine me ajudou nessa enorme tarefa.

A maior parte das caixas estava cheia de roupas, mas havia também minha coleção de peças de Shakespeare e as xícaras de chá que minha irmã, Lucy, e eu tínhamos colecionado de todos os países que já havíamos visitado. Enquanto olhava ao redor, sabia que estava enrolando; com minhas habilidades para organização, não tinha como ter esquecido nada. O verdadeiro problema era que eu não queria sair de Nova York – não mesmo.

Mas eu não tinha escolha. Então, com relutância, peguei minha bagagem de mão. Katherine esperava por mim no corredor, uma pequena mala aos seus pés.

– Pegou tudo? – perguntou ela, e assenti. – Certo, vamos indo, então.

Ela abriu caminho pela sala de estar e foi em direção à porta da frente, e eu a segui devagar, correndo as mãos pelos móveis em uma tentativa de memorizar cada mínimo detalhe da minha casa. Foi difícil (o que era estranho se pensarmos que morei aqui a vida inteira). Os lençóis brancos jogados sobre os móveis para protegê-los da poeira eram como paredes sólidas que mantinham minhas lembranças afastadas.

Saímos do apartamento em silêncio, e Katherine parou para trancar a porta.

– Quer ficar com a chave? – perguntou.

Minhas próprias chaves estavam na mala, mas estendi a mão e peguei o pequeno item de metal prateado que ela segurava. Abrindo o medalhão da minha mãe, deixei a chave deslizar pela delicada corrente para que pudesse descansar em meu peito, bem ao lado do meu coração.

Nos sentamos no avião em silêncio. Eu me esforçava para esquecer que estava cada vez mais longe de casa, e me recusei a chorar. No primeiro mês após o acidente, não saí da cama. Até que chegou o dia em que milagrosamente saí de debaixo do edredom e me vesti. Desde então, prometi a mim mesma que seria forte e manteria a compostura. Não queria voltar a ser a pessoa fraca e vazia que eu tinha me tornado, e isso não mudaria agora. Então concentrei minha atenção em Katherine enquanto ela apertava e soltava o apoio de braço, os dedos ficando brancos a cada vez.

Eu só sabia algumas coisas a respeito da mulher sentada ao meu lado. A primeira era que Katherine era amiga de infância da minha mãe. Elas cresceram juntas em Nova York e estudaram no Internato Hawks, a mesma escola em que minha irmã e eu estávamos matriculadas. Naquela época, ela era conhecida como Katherine Green, o que nos leva à segunda coisa que sei a seu respeito. Na faculdade, ela conheceu George Walter. Os dois se casaram e se mudaram para o Colorado a fim de ter uma fazenda com cavalos, o sonho da vida de George. Por fim, a terceira informação que eu tinha sobre Katherine era também a mais relevante: ela era minha nova guardiã legal. Ao que parecia, nos conhecemos quando eu era pequena, mas fazia tanto tempo que eu nem me lembrava. Agora, Katherine Walter era uma completa estranha para mim.

– Medo de voar? – perguntei quando ela soltou um suspiro profundo. Francamente, a mulher estava com cara de que iria passar mal.

– Não, mas, sendo sincera, estou um pouco nervosa por... bem, por levar você pra casa – confessou.

Meus ombros tensionaram. Ela estava com medo de que eu fosse direto para o fundo do poço? Podia garantir a ela que isso não aconteceria, não se eu quisesse passar em Princeton. O tio Richard devia ter dito algo para ela, algo sobre eu não estar legal, muito embora eu estivesse perfeitamente bem. Os olhos de Katherine alcançaram os meus ela logo acrescentou:

– Ah, não por sua causa, querida. Eu sei que você é legal.

– Então, por quê?

O sorriso de Katherine era simpático.

– Jackie, querida, eu já contei que tenho doze filhos?

Não, pensei, boquiaberta. Isso com certeza não fora mencionado. Quando tio Richard decidiu que eu me mudaria para o Colorado, ele disse algo sobre Katherine ter filhos... mas doze?! Ele convenientemente esqueceu esse pequeno detalhe. Uma dúzia de filhos. A casa de Katherine devia ficar num estado permanente de caos. Por que alguém iria *querer* ter doze filhos, para começo de conversa? Dava para sentir as pequenas asas do pânico batendo em meu peito. *Para com essa reação exagerada*, falei para mim mesma. Depois de inspirar fundo pelo nariz e expirar pela boca algumas vezes, peguei caderno e caneta. Precisava descobrir o máximo que pudesse sobre a família com quem iria morar, assim estaria preparada. Ali sentada, pedi para Katherine me contar sobre seus filhos, e ela concordou com entusiasmo.

– O mais velho é o Will – ela começou a dizer, e eu, a escrever.

Os Irmãos Walter:

Will tem vinte e um anos. Cursa o último semestre da faculdade e está noivo da garota com quem namora desde o Ensino Médio.

Cole tem dezessete. Está no último ano do Ensino Médio e é um mecânico de automóveis talentoso.

Danny tem dezessete. Ele também está no último ano do Ensino Médio e é presidente do clube de teatro. É irmão gêmeo de Cole. Não são idênticos.

Isaac tem dezesseis. Está no penúltimo ano do Ensino Médio e é louco por garotas. Ele é sobrinho da Katherine.

Alex também tem dezesseis. Está no segundo ano do Ensino Médio e joga muito videogame.

Lee tem quinze. Outro que está no segundo ano do Ensino Médio e anda de skate. Também é sobrinho da Katherine.

Nathan tem catorze. Está no primeiro ano do Ensino Médio e é músico.

Jack e Jordan têm doze anos. Estão no sétimo ano do Ensino Fundamental e são gêmeos. Eles acham que serão o próximo Steven Spielberg e sempre andam com uma filmadora.
Parker tem nove. Está no quarto ano. Ele parece inocente, mas ama partir pra cima quando joga futebol americano.
Zack e Benny têm cinco anos e ainda estão no jardim de infância. São gêmeos e monstrinhos de boca suja.

Olhei para o que escrevi e senti algo no estômago. Era piada, né? O caso não era só que Katherine tinha doze filhos; mas eram todos *garotos*! Eu não sabia nada, absolutamente nada, sobre a espécie masculina. Frequentei uma escola só para garotas. Como sobreviveria em uma casa cheia de garotos? Eles não falavam uma língua própria ou algo assim?

Tão logo o avião pousasse, tio Richard ia ouvir um monte. Conhecendo-o, ele provavelmente estaria em alguma reunião importante do conselho e não conseguiria me atender. Só que aquilo era demais! Ele não apenas estava me entregando a uma mulher que eu não conhecia como também me largando com um bando de meninos. Disse que era o melhor para mim, principalmente porque ele nunca estava em casa, mas, nos últimos três meses, tive a impressão de que ele não se sentia bem sendo meu responsável.

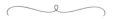

Richard não era meu tio de verdade, mas eu o conhecia desde pequena. Ele foi colega de quarto do meu pai na faculdade e, depois de se formarem, se tornaram sócios. Todo ano, no meu aniversário, ele me trazia um pacote cheio dos meus doces favoritos e um vale-presente de cinquenta dólares.

Em janeiro, Richard se tornou meu guardião legal e, para tornar a situação mais suportável para mim, acabou se mudando para a cobertura no Upper East Side onde minha família morava. No começo, era estranho ter ele em casa, mas Richard ficava no quarto de hóspedes, e logo estabelecemos uma rotina confortável. Geralmente, eu só o via no café da manhã, já que ele sempre trabalhava até tarde da noite, mas na última semana tudo havia mudado. Quando cheguei da escola, a mesa de jantar estava posta com o que devia ser a melhor tentativa dele de cozinhar. Depois, ele me disse que eu ia me mudar para o Colorado.

– Não sei por que você está fazendo eu me mudar – falei depois de dez minutos de discussão.

– Já expliquei, Jackie – respondeu ele, uma expressão de dor no rosto, como se a decisão estivesse fazendo *ele*, e não eu, sair da única casa em que tinha morado. – Sua terapeuta escolar tá preocupada. Ela ligou hoje porque não acha que você esteja lidando bem.

– Em primeiro lugar, eu nunca quis me consultar com aquela terapeuta idiota – argumentei, batendo o garfo na mesa. – E, em segundo, como ela pode sequer insinuar que não estou lidando bem? Minhas notas estão excelentes, se não melhores do que no primeiro semestre.

– Você tá indo bem na escola, Jackie – disse ele. Dava para ouvir o *mas* chegando. – No entanto, ela acha que esse nível de dedicação é justamente uma forma de fugir dos problemas.

– Meu único problema é que ela não faz ideia de quem eu sou! Qual é, tio Richard? Você me conhece. Sempre fui estudiosa e esforçada. Ser Howard é isso.

– Jackie, você entrou em três novos clubes desde o começo do semestre. Não acha que é um pouco exagerado?

– Você sabia que a Sarah Yolden recebeu uma bolsa de estudos para o verão e pesquisou uma espécie de planta ameaçada de extinção no Brasil? – perguntei em vez de responder.

– Não, mas...

– E conseguiu publicar as descobertas em uma revista científica. Ela também é o primeiro violino e conseguiu se apresentar no Carnegie Hall. Como é que eu vou competir com isso? Somente notas boas não bastam para entrar em Princeton – disse a ele em tom frio. – Minha inscrição precisa ser impressionante. Estou batalhando por isso.

– Entendo, mas também acho que uma mudança de ambiente pode ser benéfica para você. Os Walter são pessoas maravilhosas e vão adorar te receber.

– Uma mudança de ambiente é relaxar na praia por uma semana! – exclamei, me levantando da cadeira em disparada. Inclinada por cima da mesa, lancei um olhar para o tio Richard. – Isso é cruel. Você tá me mandando para o outro lado do país.

Ele soltou um suspiro.

– Sei que não entende agora, Jackie, mas prometo que vai ser uma coisa boa. Você vai ver.

Até agora, ainda não entendi. Quanto mais perto chegávamos do Colorado, mais nervosa eu ficava e, independente de quantas vezes tivesse dito para mim mesma que ficaria tudo bem, não acreditava. Mordi o lábio até ficar em carne viva, preocupada com o quanto seria difícil eu me encaixar na vida dos Walter.

Quando o avião pousou, Katherine e eu atravessamos o aeroporto para encontrar o marido dela.

– Bom, contei pras crianças na semana passada que você estava se mudando pra cá, então já sabem que está chegando – tagarelava ela enquanto abríamos caminho pela multidão. – Tem um quarto só pra você, mas ainda não consegui arrumar... Ah, George! George, aqui!

Katherine pulou algumas vezes, acenando para um homem alto em seus cinquenta e poucos anos. Dava para perceber que o sr. Walter era alguns anos mais velho que a esposa, porque a maior parte de seu cabelo e barba estavam completamente grisalhos, e linhas de expressão começavam a marcar a testa. Ele vestia camisa de flanela vermelha e preta com calça jeans, botinas e chapéu de caubói.

Quando o alcançamos, George puxou Katherine para um abraço e acariciou seus cabelos. Isso lembrou meus pais... Me encolhi e virei para outro lado.

– Fiquei com saudade – disse ele para Katherine.

Ela deu um beijinho em sua bochecha.

– Também fiquei com saudade – afastando-se, Katherine se virou para mim. – George, meu bem – disse, segurando a mão dele. – Essa é Jackie Howard. Jackie, esse é o meu marido.

George parecia desconfortável ao me avaliar. Afinal, como é mesmo que se fala com alguém que acabou de perder a família toda? Muito prazer? Estamos felizes por você estar aqui? Em vez disso, George estendeu a mão livre para eu apertar e murmurou um rápido "olá".

Em seguida, virou-se para Katherine.

– Vamos pegar as bagagens e ir pra casa.

Quando minhas malas já estavam na carroceria da caminhonete, sentei no banco de trás e tirei o celular da jaqueta. George e Katherine estavam conversando baixinho sobre o voo, então coloquei os fones de ouvido, para não ouvir mais da conversa deles. À medida que nos afastávamos da cidade em direção ao interior, eu ficava mais chateada. Estávamos cercados por planícies que se estendiam por quilômetros, e sem os prédios grandes e vaidosos de Nova York, eu me sentia exposta. O Colorado era lindo, mas como eu moraria aqui?

Finalmente, depois do que pareceram horas, a caminhonete parou em uma estrada de cascalho. Ao longe, dava para ver – com alguma dificuldade – uma casa no topo de uma colina. Será que toda essa terra era mesmo deles? Quando chegamos ao topo, percebi que não era uma casa só; pareciam três casas juntas. Acho que é necessário muito espaço para criar doze garotos.

A grama precisava desesperadamente ser cortada, e seria uma boa pintar a varanda de madeira da entrada. O jardim estava repleto de brinquedos, provavelmente obra dos meninos mais novos. George apertou o controle remoto que estava preso no quebra-sol do carro, e a porta da garagem começou a se abrir. Uma bicicleta caiu, seguida por mais alguns brinquedos, que bloquearam a passagem da caminhonete para a vaga.

– Quantas vezes preciso dizer pra eles arrumarem tudo depois de brincar? – George resmungou para si mesmo.

– Relaxa, meu bem. Eu resolvo – disse Katherine enquanto tirava o cinto de segurança e deslizava para fora do carro.

Observei a mulher tirar a bagunça para o marido poder estacionar. Quando o carro enfim parou, George girou a chave para desligá-lo, e ficamos sentados em um silêncio vago. Depois, ele se virou do banco da frente para me encarar.

– Está pronta, Jackie? – perguntou. Olhou para mim e franziu a testa. – Você está meio pálida.

Claro que estava pálida! Tinha acabado de atravessar o país de avião com uma mulher que eu não conhecia porque minha família se foi. Além disso, ia ter que morar com os doze filhos deles, todos garotos! Não era exatamente um dos melhores dias da minha vida.

– Estou bem – murmurei minha resposta automática. – Só um pouco nervosa, acho.

– Bom, o melhor conselho que posso dar sobre meus filhos – começou ele, desafivelando o cinto de segurança – é que o latido é pior do que a mordida. Não deixe que assustem você.

De que forma isso seria reconfortante? George estava me observando, então assenti.

– Hum, obrigada.

Ele me deu um pequeno aceno de cabeça e saiu do carro, me deixando sozinha para me recompor. Enquanto olhava pelo para-brisa, imagens rápidas começaram a piscar diante de meus olhos como páginas de um folioscópio: meus pais no banco da frente do nosso carro, provocando um ao outro; minha irmã no banco de trás, cantando com o rádio; o lampejo de outro carro, a roda girando fora de controle. Então, metal vermelho retorcido. Era o pesadelo que me mantinha acordada desde que minha família morreu. Agora, aparentemente, estava aqui para me assombrar durante o dia também.

Para!, gritei para mim mesma e fechei os olhos bem apertado. *Só para de pensar nisso.* Com os dentes cerrados, abri a porta e pulei para fora do carro.

– Jackie! – chamou Katherine.

Sua voz flutuou por uma porta aberta na parte de trás da garagem, o que levava ao que devia ter sido um quintal. Colocando minha bagagem de mão no ombro, saí para a luz do sol. No começo, a única coisa que vi foi ela parada no deque da piscina, acenando para mim ao passo que o sol brilhava em meus olhos. Mas depois eu os vi na água. Estavam mergulhando e brincando – um bando de caras lindos sem camisa.

– Vem cá, querida! – disse Katherine, então não tive outra escolha além de me juntar a ela no deque.

Subi os degraus de madeira, torcendo para que minhas roupas não estivessem amarrotadas por causa do voo, e inconscientemente ergui a mão para alisar o cabelo. Katherine estava sorrindo para mim com dois garotinhos ao seu lado, agarrados a suas calças. Deviam ser os gêmeos mais novos, concluí antes de me virar para encarar o restante do grupo. Para meu desconforto, todos me encaravam de volta. Katherine começou a falar, quebrando o silêncio:

– Meninos, essa é a Jackie Howard, a amiga da família de que seu pai falou. Ela vai passar um tempo com a gente, e, enquanto estiver aqui, quero que façam o possível pra ela se sentir em casa.

Isso parecia o oposto do que todos queriam. Todos os garotos estavam me encarando como se fosse uma estrangeira invadindo o país deles.

A melhor coisa a se fazer é manter a paz. Devagar, levantei a mão e acenei.

– Oi, gente. Meu nome é Jackie.

Um dos meninos mais velhos nadou para a frente e saiu da piscina, os músculos dos braços bronzeados salientes com o movimento. Um jato de água voou para todas as direções quando ele balançou a cabeça para tirar a franja bagunçada de cima dos olhos, como um cachorro molhado faria, só que mais sexy. Então, para terminar, passou os dedos pelo cabelo loiro-claro, jogando-o para trás em mechas douradas. A bermuda de banho vermelha do garoto pendia perigosamente para baixo, flertando entre inapropriado e o suficiente para a imaginação.

Dei uma olhada nele e meu coração acelerou, mas rapidamente afastei a agitação. *Se liga, Jackie!*

O olhar dele piscou em mim de maneira casual, e as gotas de água grudadas nos cílios brilharam à luz do sol. Ele se virou para o pai.

– Onde ela vai ficar? – questionou como se eu não estivesse ali.

– Cole, não seja mal-educado. A Jackie é a nossa convidada – George repreendeu o filho.

Cole deu de ombros.

– Que foi? Isso daqui não é hotel. Eu, por exemplo, não vou dividir meu quarto.

– Também não quero dividir – reclamou outro garoto.

– Nem eu – acrescentou mais alguém.

Antes que um coro de reclamações ecoasse, George ergueu as mãos.

– Ninguém vai dividir ou sair do quarto. A Jackie vai ter um quarto totalmente novo.

– Um quarto novo? – perguntou Cole, os braços cruzados sobre o peitoral descoberto. – E onde vai ser?

Katherine lançou-lhe um olhar.

– No estúdio.

– Mas, tia Kathy! – um dos outros garotos começou a dizer.

– Você colocou uma cama lá quando eu estava fora, né, George? – perguntou ela, interrompendo um dos sobrinhos.

– É claro. Não tirei todos os materiais, mas vai servir por enquanto – disse ele para a esposa. Em seguida, virou-se para Cole e lançou-lhe um olhar que dizia "para com isso". – Você pode ajudar a Jackie a levar as coisas – acrescentou. – Sem reclamar.

Cole se virou para mim com um olhar enervante. Minha pele ardia como uma queimadura forte de sol onde seus olhos passavam por meu corpo e, quando se demoraram na altura dos seios, cruzei os braços em desconforto.

Após alguns segundos tensos, ele deu de ombros.

– De boa, pai.

Cole inclinou a cabeça e me mostrou um sorriso que dizia "eu sei que sou gostoso". Mesmo com meu conhecimento limitado em relação a garotos, um embrulho no estômago me disse que esse cara em particular seria um problema. Talvez se aprendesse a lidar com ele, não seria tão difícil com os outros. Arrisquei um olhar rápido para os outros meninos, e meus ombros murcharam. A carranca estampada na maioria dos rostos não era bom sinal. Eles pareciam me querer por perto tanto quanto eu queria estar aqui.

Katherine e George desapareceram casa adentro, me deixando com os lobos. Esperei desajeitadamente no deque Cole me ajudar com as bagagens. Ele ia em seu próprio tempo, se secando devagar com a toalha largada sobre uma das muitas espreguiçadeiras. Dava para sentir todo mundo me observando, então mantive os olhos focados em uma das manchas do deque de madeira. Quanto mais Cole demorava, mais intimidante os olhares ficavam, então decidi esperar por ele na garagem.

– Ei, espera! – chamou alguém quando me virei para sair.

A porta de tela se abriu, e outro garoto saiu da casa. Era o mais alto de todos e, provavelmente, o mais velho também. Seu cabelo dourado estava penteado para trás em um rabo de cavalo curto, e os poucos fios que não estavam presos foram enfiados atrás das orelhas. O maxilar marcado, o queixo largo e o nariz longo e reto tornavam os óculos que ele usava pequenos em comparação ao resto de seu rosto. Os antebraços eram torneados, e as mãos pareciam ásperas, provavelmente por anos de trabalho na fazenda.

– Minha mãe disse que eu devia me apresentar. – Ele cruzou o deque em três passos largos e estendeu a mão para eu apertar. – Oi, sou o Will.

– Jackie – respondi e deslizei minha mão na dele.

Will sorriu para mim, e seu aperto forte esmagou meus dedos, assim como o de seu pai.

– Então você vai ficar aqui por um tempo? Acabei de saber – disse ele, apontando um dedo por cima do ombro, gesticulando para a casa.

– É, parece que sim.

– Legal. Na verdade, como estou na faculdade, não moro mais aqui, então provavelmente não vamos nos ver muito. Mas, se precisar de qualquer coisa, pode me falar, tá?

A essa altura, todos os garotos haviam saído da piscina para se secar, e alguém bufou com o comentário de Will.

Fiz o possível para ignorar.

– Pode deixar que vou me lembrar disso – respondi.

Will, por outro lado, não fez o mesmo.

– Estamos todos nos comportando bem? – perguntou ele, virando-se em direção à família. Quando ninguém respondeu, balançou a cabeça. – Vocês pelo menos já se apresentaram, seus idiotas? – exigiu ele.

– Ela sabe quem eu sou – disse Cole.

Ele estava esparramado em uma das espreguiçadeiras de plástico, as mãos apoiando a cabeça casualmente. Os olhos estavam fechados enquanto tomava sol, e um sorriso presunçoso brincava em seus lábios.

– Pode ignorar. Ele é um pé no saco – disse Will. – Esse aqui é o Danny, o gêmeo do pé no saco.

Embora não houvesse dúvidas de que eram irmãos, Cole e Danny estavam longe de ser idênticos. Danny se parecia muito com Will, principalmente na altura, mas era muito mais magro, e seu queixo estava coberto pela barba. Ele parecia mais bruto que Cole, fazia menos o estilo bonitinho.

– Esse é o Isaac, meu primo – continuou Will, apontando para um menino que se destacava pelo cabelo preto bem escuro.

Ele possuía as mesmas características faciais que os outros, mas era óbvio que tinha pais diferentes.

– Esse é o Alex.

Uma versão mais jovem de Cole com bronzeado forte de fazendeiro abriu caminho para perto do grupo. Depois de sair da piscina, ele colocou um boné de beisebol, e seu cabelo loiro ficou curvado nas pontas. Dei-lhe um aceno de cabeça nervoso, e ele retribuiu.

– Lee, também meu primo, é o irmão mais novo do Isaac.

Will gesticulou para outro garoto com cabelo preto ondulado que precisava desesperadamente de um corte. Seu rosto estava inexpressivo, mas os olhos escuros brilharam de raiva quando eu os encontrei, então desviei o olhar depressa.

Em seguida, Will me apresentou a Nathan. Era um adolescente esquelético, mas dava para dizer que, quando crescesse, seria tão atraente quanto seus irmãos mais velhos. O cabelo loiro arenoso parecia castanho porque estava molhado, e ele trazia uma palheta de guitarra pendurada no pescoço em uma corrente de prata. Depois, havia Jack e Jordan – o primeiro par de gêmeos idênticos. Os dois estavam vestindo a mesma bermuda de banho verde, o que tornava impossível distinguir um do outro, se não fosse pelo fato de Jack usar óculos.

Quando Will me apresentou à Parker, percebi que não estava sozinha. *Ela* deu um passo à frente, e entendi por que não tinha percebido que havia outra garota. Parker vestia camiseta laranja e bermuda, ambas pesadas com água e grudadas na pele. O cabelo dela estava cortado em um *short bob*, quase tão curto quanto o cabelo de alguns de seus irmãos. Lembrei-me da lista que fiz no avião e de que Parker mandava bem no futebol americano. Talvez tenha sido por isso que presumi que era um garoto.

– Oi, Parker – cumprimentei, abrindo um grande sorriso de boca fechada para ela. Era bom saber que havia outra garota na casa.

– Oi, *Jackie* – Parker disse meu nome como se fosse algo engraçado, e o sorriso sumiu do meu rosto.

Ela se inclinou e sussurrou alguma coisa para os dois que eu ainda não conhecia: os gêmeos mais novos. Um sorriso perverso surgiu no rosto deles.

– E, finalmente, esses são...

Porém, antes que Will pudesse terminar de apresentar todo mundo, a dupla saiu da fileira de Walters e me atacou como se eu fosse uma jogadora de futebol. Pensei que seria capaz de manter o equilíbrio, mas meus joelhos cederam e caí para trás, direto na piscina. Nadei de volta à superfície, engasgada e com dificuldade para respirar. Dava para ouvir a maioria dos caras rindo.

– Te peguei! – gritou um dos gêmeos na borda da piscina. Ele era um garotinho fofo que ainda não tinha perdido a gordurinha de bebê. Sardas cobriam seu rosto, e o cabelo loiro encaracolado apontava para todas as direções. – Sou o Zack, e esse é meu gêmeo, Benny!

Quando ele apontou para perto de mim, virei o rosto para encontrar uma réplica exata do garoto sorridente emergindo na superfície da água.

– Zack, Benny! Olha só o que vocês fizeram! – reclamou Will. – Alguém pega uma toalha pra Jackie!

Ele estendeu a mão para me ajudar a sair, e logo eu estava pingando na borda da piscina. Ainda era cedo demais na primavera para nadar. Como os Walter não estavam congelando? Alguém me entregou uma toalha vermelha dos *Power Rangers*, e eu rapidamente me enrolei nela para cobrir a minha blusa branca, agora quase transparente.

– Que mancada, me desculpa – disse Will antes de lançar um olhar para os gêmeos mais novos.

– A única mancada foi terem pegado a toalha – disse alguém.

Virei-me para ver quem tinha falado, mas todos estavam juntos, em silêncio, tentando manter o sorriso longe dos rostos. Respirando fundo, me voltei para Will.

– Está tudo b-bem – gaguejei com meus dentes batendo –, mas quero colocar uma roupa seca.

– Posso ajudar com isso – brincou outra voz.

Dessa vez, os garotos não conseguiram segurar o riso.

– Isaac! – irrompeu Will. Ele olhou por cima do meu ombro para o primo até os garotos se aquietarem. Em seguida, virou-se para mim. – As malas estão no carro? – perguntou. Tremendo com o ar frio da primavera, só consegui assentir. – Tá, vou começar a descarregar, e alguém pode mostrar onde é seu quarto.

Quando Will se retirou do deque, senti que eu estava encolhendo. Meu único aliado até agora tinha acabado de me deixar com os inimigos. Respirando fundo, engoli em seco e me virei. Os irmãos Walter olharam para mim, os rostos vagos. Depois, todos começaram a pegar suas toalhas e roupas espalhadas no deque antes de voltar para dentro da casa, sem me dirigir sequer uma palavra.

Só restava Cole. Uns estranhos trinta segundos se passaram antes de seus lábios se erguerem em meio sorriso.

– Vai ficar me encarando ou quer entrar? – perguntou.

Cole era gato – seu cabelo úmido tinha secado em um estilo meio acabei-de-transar –, mas sua atitude presunçosa me fez ficar quieta.

– Quero entrar – murmurei baixinho.

– Depois de você. – Ele acenou com a mão e fez uma reverência.

Respirando fundo, olhei para minha nova casa. Com persianas amarelas e partes anexadas à estrutura original, que deviam ter sido acrescentadas a cada novo filho dos Walter, ela não se parecia em nada com a cobertura em Nova York. Lançando um último olhar para Cole, inspirei uma boa quantidade de ar e dei um passo à frente. Talvez este fosse o lugar onde eu tivesse que morar, e tentaria aproveitar ao máximo, mas nunca seria meu lar.

dois

– SOBRE MAIS CEDO... – disse Cole ao me guiar pela casa bagunçada.
– Essa coisa toda de você se mudar pra cá foi meio do nada. Pegou a gente desprevenido.

– Relaxa – falei. Não era exatamente um pedido de desculpa por seu comportamento nada amigável, mas esperava que fosse o motivo por trás da maioria das reações apáticas dos garotos em relação a mim.

– Você não tem que se explicar.

– Então, minha mãe disse que você é de Nova York.

Ele parou em frente à escada para me olhar.

– Sou – respondi, e de repente meu estômago revirou.

O que mais eles sabiam sobre mim? O acidente... será que ele tinha ouvido falar? Se tinha um lado bom de eu me mudar para o Colorado era que ninguém sabia quem eu era. Eu podia voltar a ser só a Jackie, não a garota que perdeu a família. Não queria que os meninos soubessem. E se agissem de forma estranha comigo?

– Ela disse mais alguma coisa sobre mim? – perguntei, tentando parecer indiferente.

Ele fez uma pausa, e foi toda a confirmação de que eu precisava. Uma pitada de hesitação, e tive certeza de que ele sabia sobre minha família.

– Não muito. – Cole se recuperou rápido, e um sorriso se abriu em seu rosto com tanta facilidade que a curva de seus lábios para cima parecia genuína. – Só que a filha da amiga dela ia se mudar pra cá. Você é basicamente um mistério.

– Entendi.

A ideia de que todos os irmãos Walter sabiam o que aconteceu me deixou com a boca seca, mas, pelo menos, Cole estava se esforçando para agir normalmente.

– Agora que você perguntou, descobri que eu nem sei quantos anos você tem – disse ele.

– Dezesseis.

– Você é sempre tímida assim?

– Tímida? – repeti, confusa.

O que ele esperava? Não era como se ele fosse o presidente do meu comitê de boas-vindas. Além disso, ele ser todo musculoso, da cabeça aos pés, não me ajudava a ficar calma.

– Deixa pra lá – disse Cole, rindo, os olhos revirando de diversão enquanto balançava a cabeça para mim. – Vem. Vou te mostrar lá em cima.

Começamos a subir os degraus, o que foi mais difícil do que parecia. Pilhas de livros e jogos de tabuleiro, roupa suja, uma bola de basquete murcha e um amontoado de filmes fez com que chegar ao segundo andar sem derrubar nada fosse bem mais desafiador do que completar uma corrida de obstáculos. Depois, chegamos ao labirinto de corredores onde eu sabia que iria me perder. Eles pareciam se curvar e virar em lugares estranhos, como se não houvesse um plano de piso. Quando chegamos ao canto mais distante da casa, Cole finalmente parou.

– Você vai ficar aqui – disse ele, abrindo a porta.

Coloquei a mão na parede e procurei o interruptor. Nossos dedos o acharam ao mesmo tempo, se encontrando no escuro. O contato enviou uma pulsação pelo meu braço, e puxei a mão para trás, em choque. Cole deu uma risadinha, mas as luzes piscaram e um brilho quente iluminou o quarto, fazendo eu me esquecer do constrangimento.

– Ah, uau.

Cada centímetro da parede estava pintado de cores vivas. Um mural de floresta tropical começava em um canto do quarto, e conforme chegava ao outro, se transformava em um oceano cheio de criaturas marinhas. Metade do teto estava pintado para parecer o céu à noite, e a outra, durante o dia. Até as hélices de madeira do ventilador de teto tinham sido pintadas. Fiquei parada, boquiaberta, encarando meu quarto novo.

– Era o ateliê da minha mãe – disse Cole.

Uma mesa grande tinha sido pintada de cores tão vivas quanto o resto do quarto. Em cima dela, havia um conjunto de potes de vidro e canecas cheias de pincéis, lápis carvão e marcadores. Um caderno de desenhos estava aberto no rascunho da pintura no cavalete, no meio do quarto. Pinceladas leves cobriam a tela, retratando uma vista que reconheci do caminho do aeroporto: as montanhas do Colorado.

– É incrível – comentei, passando a mão pela borda da tela.

– Sim, minha mãe é boa pra caramba com essas coisas de arte. – Havia uma alteração em seu tom.

Foi então que percebi que alguns dos materiais artísticos tinham sido colocados em caixas para minha cama de solteiro caber dentro do quarto, e entendi por que os garotos tinham ficado tristes quando Katherine contou onde eu iria dormir.

– Estou ocupando o lugar dela.

– Minha mãe não tem mais tanto tempo pra pintar – disse Cole, enfiando as mãos no bolso de trás da bermuda. – Doze filhos e tal.

Em outras palavras, sim, eu estava atrapalhando.

Antes que eu pudesse responder, Will deixou uma das minhas malas cair no chão, nos surpreendendo com o baque.

– Vamos, Cole – chamou, se endireitando. – Tem um monte de malas da Jackie pra trazer aqui pra cima.

– Vou ajudar assim que eu me trocar – propus.

Não queria que eles fizessem tudo sozinhos.

Will me dispensou com um aceno de mão.

– Não precisa, fica à vontade.

Quando eles saíram, fechei a porta para trocar de roupa, deixando a toalha molhada que estava em volta dos ombros cair no chão. Naquela manhã, tinha feito questão de deixar um conjunto extra de roupas, uma calça de alfaiataria e uma camisa rosa de gola simples, na minha mala de mão, caso houvesse alguma emergência. Depois de me trocar, arrumei o cabelo. Demorei uns dez minutos lutando com o pente para desembaraçar os nós.

– Ei, tá viva aí? – Ouvi Cole perguntar, batendo na porta.

– Já vou – avisei e ajeitei meu cabelo mais uma vez. Como a minha prancha estava em alguma outra mala, não tinha como alisar os cachos, então, relutantemente, deixei eles caírem em ondas escuras depois de colocar minha fita azul. – Oi? – perguntei, abrindo a porta.

Minha bagagem estava empilhada do lado de fora.

– Só queria ver se tava tudo bem – respondeu Cole, se inclinando contra o batente. – Você ficou um tempinho aí.

– Estava me trocando.

– Por 15 minutos? – desafiou, franzindo as sobrancelhas. – E que roupa é esta?

– O que tem a minha roupa? – perguntei.

Claro, era meio casual, mas não estava nos meus planos ser jogada em uma piscina.

– Parece que você vai em uma entrevista – disse Cole, se esforçando para não rir.

– Se eu fosse pra uma entrevista, eu usaria um terno.

– Por que você vestiria roupa de homem?

Soltei um risinho debochado.

– Não é só homem que veste terno.

A mãe dele não tinha ensinado *nada* sobre moda para ele?

– Tá, que seja, mas eu não usaria essa camisa para o jantar de hoje. Vai ter espaguete.

O que isso queria dizer? Eu não comia igual a um homem das cavernas.

– Se a gente vai jantar, não era melhor uma roupa mais... apropriada? – rebati.

Cole ainda estava sem camisa, e mantive o olhar propositalmente grudado em seu rosto para não dar uma espiada nele. Com os cabelos manchados por causa do sol e o abdômen esculpido, ele parecia um deus grego. Como é que eu ia morar com esse cara? Tudo nele me deixava constrangida e desconfortável.

– Não sei como as coisas são em Nova York, mas a gente não se arruma pra jantar aqui. Eu vou com essa roupa mesmo. – Ele abriu um sorriso lento e arrogante que fez com que eu me contorcesse. – Enfim, vou deixar você desfazer as malas – disse antes que eu pudesse responder.

Cole se empurrou para longe do batente da porta, e eu o observei se afastar, incapaz de desviar os olhos. Ele finalmente desapareceu na esquina do corredor, quebrando meu transe, e desabei na minha nova cama. Eu tinha sobrevivido ao primeiro encontro com os irmãos Walter.

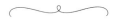

A cozinha de Katherine não se parecia com nada que eu já tivesse visto. O lugar estava barulhento e lotado, mas era quente e aconchegante ao mesmo tempo. A veia artística dela com certeza tinha feito parte da decoração da cozinha. Todas as paredes foram pintadas para formar um mural de vinhedo enorme, e quase todas as cadeiras da mesa tinham uma cor diferente. Era o oposto da cozinha de inox reluzente e azulejada da minha mãe. Em casa, eu sentia que a cozinha só existia para ser bonita, e, se eu fizesse bagunça, iria me dar mal. Mas a daqui parecia viva, e, por algum motivo estranho, eu gostei.

Quando entrei, Katherine estava no fogão, mexendo uma panela fervente e gritando ordens para Isaac, que a ajudava. Dois cachorros corriam um atrás do outro, dificultando o trabalho de todos que tentavam arrumar a mesa. George quase deixou a saladeira cair ao tropeçar em um cachorro que corria entre suas pernas.

Zach e Benny, os gêmeos mais novos, estavam sentados no chão a um metro de distância, jogando algum tipo de videogame portátil com um fio conectando o aparelho na mão de cada um. Quase engasguei quando Zach empurrou Benny com força e gritou:

– Perdeu, seu merdinha!

Uma comemoração ensurdecedora irrompeu da sala que ficava ao lado da cozinha, e me virei para ver os outros rapazes assistindo a um jogo de basquete na TV. Meus olhos instantaneamente encontraram Cole, que pulou de onde estava sentado, erguendo o punho no ar. Desde a última vez que o vi, ele tinha vestido uma camiseta preta justa que deixava seus ombros largos em destaque e contrastava com seu cabelo claro, fazendo-o parecer platinado.

– Para de encarar – disse Lee ao passar por mim, deslizando em um skate em direção à cozinha.

Lembro que ele é o Lee porque nós dois estamos no segundo ano do Ensino Médio, e, quando Will nos apresentou, ele tinha me lançado um olhar assustador. Dei as costas para a sala, envergonhada por ele ter me pegado encarando o primo dele.

– Lee! Quantas vezes tenho que dizer pra não andar de skate dentro de casa? – repreendeu Katherine quando ele esbarrou em uma cadeira da cozinha.

A cadeira caiu na cabeça de Benny, e no mesmo instante ele começou a gritar *assassino!*

– Só mais umas mil vezes, tia Kathy – respondeu antes de se ajoelhar ao lado do priminho para ver se ele estava bem.

Esfreguei as têmporas, tentando fazer minha dor de cabeça ir embora. Este lugar era enlouquecedor. E então, no meio de todo o caos, havia um garoto. Não conseguia lembrar o nome dele, mas estava sentado em uma cadeira da cozinha, o violão no colo, partituras espalhadas na mesa à sua frente. Pensando na minha lista, chutei que fosse Nathan, o músico de catorze anos. Observei enquanto ele dedilhava algumas notas no instrumento, mas não dava para ouvir o som. O garoto balançou a cabeça, pegou o lápis que mantinha entre os dentes e riscou alguma coisa. Me perguntei como ele conseguia se concentrar com tudo aquilo acontecendo ao seu redor.

– Jackie, meu anjo – disse Katherine, enfim notando minha presença. Ela estava coando água de uma enorme panela de macarrão. No balcão ao seu lado, havia um pote de molho de tomate tamanho família.
– Ainda bem que você não se perdeu no caminho até a cozinha. Aqui é enorme, e seu quarto é o mais longe. Pedi para o Cole te buscar há uns dez minutos, mas acho que ele se distraiu com o jogo.

Ela sorriu para mim, e me aproximei para ajudar.

– Tudo bem, não foi tão difícil – disse, abrindo a tampa do pote. – Só segui o barulho.

Katherine riu, pegou o pote da minha frente e o esvaziou em cima do macarrão.

– Aqui é sempre barulhento. É o que acontece quando se tem doze filhos. – Ela fez uma pausa breve e me lançou um sorrisinho. – Agora treze.

Olhei para os meus pés e sussurrei:

– Obrigada, sra. Walter.

– Não precisa agradecer, querida. E, por favor, não me chame assim. Meu nome é Katherine – disse e me puxou para um abraço.

– Rapazes! – berrou George. – O rango tá servido. Desliguem esse bagulho idiota.

Katherine me soltou, pegou a travessa de espaguete e a colocou ao lado dos outros pratos de comida fumegantes. Fui atrás dela e me sentei na cadeira mais próxima.

– Você não pode se sentar aí – disse um dos gêmeos, do par do meio.

Mais uma vez, seus nomes fugiram da minha memória.

– Desculpa.

Deslizei para a cadeira ao lado.

– Nem aí. Essa é a minha cadeira – repreendeu o outro gêmeo.

– Meninos, por que um de vocês não pega uma cadeira na sala de jantar pra Jackie? – pediu George.

Um deles parecia prestes a protestar, mas então o outro gêmeo lhe deu uma cotovelada nas costelas.

– Tá bom, pai. Já volto – disse ele, mostrando um sorriso doce.

Um minuto depois, ele voltou, arrastando uma cadeira. Depois de arranjarem um lugar para ela na mesa, me sentei, e George começou a orar pela comida. Mais ou menos na metade da oração, senti alguma coisa na minha perna. Alcançando debaixo da mesa, peguei algo fino e macio. Quando puxei para cima, gritei e joguei o réptil amarelo para longe de mim. A mesa irrompeu em um tumulto.

– Cobra! – rugiu Benny ao pular de sua cadeira. No movimento, ele pisou em um dos cachorros. O coitadinho gritou e correu para longe dele. Alex, que se afastou da mesa em estado de choque, tropeçou no cachorro e esbarrou em Isaac, sentado ao lado dele. George tentava acalmar Benny, mas escorregou numa poça de leite que havia caído no chão com o frenesi.

Enquanto caía, George agarrou a toalha da mesa na tentativa de recuperar o equilíbrio, mas em vez disso levou todos os pratos consigo. Quando a travessa de espaguete despencou no chão, o conteúdo voou em todas as direções e nos cobriu com molho de tomate.

– Jordan! – berrou George para o filho. – Você tá mais do que de castigo!

O jantar havia sido um desastre, e a culpa era toda minha. Depois que George e Katherine acalmaram a confusão, todo mundo recebeu a tarefa de limpar a bagunça. Quer dizer, todo mundo menos eu. Katherine se desculpou profundamente pelo comportamento dos filhos e me dispensou para que eu pudesse me limpar, embora eu tivesse implorado para ajudar.

Desliguei a água quente e saí do chuveiro. Foi bom me livrar do cloro da piscina e do espaguete do jantar, mas nem toda a água do mundo tiraria o pavor que revirava meu estômago. Para aumentar o desconforto, uma pontada de irritação passou por mim quando vi minha camisa no chão, coberta de molho. Cole tinha razão, ela fora arruinada. Eu já estava fazendo uma confusão morando com os Walter, como dava para ver nos olhares de reprovação que os garotos me lançaram enquanto saía da cozinha.

Enrolada na toalha, desejei ter usado chinelos no banheiro. O chão era um campo minado de cuecas sujas e pedaços de papel higiênico que deviam estar no lixo, isso sem mencionar o azulejo, que parecia não ser esfregado desde que os Walter se mudaram para aquela casa.

Também tive que tomar cuidado para não encostar na pia ao lavar o rosto. Os respingos de pasta de dente pareciam cocô de passarinho, além dos pelos espalhados e dos resíduos do creme de barbear de um azul vivo. A maioria dos rapazes jogava a escova de dente perto da pia, como se a bancada úmida não fosse um covil de substâncias tóxicas misteriosas. De jeito nenhum eu deixaria a minha ali.

Abri a porta e enfiei a cabeça no corredor para me certificar de que não havia ninguém por perto. Não queria que algum dos meninos me visse de toalha. Da próxima vez que eu fosse tomar banho, me lembraria de trazer as roupas. Enquanto rastejava de volta para o quarto, fiquei pensando se era assim que adolescentes se sentiam quando saíam escondidos de casa no meio da noite. Eu mesma nunca tinha feito algo tão rebelde.

Consegui chegar ao meu quarto com sucesso, sem esbarrar com ninguém, e deslizei para dentro, suspirando de alívio.

– Toalha legal, Jackie.

– Ah! – gritei, quase deixando o tecido macio cair ao encontrar Cole sentado na cama.

Ele ainda estava coberto de molho de tomate, mas se alimentava de uma caixinha de comida chinesa para viagem. Mais duas caixas fumegantes estavam sobre a mesa esperando sua vez de serem devoradas. Um sorriso surgiu nele ao me olhar de cima a baixo.

Minhas bochechas ficaram tão vermelhas quanto as manchas em sua camiseta, e eu puxei a toalha mais apertado em volta do corpo.

– O que é que você tá fazendo no meu quarto?

– Jantando. Quer? – ofereceu, segurando a caixinha.

– Quero, mas será que você pode sair daqui, por favor? – pedi, mortificada por isso estar mesmo acontecendo. – Preciso me trocar.

– Relaxa. Eu fecho os olhos.

– Não vou me trocar com você aqui.

– Tudo bem. Pode comer de toalha, não tem problema.

– Cole, vai embora! – gritei, por fim.

– Caramba, mulher, não precisa se descabelar. – Ele se levantou da cama, as molas rangendo com o movimento, e colocou sua caixa ao lado das outras duas. – A menos que você queira, é claro.

Cole deu uma risadinha para si mesmo ao sair. Bati a porta e tranquei, só por garantia.

Depois de vestir um pijama às pressas, destranquei a porta e deixei Cole voltar para o quarto. Ele passou por mim e se jogou na cama depois de pegar a comida. Me encolhi quando ele enfiou um pedaço na boca. Eu nunca comi no quarto. Não era higiênico.

Quando ele percebeu que eu o estava encarando, Cole parou de mastigar.

– Que foi? – perguntou de boca cheia.

– Você tem que comer na cama?

– Por quê? Você quer fazer *outra coisa* na cama?

– Não, Cole – disse, dando meu melhor para ignorar o comentário. – Só não quero sujá-la. Eu vou dormir aí.

– Uns grãos de arroz vão te deixar acordada, princesa? – Cole olhou ao redor do quarto. – Além disso, onde mais a gente vai se sentar?

Claro, ele tinha razão. Minhas malas estavam ocupando quase todo o espaço, os materiais artísticos de Katherine ocupavam o resto. E de jeito nenhum eu voltaria até a cozinha para comer. Cautelosamente, me sentei na beirada da cama, e ele me entregou um par de *hashis*. Nos minutos seguintes, ficamos sentados em silêncio comendo frango agridoce, e, para minha surpresa, foi tranquilo ficar sentada com Cole. Mas, quando a comida acabou, ele estragou um dos únicos momentos relaxantes que eu tive desde que cheguei ao Colorado.

– Adorei o show do jantar – disse, colocando uma caixinha vazia no chão. Me afastei dele e, sem entusiasmo, cutuquei um pedaço de brócolis. Cole riu. – Qual é, Jackie? Foi só uma piada. Sendo sincero, esse tipo de coisa acontece o tempo *todo* por aqui.

Deixei minha comida de lado e o encarei.

– Mesmo?

– Bom, nem sempre é tão dramático assim, mas pelo menos hoje à noite foi divertido. Você tinha que ter visto a sua cara quando pegou o Ssssenhor.

Ele soltou uma risada sincera outra vez.

– Senhor? – perguntei, confusa.

Cole se esticou e chegou mais perto.

– Ssssenhor Cobra. A cobra do Jordan.

– Tem mais algum animal de estimação perigoso por aqui? – resmunguei.

– Não – disse ele, com uma risada. – Só o Isaac.

– Não sou muito fã de animais – disse quando as tábuas do chão do lado de fora do meu quarto rangeram. – Muito menos de cobras.

A porta se abriu.

– Cobras-do-milho não são perigosas – explicou Jordan ao entrar.

Seu gêmeo, Jack, vinha logo atrás, a filmadora na mão, e a luz verde piscando me avisou que ele estava gravando.

Jack assentiu em concordância.

– A gente queria uma píton, mas a mãe não deixou.

– É, o Nick, irmão mais velho do meu amigo, tem uma píton – comentou Jordan, animado. – Ele me disse que uma vez o terrário quebrou. Cobras são ectotérmicas, e ele precisava manter ela aquecida, aí à noite ele colocou a píton na cama dele e usou o calor do próprio corpo pra esquentar o bicho. Mas em vez de se enrolar como ela geralmente fazia, a cobra se esticou na cama. Ela também não queria comer, então o Nick achou que tinha algo de errado. Ele levou a píton para o veterinário, e disseram que ela estava se esticando pra comer o Nick! Não é incrível?

Horrorizada, fiquei olhando boquiaberta para os gêmeos. Aparentemente, minha definição de "aterrorizante" era equivalente ao "incrível" do Jordan.

– Se eu tivesse uma cobra – Cole começou a falar –, eu provavelmente deixaria ela te comer, Jo. Você não sabe nem bater na porta.

– O pai mandou a gente aqui pra avisar que, se algum de nós tiver sozinho em um quarto com a Jackie, a porta tem que ficar aberta. Então, não precisei bater na porta, babaca – respondeu Jordan, cruzando os braços sobre o peito em sinal de desafio.

– Tá. Mas isso não explica por que você ainda tá aqui. Você já contou a nova regra idiota. Agora cai fora.

– Ainda não acabei. A gente também veio falar pra Jackie que ela é nosso novo assunto.

– Assunto? – perguntei.

Cole revirou os olhos.

– Esses dois babacas acham que vão ser diretores de cinema. Estão tentando encontrar assuntos interessantes pra criar o que acham que vai ser o documentário do século.

– Vai ser premiado – acrescentou Jackie, virando-se para mim. – No jantar, o Jordan e eu percebemos que você seria perfeita. Uma pena que a gente não tava com a câmera na hora. A gente queria saber se você não topa refazer a cena.

– Com certeza vai rolar – ironizou Cole. – O que vocês vão dizer? "Ei, mãe, de boa a gente destruir a cozinha de novo? A gente promete que limpa todo o molho de tomate depois."

Ignorando-o, respondi os gêmeos:

– Preferia que vocês não me filmassem. Não estou com vontade de ser o próximo assunto do seu filme.

– Mas você não entende? – suplicou Jordan. – Você é a primeira mulher na casa dos Walter. Isso é monumental.

– Você sabe que tem a mãe e uma irmã mais nova, né? – apontou Cole.

– A mãe não conta porque, bom, ela é a mãe. E a Parker nem tem peitos ainda.

Uma batida na porta interrompeu a conversa. Um dos meninos mais velhos estava parado do lado de fora do quarto, como se estivesse com medo de entrar.

– Hã, Cole? – chamou, mal olhando para mim.

– E aí, Danny?

Quando Cole disse o nome do irmão, me lembrei de que eram gêmeos fraternos.

– A Erin veio te ver – murmurou. – Tá na porta da frente.

Assim que entregou a mensagem, Danny deu meia-volta e saiu.

– Essa é a minha deixa. – Cole se levantou da cama. – Vamos nessa, gente – disse, empurrando os irmãos mais novos em direção à porta. – Deixem a Jackie sozinha um pouco. Ela teve um dia longo.

– Tudo bem – resmungou Jack. – Podemos discutir seu contrato de manhã, Jackie. O Jordan e eu estamos juntando nossa mesada já faz um tempo, e podemos oferecer um pagamento generoso.

Sem dizer mais nada, os dois deram no pé, me deixando sozinha com Cole.

– Eu não quero mesmo participar do filme deles – repeti com um suspiro.

– Se você ignorar por tempo o bastante, eles vão achar outro assunto.

– Pode ser, mas a sua família é enorme, e eu só queria que todo mundo se esquecesse do jantar.

– Amanhã vai ser mais fácil, tá? Nos vemos de manhã antes de ir pra escola.

– Ah, que ótimo – gemi e caí de costas no travesseiro. – Escola.

Fiquei tão envolvida no desastre do jantar que quase me esqueci de que iria para uma escola pública pela primeira vez na vida.

– Relaxa – disse ele com um bocejo. Segurando o cotovelo, Cole alongou o braço por cima da cabeça, e desviei o olhar rapidamente pela forma como seus músculos se moviam sob a pele. – Vai ser tranquilo.

– Pra você, é fácil dizer – observei, puxando o medalhão da minha mãe de um lado para o outro na corrente. – Estudei no mesmo internato desde os onze anos. Fico com medo só de pensar em ir pra uma escola pública.

– Prometo que você vai ficar bem. Boa noite, Jackie.

– Boa noite, Cole.

De repente, um pensamento invadiu minha mente.

– Espera – chamei quando ele estava prestes a entrar no corredor. – Quem é Erin?

Cole hesitou antes de responder.

– Só uma amiga.

Quando ele fechou a porta, prendi a respiração e o ouvi se afastar. Alguns segundos depois, escutei seus pés descendo a escada.

E então:

– Ei, Erin.

Fiquei tão surpresa por ouvir Cole outra vez que quase caí da cama.

– Cole – respondeu a garota, com a voz rouca. – Você disse que ia me ligar.

Olhei ao redor do quarto, procurando a origem das vozes. Havia três janelas, e percebi por que Katherine havia escolhido aquele quarto para ser seu ateliê. Dava para ver o terreno de diferentes pontos, o que era ótimo para pintar. A janela da frente da casa estava aberta.

– Pois é – disse Cole. – Aconteceram umas paradas. Foi mal.

Empurrei a cortina, olhei para baixo e vi Cole parado na varanda da entrada da casa. A porta da frente estava aberta, e a luz de dentro se derramava na noite, delineando seu corpo com um brilho amarelo.

– A gente ainda vai sair hoje? – perguntou Erin.

Ela estava alguns degraus abaixo dele, e tudo o que dava para ver eram suas longas pernas e um rabo de cavalo alto.

Cole hesitou.

– Já tá tarde.

Erin cruzou os braços.

– Tudo bem, mas nada de desculpa amanhã. Você não pode continuar fugindo de mim. Tô com saudade.

– Ok.

– Promete? – insistiu ela. O garoto assentiu. – Ótimo. Até amanhã.

Cole ficou parado na varanda, observando enquanto Erin ia até o carro. Quando os faróis desapareceram na rua escura, esperei que Cole entrasse. Em vez disso, ele desceu os degraus e atravessou a calçada da frente. Estava indo para o que parecia ser um galpão.

Ao destrancar e abrir as portas duplas, percebi que era uma segunda garagem. Depois de acender a luz, ele fechou as portas. Esperei alguns minutos, mas Cole não voltou. Por fim, desisti e me arrastei para a cama, mas não conseguia parar de pensar. O que é que o Cole estava fazendo lá fora?

três

EU ESTAVA NO CARRO com a minha família. Meu pai e minha mãe na frente, e Lucy sentada ao meu lado, no banco de trás. Estávamos dividindo fones de ouvido que tocavam uma de nossas músicas favoritas. Quando a música terminou, sorri e olhei pela janela. Era um daqueles dias claros e ensolarados de primavera avisando que o inverno estava quase no fim. Uma névoa verde quase fina, invisível, envolvia os galhos das árvores ao passo que novos botões começavam a brotar.

Olhei para baixo, surpresa, quando meu cinto de repente soltou.

– Mas que…? – murmurei para mim mesma e afivelei o cinto novamente.

Uma sensação de afundamento se formou em meu estômago quando a fivela abriu de novo. Antes que conseguisse fechá-la outra vez, uma força invisível me arrancou do carro.

Agora eu estava em pé no asfalto. As árvores dos dois lados da estrada murchavam, e o céu escurecia para um cinza agourento. Nosso carro passou a toda velocidade, e tive um vislumbre de Lucy olhando para mim pelo vidro traseiro.

– Espera, para! – gritei e comecei a correr pela rua.

Mas o carro não parou. Observei horrorizada quando, um quilômetro e meio adiante, o asfalto começou a desmoronar. Quando a estrada ruiu, nosso carro foi em direção à beirada, e o buraco engoliu minha família.

Ofegante, me sentei na cama coberta por uma espessa camada de suor. Conforme minha visão se ajustava ao escuro, o pavor cresceu em mim ao ver um ambiente desconhecido. Chutei as cobertas e pisei no chão frio e duro. Por um instante, fiquei confusa, porque meu quarto não tinha piso de madeira. Cadê o carpete?

Procurei no escuro pelo interruptor e a luz iluminou o mural nas paredes ao meu redor. O choque de realidade me atingiu com tanta força que meus joelhos se dobraram e desabei no chão. Eu não estava em casa, em Nova York. Estava no Colorado.

Tinha sido um sonho. Eu só estava sonhando com o acidente.

Quando aconteceu, eu não estava com eles. Estava deitada no sofá, com gripe. Me lembro de estar enfiada em um casulo de cobertores, tentando dormir para afastar os calafrios. Conforme a manhã passava, eu ia e voltava à consciência, e minha família deve ter parado de existir em um desses períodos.

Em algum momento, o telefone começou a tocar, mas eu me sentia muito mal para atender. Ele continuou tocando a tarde inteira, até que finalmente houve uma batida na porta, e fui obrigada a me levantar. Quando o policial disse o que tinha acontecido com a minha família, meu estômago reagiu antes que eu conseguisse processar qualquer coisa. Me inclinei com as mãos nos joelhos e o esvaziei no chão, pondo para fora o pouco chocolate quente que eu tinha conseguido beber naquela manhã.

Não entendia como Lucy podia ter partido. Ela sempre foi mais do que uma irmã mais velha. Na noite anterior, quando fiquei de cama, ela tinha segurado meu cabelo e esfregado círculos com a mão nas minhas costas para me acalmar enquanto eu chorava no banheiro. E minha mãe... ela era a mulher mais forte que já conheci. Na época, não fazia sentido que estivesse morta.

Mas ela estava. Todos estavam.

Desde aquele dia – há 94 dias, para ser mais exata –, comecei a sonhar com eles. Meu pai era o famoso CEO da Howard Investiment Corporation, então o acidente passou aos montes no jornal – um lembrete constante de que eles tinham partido. Ainda não conseguia tirar da cabeça a imagem do nosso carro, que, na minha imaginação, tinha sido amassado em uma bola de metal como se fosse feito de papel-alumínio. Era como se cada detalhe tivesse sido gravado em meu cérebro, como quando se desvia os olhos depois de fitar o sol por muito tempo e círculos começam a se multiplicar no céu em cores vivas.

Minutos se passaram enquanto meu peito subia e descia, até que consegui controlar minha respiração. Me levantei e dei uma olhada no relógio: agora eram 5h31.

Eu não conseguiria voltar a dormir, então fui até a cômoda. Depois de encontrar minhas roupas de malhar, vesti um short esportivo, peguei meus tênis de corrida e tirei o celular do carregador. Era cedo, e eu estava exausta por causa do pesadelo, mas precisava me distrair.

Geralmente, eu malhava em uma das esteiras da academia da nossa família, mas os Walter não tinham academia – nem esteira. Correr lá fora teria que bastar. O sol rastejava no horizonte, e uma brisa fresca passou pelo meu pescoço quando saí para a frágil varanda de madeira. O orvalho da manhã brilhou no gramado quando me sentei para amarrar os cadarços antes de me alongar.

Ao me espreguiçar, senti um frio na barriga. Não sabia se eram resquícios do pesadelo ou se eu estava nervosa pelo dia por vir. A ideia de ir para uma nova escola me dava nos nervos. Fazia só um dia que eu estava na casa dos Walter e até então havia sido horrível. Não dava para imaginar ir para uma escola pública com centenas de garotos – aqueles onze e a Parker já era ruim o suficiente.

Já estava perto do fim do ano letivo, e eu tinha certeza de que não faria nenhuma amizade. Me peguei desejando que já fossem três da tarde para poder me trancar no quarto e me enfiar debaixo das cobertas.

Quando estava prestes a começar a corrida, a porta de tela se abriu e George apareceu. Will e Cole vinham logo atrás, todos vestidos com roupas para trabalhar: calças jeans, camisetas velhas e desbotadas, botas, e chapéus para se protegerem do sol.

– Bom dia, Jackie – cumprimentou George, e tirou o chapéu para mim.

Will acenou e me mostrou um sorriso amigável.

– Bom dia, sr. Walter, Will – respondi.

– Acordou cedo – murmurou Cole, esfregando os olhos de sono.

– Digo o mesmo.

Cole fez uma careta.

– Trabalho. – Foi tudo o que ele disse.

– Os meninos têm umas obrigações na fazenda antes de começar o dia – explicou George. – Se você vai correr, espera o Nathan. Já, já ele está vindo.

– Está bem, obrigada – respondi, e os três saíram da varanda.

Esperando por Nathan, observei enquanto eles iam em direção a um celeiro que mal dava para ver à luz da manhãzinha. Em dado momento, no meio do caminho, Will deu um empurrão de brincadeira em Cole, que tropeçou e caiu na grama. Cobri meu sorriso com a mão.

A porta de tela rangeu novamente, e Nathan saiu. Ao me ver, abriu um sorriso. Eu estava tentando me lembrar qual dos garotos ele era quando reparei no colar de palheta. Tá, era o músico.

– Gosta de correr? – perguntou, animado, pulando o bom-dia.

– Gosto de manter a forma – expliquei. – Eu não diria necessariamente que gosto de correr.

– Saquei – disse, rindo. – Quer se juntar a mim na minha tentativa de manter a forma?

Ele parecia entusiasmado de verdade.

– Claro, seria legal – respondi. – Na verdade, fico surpresa por você querer a minha companhia. Todo mundo parecia furioso comigo ontem.

Senti minhas bochechas ficarem vermelhas com a memória do espaguete voando, mas Nathan abriu um sorrisinho. Ele iria se parecer muito com Cole quando fosse mais velho, mas não chegava nem perto de ser tão intimidador quanto o irmão.

– Óbvio que quero correr com você! E, aliás, achei que foi engraçado. Não deixa o Jordan te atazanar. Ele é um grande sacana.

– Vou tentar me lembrar disso.

Nós descemos os degraus da varanda.

– Quer seguir meu trajeto de sempre? – perguntou Nathan.

– Você quem manda.

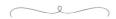

Depois de correr, fui para a cozinha tomar café da manhã antes que mais alguém acordasse. Achei que seria o melhor jeito de evitar outra catástrofe. Mas é claro que o plano saiu pela culatra. Katherine estava sentada à mesa com um roupão rosa felpudo, tomando café e lendo um livro. Para piorar a situação, o sobrinho mais velho de Katherine também estava lá. Ele comia um *bagel* no balcão da cozinha, *só de cueca*. Bom dia, pacotão! A única coisa que consegui fazer foi ficar parada, boquiaberta feito uma idiota.

– Bom dia, Jackie! – exclamou ele, a boca cheia de *bagel*.

Mais uma vez, senti minhas bochechas avermelharem. Por que todos esses garotos tinham abdomens definidos perfeitos?

– Hã, oi – cumprimentei abobalhada.

Katherine ergueu os olhos ao ouvir minha voz.

– Isaac! – repreendeu ela, fazendo eu me lembrar de quem ele era. Nós tínhamos a mesma idade, 16, mas ele estava um ano na minha frente na escola. – Vai se vestir, pelo amor de Deus! Tem uma menina nessa casa agora.

– Ué, mas você é menina e nunca tinha reclamado – rebateu. – Além disso, a Jackie não liga. Né, Jackie? – Ele se virou para mim.

O que é que eu deveria dizer? *Isso aí, Issac. Amo ficar olhando seu corpo seminu*? Em vez disso, respondi como qualquer garota esperta na minha situação faria.

– Hã… – Fiz uma pausa, passando o olhar de um para o outro.

– Viu, tia Kathy? A Jackie disse que não liga – confirmou ele para a tia.

Que engraçado, eu não me lembrava de ter dito nada.

– Não, ela não disse, jovenzinho – rebateu Katherine, as mãos nos quadris. – Agora vai se vestir antes que eu te arraste lá pra cima!

Foi então que Alex entrou na cozinha, esfregando os olhos, ainda tentando afastar o sono. Ele também estava só de cueca. Diferente de Isaac, ele congelou quando me viu. Por um momento, ficou parado, os olhos arregalados, mas então se virou e correu pelo corredor.

– Viu! – comentou Katherine quando o filho saiu. – É assim que você deveria agir na presença de uma menina bonita. Deveria ter vergonha!

– Tia Kathy, a Jackie pode ser gostosa de um jeito meio patricinha, mas eu nunca teria vergonha disso – disse Isaac e apontou para o próprio corpo.

– Isaac Walter! – disse ela, balançando um dedo e dando um passo na direção dele.

Rindo, Isaac saiu da cozinha, mas não antes de dar uma piscadinha para mim. Não consigo explicar por que corei. Talvez tenha sido porque Kathy me elogiou, ou talvez porque Isaac concordou com ela.

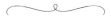

– O que pensa que tá fazendo? – questionou Lee enquanto eu esperava do lado de fora do banheiro no meu roupão.

Eu ainda estava suada por causa da corrida com Nathan e precisava tomar um banho antes de ir para a escola. Dessa vez, me lembrei de trazer chinelo e roupas para o banheiro, e estava me preparando mentalmente para a zona de guerra nojenta lá de dentro.

– Esperando minha vez de ir no banheiro – respondi. – Acho que o Cole está lá dentro.

– Eu sei que o Cole tá lá dentro. É o horário dele de banho – disse Lee, apontando para um papel colado ao lado da porta do banheiro. Ele tirou o cabelo escuro dos olhos e me encarou com raiva. – Eu sou o próximo, então sai fora.

– Tem hora marcada pro *banheiro*?

– Só de manhã – respondeu Nathan, saindo do quarto de banho tomado e se vestindo. – Com todo mundo tentando se arrumar pra ir pra escola, fica meio conturbado.

Cole abriu a porta do banheiro e uma onda de vapor invadiu o corredor. Ele estava só com uma toalha branca enrolada na cintura, e gotas de água ainda se agarravam aos ombros e abdômen esculpidos, fazendo sua pele brilhar.

– Se a gente não tivesse restrição de tempo – ele começou a dizer, tentando tirar água do ouvido –, o Danny ficaria lá por horas tentando ficar bonito. – Depois, passou por Lee, por Nathan e por mim, gritando por cima do ombro: – Eu mesmo não preciso de muito tempo porque fui abençoado com beleza natural.

– Tem algum jeito de me encaixar nesses horários? – perguntei enquanto olhava o cronograma. Os horários a cada vinte minutos estavam reservados até a hora de sair pra escola.

Isaac colocou a cabeça para fora do quarto que dividia com Lee.

– Alguém viu minha jaqueta de couro?

– Tá no seu guarda-roupa, imbecil – disse Lee para o irmão mais velho.

– Tipo, no cabide? Como é que foi parar lá?

– Gente? – chamei a atenção deles.

– Suas tralhas tavam espalhadas por todo canto e eu não conseguia achar meu skate.

– Da próxima vez que você decidir fazer faxina, faz o favor de não tocar na minha jaqueta.

– Oi? Ninguém vai me responder? – exigi, colocando a mão no quadril. – Preciso tomar banho também.

– Devia ter dito antes, bebê – disse Isaac. – A gente podia ter dividido o meu tempo do banho.

Ele me lançou um sorrisinho antes de desaparecer de novo para dentro do quarto.

Lee riu do irmão, e então entrou no banheiro e bateu a porta na minha cara.

– Tenta no andar de baixo, do lado do quarto das crianças – sugeriu Nathan. – Eles tomam banho à noite, então não deve ter ninguém. Só toma cuidado com os brinquedos de banho. Já tropecei neles.

Depois que todo mundo tomou banho, café da manhã e correu para terminar o dever de casa na última hora, Katherine nos empurrou porta afora.

– Lee, deixa o skate em casa. Se você andar nos corredores da escola com ele de novo, vai ser suspenso.

– Mas, tia Kathy...

– Nada de "mas". Alex, você tirou nota baixa no trabalho de História. *Star Wars* não é um tópico válido pra falar da guerra mais importante da história. Pede desculpas pro professor e fala que você vai reescrever. Isaac, a técnica de vôlei feminino ligou e disse que, se ela te pegar tentando entrar de fininho no banheiro das garotas mais uma vez, vai te reprovar em educação física. Agora vão – gritou Katherine da porta. – Jackie, melhor não se atrasar pro primeiro dia de aula, senão vou ficar brava!

Os meninos jogaram as mochilas na carroceria da velha caminhonete e começaram a se amontoar. Fiquei observando do lado da garagem, sentindo como se eu estivesse assistindo a uma cena pitoresca de um filme. Todo mundo tinha tanta personalidade... Eu sentia que não fazia parte daquilo. Até mesmo a caminhonete tinha personalidade. Devia ser de um tom carmesim vivo quando era mais nova, mas o passar dos anos e o clima fizeram com que se desgastasse para um vermelho opaco. Um dos espelhos retrovisores estava faltando, e um farol tinha quebrado. Me perguntei se o veículo era mesmo adequado para andar na estrada.

Danny, que havia demorado mais do que todo mundo para se arrumar, saiu correndo pela porta da frente de casa na tentativa de evitar uma bronca da mãe. Ele jogou as chaves do carro para Cole, que se acomodou no banco do motorista. Não precisava ser um gênio para saber que ele dirigiria. Logo, todos os outros se acomodaram em seus lugares de costume, e percebi que a caminhonete estava cheia. Danny, Isaac e Alex no banco de trás, Cole, Lee e Nathan no da frente.

– Hã – comecei a falar, desajeitada, ainda parada na grama –, onde eu me sento?

– Sempre dá pra ir andando – respondeu Lee com sarcasmo.

Lutei contra o desejo de mostrar a língua para ele, mas felizmente Nathan veio em meu socorro.

– Não se preocupa, Jackie. Sempre cabe mais um aqui na frente. Vamos abrir um espaço. – Ele mostrou um sorriso caloroso da janela do passageiro.

– Se não couber, sempre dá pra levar o Alex no teto. Ninguém vai ligar – sugeriu Cole, ligando o carro.

– Se fosse pra amarrar alguém no teto – retrucou Alex –, devia ser você, Cole. Você que ocupa mais espaço.

– Ninguém te perguntou – disse Cole, olhando para o irmão mais novo pelo retrovisor. – Agora vai, vamos logo.

Lee grunhiu de aborrecimento, mas se aproximou de Cole. Ele não parecia feliz em dividir o banco da frente comigo, mas abri a porta do passageiro e deslizei no banco assim que Nathan abriu espaço.

Nos vinte minutos de viagem até a escola, recebi um curso intensivo de Introdução a Garotos e decidi que talvez a espécie masculina não fosse tão diferente da feminina, no fim das contas. Resumindo, os Walter fofocavam mais do que as meninas do meu antigo internato. A princípio, o carro estava silencioso, provavelmente por minha causa, mas pouco tempo depois os rapazes relaxaram e seguiram em frente como se eu não estivesse lá. Conversaram sobre quem faria parte da equipe de atletismo na primavera e quem ficaria de fora. Discutiram o que deveriam vestir para uma festa na sexta à noite e quem estaria lá. Mas, acima de tudo, falaram sobre meninas: quem era gata, quem usava o perfume perfeito e quem tinha o cabelo mais bonito.

Quando começaram a falar sobre uma garota chamada Kate, que, nas palavras de Isaac, tinha "as tetas mais empinadas do mundo", fiquei desconfortável. Tentando me desligar da conversa, fiquei encolhida no banco, olhando pela janela. *Tomara que a gente chegue logo. Por favor, chega logo!* Mas, quando a caminhonete entrou no estacionamento da escola, Cole rindo feito uma criancinha quando as rodas guincharam, imediatamente me arrependi da oração silenciosa.

O Colégio Valley View era três vezes maior do que a minha antiga escola. Em vez dos gramados verdes e tijolinhos à vista cobertos de trepadeiras com que eu estava acostumada, era um prédio feio de cimento que parecia ter saído direto dos anos 1970. Uma faixa pendurada na entrada da frente dizia: LAR DOS TIGRES!

Encarando minha nova escola, entendi que era o grande número de alunos que me deixava nervosa. Uma leva de estudantes se dirigia para os degraus da frente, mochilas nos ombros. Outras pessoas continuavam no estacionamento; havia um grupo de rapazes jogando futebol americano, casais se pegando escorados nos carros, e amigos conversando em grandes grupos.

– Sai – exigiu Lee, embora Cole ainda estivesse estacionando o carro.

Assim que Nathan e eu descemos, Lee saiu em disparada no meio da multidão. Tentei segui-lo com o olhar, mas desapareceu em questão de segundos. Como eu encontraria o caminho aqui?

As portas de trás bateram, e os garotos pegaram as mochilas na caçamba da caminhonete. Fiquei para trás, esperando alguém se oferecer para me mostrar a escola.

– Vamos sair daqui antes que o fã-clube apareça. – Ouvi Alex sussurrar para Danny quando passaram por mim.

Isaac vestiu a jaqueta de couro e tirou um isqueiro do bolso.

– Aproveite o primeiro dia sendo a garota nova – gritou por cima do ombro, uma fumaça já pressionada entre seus lábios.

Meu estômago revirou. As palavras dele me deixaram ainda mais nervosa. Não queria ser a garota nova – não sabia como fazer isso! Tinha frequentado o Hawks desde o sexto ano, sempre dividindo o mesmo dormitório com minha melhor amiga, Sammy, e saindo com o mesmo grupo de meninas que conhecia desde a pré-escola. Meus olhos se encheram de lágrimas ao me lembrar de casa.

– Tudo bem aí? – perguntou Nathan.

Ele devia ter notado a expressão preocupada em meu rosto.

– Tudo – murmurei, piscando para afastar as lágrimas.

– Certeza?

– Certeza, juro.

– Ok. Bom, que tal eu te mostrar a secretaria? – ofereceu enquanto prendia o violão nas costas.

– Sério? – Minha voz ganhou um tom agudo de esperança.

– Claro – disse ele, e sorriu. – Não vou deixar você se perder logo no primeiro dia.

O ar que eu estava prendendo sibilou por meus lábios.

– Muito obrigada mesmo, Nathan. Deixa só eu pegar minhas coisas.

Atrás da caminhonete, Cole estava sentado na tampa da carroceria como se estivesse esperando alguma coisa.

– E aí, Nova York? – disse ele, e me entregou a mochila. – O que você achou?

– Da sua escola? – perguntei. – Hã… é grande.

Cole riu.

– Você ficou presa em um internato desde o fundamental e tudo o que tem a dizer da sua primeira impressão do mundo real é que a escola é grande?

Eu odiei, pensei. Mas não podia falar isso.

– É bem diferente da minha escola antiga – respondi sem pressa. – Por exemplo, não tenho que usar uniforme.

– Você usava uniforme?

– Usava. Era uma escola particular, então era obrigatório.

Soltei um suspiro ao me lembrar do velho suéter folgado, da gravata e da saia xadrez combinando. Sim, meu uniforme era feio, mas havia algo de reconfortante em vesti-lo toda manhã. Hoje, fiquei em dúvida do que usar. Depois que Cole zoou minha roupa ontem, percebi que não sabia o que alunos da escola pública vestiam.

– E você foi pra uma escola só de meninas? Mano, devia ser uma visão e tanto. Garotas de uniforme escolar ficam tão gostosas.

Lancei um olhar penetrante para Cole.

– As saias iam até os joelhos.

– Uma pena – comentou, dando de ombros. – Mas aposto que você ficava uma gracinha.

O elogio me pegou desprevenida.

– Eu, é... é... – gaguejei.

– Colezinho! – gritou alguém, me salvando do constrangimento.

Uma menina pequena de cabelo castanho e olhos verdes venenosos jogou os braços ao redor do pescoço de Cole, grudando os lábios nos dele. Desviei o olhar depois de ver indícios de língua.

– Olivia – disse Cole, assim que rompeu o beijo –, o que eu disse sobre me chamar de Colezinho?

Ele tirou os braços de Olivia de seu pescoço, mas ficou ao lado dela e passou o braço por seu ombro.

– Desculpa – respondeu a garota sem um pingo de vergonha –, mas você sabe como eu fico feliz de te ver. Às vezes não consigo segurar a empolgação.

– É, eu sei, gatinha – respondeu ele, e guiou a garota em direção à entrada. Cole já estava no meio do estacionamento quando deu meia-volta. – Boa sorte hoje, Nova York! – gritou.

– Isso é a cara do Cole – disse Nathan, balançando a cabeça.

– É a namorada dele? – perguntei enquanto fitava os dois incapaz de tirar os olhos de Olivia.

Não me surpreendeu que Cole estivesse com uma garota que parecia uma modelo. Juntos, eram um casal esteticamente perfeito.

Nathan bufou.

– Bem que ela queria.

– Hein?

– O Cole não namora – explicou Nathan quando começamos a andar. – Ele fica com várias garotas, mas nada além disso.

– E elas? Estão de boa com isso?

– Acho que não – respondeu, dando de ombros.

Franzi a testa subindo os degraus para a escola.

– Que nojo.

– O que você precisa saber sobre o Cole – Nathan começou a dizer, segurando a porta para eu passar – é que ele manda na escola. Todas as meninas querem ficar com ele, e todos os caras querem ser como ele.

– Mas se toda as garotas querem ficar com ele, por que Cole não escolhe uma?

Ele deu de ombros.

– Por que escolher um sabor se ele pode experimentar todos?

– Experimentar todos os sabores? – Ofeguei. – Não acredito que disse isso!

– Olha, Jackie – disse Nathan, rindo. – Não disse que concordo com as atitudes do Cole. Só tô tentando explicar a forma como ele pensa.

Entramos na escola, e percebi como seria diferente frequentar um colégio público. Só de pensar nisso me dava um arrepio na espinha. Será que os rapazes pensavam mesmo daquele jeito? Talvez a Introdução a Garotos não tenha sido tão informativa quanto eu havia pensado.

– Certo – respondi, balançando a cabeça em descrença. – Mas não entendo como uma garota não ligaria de ser tratada assim.

– Juro pra você – falou Nathan quando o sinal tocou –, me pergunto a mesma coisa o tempo todo. Esse foi só o primeiro sinal. Vamos pra secretaria pra você não se atrasar.

Depois de me ajudar a encontrar a secretaria para eu pegar os horários das minhas aulas, Nathan me levou até a sala onde eu teria minha primeira aula, que por acaso era de anatomia.

– É aqui: sala 207. – Ele me escoltou para dentro. – Ei! Aparentemente, você tem aula com o Alex. – Nathan apontou para o irmão, escondido em um canto no fundo da sala com o nariz enfiado em um livro. – Vamos ver se você pode se sentar com ele.

– Espera, não. – Comecei a dizer, mas Nathan já estava atravessando a sala de aula.

Com um suspiro, eu o segui.

– Oi, Alex – disse Nathan quando chegou ao fundo da sala.

– E aí, Nate? – cumprimentou Alex, sem erguer os olhos da página.

– Estava levando a Jackie pra sala dela, e por acaso ela tem anatomia com você. Tudo bem se vocês dividirem a mesa?

Alex olhou para cima abruptamente ao ouvir meu nome.

– Hã... – murmurou.

Ele parou de hesitar quando algo chamou sua atenção por cima do meu ombro.

Uma risadinha estridente preencheu a sala, e me virei para ver uma linda garota de cabelo loiro encaracolado. Ela tinha um nariz arrebitado perfeito, que enrugava de felicidade quando ela ria, e olhos azuis brilhantes. Seu braço estava agarrado ao de outra garota ao entrarem na sala, brincando.

Voltei a encarar Alex e notei seus olhos fixos nela. Ele apertou os lábios, e, por um momento, achei que fosse falar para o Nathan que não, mas depois ele abriu espaço para eu me sentar ao lado dele.

– Perfeito! Valeu, Al – disse Nathan.

– De boa – disse Alex, e voltou a ler.

– Bem, é melhor eu ir pra minha sala. Bom primeiro dia de aula, Jackie.

– Tchau, Nathan. Muito obrigada mesmo pela ajuda agora de manhã.

– Imagina, foi um prazer – disse ele. – Até mais tarde, gente.

Quando Nathan foi embora, fiquei parada na beirada da mesa.

– Posso me sentar em outro lugar se você quiser ficar com algum dos seus amigos – comentei com Alex baixinho, e com *amigos* eu quis dizer aquela garota. – Eu me viro.

– Quê? – Ele tirou os olhos do livro outra vez. – Ah, não. Não tem problema. Pode ficar – disse, puxando a cadeira para eu me sentar.

O alívio tomou conta de mim.

– Está bem, obrigada.

Os olhos de Alex se voltaram para o que estava lendo, mas então ele pegou um marcador, enfiou entre as páginas e fechou o livro.

– Não para de ler por minha causa – falei, abrindo a mochila e pegando um caderno.

– Não, eu estava sendo grosseiro – disse Alex, e me mostrou um sorriso. – Você apareceu na minha parte favorita.

– Então você já leu esse livro? – perguntei, inclinando a cabeça para ver o título. – Qual o nome?

– *A Sociedade do Anel.* – Olhei para Alex com a expressão neutra. – Tolkien? – perguntou ele, balançando a cabeça em descrença. – Você tá brincando, né? Nunca ouviu falar de *O Senhor dos Anéis*?

– Ah, tipo o filme?

Alex gemeu e bateu a cabeça na mesa, frustrado.

– Por que meninas nunca leem fantasias boas?

– Do que você tá falando? Eu adoro fantasia. E *Sonho de uma Noite de Verão*?

– É algum tipo de porcaria de menininha tipo *Crepúsculo*? Porque aí não conta como fantasia.

– Shakespeare não escreve sobre vampiros que brilham – zombei.

– Esse não é aquele cara velhão que escrevia peças? Li umas coisas dele na aula de literatura.

Eu sabia que ele estava apenas brincando, mas entrei no jogo e disse:

– Você não sabe quem é Shakespeare, mas tira com a minha cara por não conhecer Tonkin ou seja lá qual for o nome dele?

– Tolkien – corrigiu Alex –, e ele escreveu a maior série de fantasia de todos os tempos.

– Sim, mas Shakespeare pode ser considerado a maior figura literária de todos os tempos.

Antes que Alex pudesse responder, um homem jovem apareceu na frente da sala.

– Bom dia, turma – anunciou. – Hoje temos conosco uma nova aluna. Jackie, certo?

Ao ouvir meu nome, congelei na hora. A sala inteira se virou para me olhar.

– Hã, sim?

– Perfeito, então – continuou o professor, animado. – Seja bem-vinda ao Valley View. Eu sou o sr. Piper e dou a maioria das aulas de ciências daqui. Por que não se levanta e conta pra gente um pouco sobre você?

Ele queria que eu me levantasse, tipo, na frente de todo mundo? Eu conseguia sentir meu rosto avermelhar.

– Jackie? – O sr. Piper me instigou.

Ouvi o raspar da minha cadeira no chão, então me levantei. Minhas mãos tremiam, e não demorei para escondê-las atrás das costas.

– Ééé, ok. Oi, meu nome é Jackie Howard, e recentemente me mudei de Nova York pra cá.

Com pressa, fiz essa curta apresentação e me sentei. Se eu tivesse que fazer isso em todas as aulas, o dia de hoje seria um inferno.

– Obrigado, Jackie – disse o sr. Piper, esfregando as mãos. – Continuando. Por favor, peguem suas apostilas. Hoje vamos começar a estudar o estriado esquelético.

– Você não é muito de falar em público, né? – sussurrou Alex.

Um sorriso preguiçoso brotou em seu rosto, e por um momento fiquei surpresa ao ver como ele se parecia com o Cole. Eles tinham a mesma linha do maxilar marcada, a mesma pele bronzeada e os mesmos olhos azuis cercados por cílios grossos que qualquer mulher mataria para ter. Mas, analisando seu rosto, diferenças sutis começaram a aparecer: uma pitada quase invisível de sardas pontilhava o nariz, e os olhos eram de um tom ligeiramente mais escuro de azul, com manchas douradas que notei só porque estávamos muito próximos.

Quando percebi que o estava encarando, balancei a cabeça e desviei o olhar.

– Não, nem um pouco.

— Nem eu — contou Alex para mim. — Só de pensar nisso já me dá tremedeira. — Ele colocou a apostila no meio da mesa. — Você ainda não pegou a apostila, né? Podemos dividir a minha.

Sorri comigo mesma. Parecia que eu tinha feito outro amigo na casa dos Walter.

O sr. Piper se afundou em sua aula, e eu foquei minha atenção lá na frente. Foi quando reparei na loira de antes. Ela estava sentada do outro lado da sala, lançando olhares mortais em minha direção.

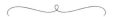

Assim que a aula de anatomia acabou, segui para artes. Me perdi no caminho até a sala e, quando cheguei, atrasada, todos já tinham começado a trabalhar em seus projetos. A sra. Hanks, a professora, era uma baixinha de óculos vermelhos e cabelo acobreado que se curvava em todas as direções. Ela me disse que a sala estava terminando um projeto e eu começaria algo novo no dia seguinte, então estava dispensada.

Olhando ao redor, não consegui identificar o cabelo loiro brilhante de nenhum dos irmãos Walter, então encontrei uma mesa vazia perto do fundo da sala. Ao me sentar, uma garota ruiva sorriu para mim antes de voltar a se concentrar em seu projeto. *Talvez as pessoas aqui não sejam tão ruins*, pensei e peguei o exemplar de *O Senhor dos Anéis*. Alex me emprestou no fim da aula, e eu prometi que leria contanto que ele relesse Shakespeare. O livro grosso era assustador, mas, depois de algumas páginas, eu estava tão absorta que levei um susto quando o sinal tocou.

O resto da manhã voou até minha última aula antes do almoço. Quando entrei na sala de matemática, percebi que muitos alunos pareciam mais velhos do que eu. Minha educação na escola particular me colocou à frente da maioria dos estudantes da escola pública, então fui matriculada em cálculo avançado, que era um curso do último ano.

Depois de uns dez minutos de aula, Cole entrou com um sorrisinho.

– Ei, desculpa, profe, me atrasei – disse ele como se não fosse grande coisa. Em seguida, me encontrou com o olhar. – Jackie! Não sabia que você tinha uma aula comigo!

Todos se viraram para me observar. Olhando para baixo, mantive a atenção no caderno e me escondi atrás de mechas de cabelo, formando uma espécie de cortina para o rosto.

– Sr. Walter! Será que o senhor pode se sentar, por favor, e parar de interromper a aula? – pediu o professor.

Cole cumprimentou-o antes de ocupar a única cadeira restante, logo na primeira fileira. Quando finalmente fomos dispensados, comecei a guardar minhas coisas. Estava enfiando minha nova apostila na bolsa quando Cole apareceu e se sentou em cima da minha mesa.

– E aí, Jackie? – disse ele, pegando um dos meus cadernos e folheando-o. – Uau, você usa mesmo essa coisa? – perguntou quando viu minhas anotações.

– Hã, sim, é pra isso que serve – respondi com um tom de *dã*.

– Quem usa caderno hoje em dia?

Peguei o caderno da mão dele, guardei na mochila e fechei o zíper.

– Eu.

Joguei a mochila no ombro e caminhei em direção à porta.

– É – ele se importunou, me seguindo para fora da sala –, fracassadas igual você.

– Eu não sou fracassada.

Parei no meio do corredor e mostrei uma carranca para ele.

– É, sim.

– Não sou, não. Tem uma grande diferença entre ser fracassada e ser boa aluna – argumentei.

Não sabia ao certo por que eu não suportava a provocação dele. Talvez fosse porque eu ainda estava com nojo do que Nathan tinha me contado mais cedo.

– Relaxa, Jackie, só tô brincando – avisou Cole com uma risada.

– Qual é a graça? – perguntei, ainda carrancuda.

– Você fica igual um pimentão quando tá brava – disse, cutucando minha bochecha.

– Onde fica a cantina?

Bati na mão dele a fim de afastá-la. Eu estava de saco cheio de Cole. Ele riu e me puxou para o seu lado.

– Relaxa, Jackie. – Inspirei bruscamente quando sua mão encostou em meu braço nu. Cole continuou falando como se não tivesse percebido. – Vou te levar até lá e até mostrar a melhor mesa pra você se sentar.

Como eu não sabia aonde estava indo, minha única escolha era deixar Cole me guiar até a cantina. Planejei me livrar dele quando chegássemos, mas, assim que entramos no espaço barulhento, meu estômago despencou. Tinha tanta gente, e eu não conhecia ninguém. O pensamento de me sentar sozinha era aterrorizante, então o segui sem reclamar. Ele me puxou pela multidão até a frente da fila do almoço, e enquanto avançávamos consegui sentir os olhares curiosos dos alunos. Em vez de ficar me virando para ver, mantive meu foco na parte de trás da cabeça de Cole.

Depois de pegar uma bandeja, ele escolheu dois pacotes de *pretzels*.

– Gosta de peito de peru? – perguntou ele. Assenti, e ele colocou dois sanduíches na bandeja. – Uma maçã pra ter saúde – murmurou para si mesmo enquanto pegava duas unidades. – E leite pra deixar os ossos fortes. Prontinho, um almoço certificado por Cole Walter. Segura a bandeja enquanto eu pago.

– Eu tenho dinheiro – falei quando Cole largou a bandeja nas minhas mãos.

Me ignorando, Cole pegou a carteira e entregou uma nota para a tia da cantina. Ele guardou o troco no bolso e apoiou a mão na base das minhas costas.

– Por aqui – disse o garoto, me guiando até o meio do refeitório.

A mesa em que chegamos estava quase cheia – caras com jaquetas e meninas com uniformes de líder de torcida –, e imediatamente me senti deslocada. Cole se sentou ao lado de uma garota alta com longos cabelos ruivos. Seus lábios rosa-choque se abriram em um sorriso ao vê-lo.

– Por onde você andou o dia todo, Walter? – perguntou ela, correndo os dedos com unhas pintadas pelo cabelo de Cole. – Não tava dando uns amassos na Olivia, né?

– Bom te ver também, Erin – disse Cole. – Pra sua informação, eu estava pegando o almoço com a Jackie.

– Jackie? Quem é?

– Minha amiga – disse Cole, gesticulando para mim –, então anda logo e abre um espaço pra ela.

– A mesa tá meio cheia pra mais uma pessoa, você não acha? – perguntou Erin enquanto me olhava.

– Então sai – sugeriu Cole.

Erin ficou boquiaberta.

– Você tá falando sério? – questionou ela.

Cole a encarou com um olhar frio, então ela apertou os lábios e abriu espaço sem reclamar.

Quando coloquei a bandeja do almoço na mesa, o olhar de ódio no rosto de Erin quase me fez ir embora. Cole, no entanto, deu um tapinha no espaço agora vazio ao lado dele.

– Tá esperando o quê? – perguntou, a simpatia voltando ao seu rosto com um sorrisinho.

Enfiando meu nervosismo goela abaixo, me forcei a sentar ali.

quatro

O RESTO DO DIA passou em um turbilhão de aulas novas e rostos desconhecidos. Na verdade, foi um alívio ver a casa instável dos Walter quando a caminhonete estacionou na entrada depois da escola.

– Chegamos, tia Kathy! – gritou Lee assim que passamos pela porta da frente. – O que vai ter pra jantar?

Danny, Lee e eu tivemos que passar por uma pilha de caixas no hall de entrada. Éramos os únicos que de fato saíam da escola às três da tarde. Alex tinha treino de beisebol; Cole pegava um ônibus para o trabalho, em uma oficina mecânica local; Nathan ficava na sala de música; e Isaac nunca aparecia, o que aparentemente era normal, porque viemos embora depois de esperar só cinco minutos. Pensei em entrar em algumas atividades extracurriculares, mas decidi que podia esperar até a próxima semana, porque, com sorte, eu não me sentiria tão esgotada.

– Oi pra vocês também. – Ouvi Katherine gritar da cozinha.

O cheiro de alguma coisa incrível se espalhou pelo corredor. Nós a encontramos parada na frente do balcão, cortando uma pilha enorme de pães.

– Aí sim – disse Lee quando levantou a tampa da panela de cozimento lento. – Sou doido por *sloppy joe*, principalmente pela carne que fica caindo.

– O que é *sloppy joe*?

O que quer que fosse, parecia nojento.

Katherine, Lee e Danny me encararam como se estivesse falando uma língua alienígena.

– Você nunca comeu *sloppy joe*? De que planeta você é? – perguntou Lee.

– Lee, para com isso – repreendeu Katherine, apontando na direção dele a faca serrilhada que estava usando. – *Sloppy joe* é um sanduíche de carne moída – explicou ela. – Vai ser o jantar de hoje, aí você pode experimentar. O restante das suas coisas chegou mais cedo, então, enquanto isso, você poderia colocar elas no seu quarto. Tirei todos os materiais de arte de lá, e o Danny pode te ajudar a levar as caixas pra cima e a desempacotar.

– Por que o Lee não ajuda? – perguntou Danny.

– Porque ele vai ajudar a Parker com a lição de Matemática.

– Vou?

– Você prefere carregar as caixas da Jackie?

– Tá. Dois mais dois. Eu manjo demais – disse Lee, deixando a cozinha antes que Katherine pudesse mudar de ideia.

– Certo, vocês dois – disse Katherine, pegando outro pão. – Por que não começam? Quero aquelas caixas fora do caminho quando todo mundo chegar em casa.

Vinte minutos de um silêncio tenso se passaram enquanto levávamos as coisas para o meu quarto. Durante o trabalho, passávamos apressados um pelo outro na escada, tentando não nos esbarrar nem trocar olhares estranhos. Por fim, desabei na cama me sentindo dolorida e suada enquanto Danny colocava a última caixa no chão.

– Valeu mesmo pela ajuda. Eu teria demorado uma era sem você.

Danny assentiu e, sem dizer um pio, rapidamente se virou para sair, mas meu quarto tinha se tornado um labirinto de torres de papelão. O pé dele acertou uma das pilhas, e a caixa do topo caiu no chão. Minha coleção de Shakespeare se espalhou, e Danny se agachou para pegá-la.

– Desculpa – murmurou, pondo os livros de volta na caixa.

– Fica tranquilo – respondi e pulei da cama. – Deixa que eu cuido disso.

Encontrei *Sonho de um Noite de Verão* e quis pegar para emprestar ao Alex. Danny me fez um favor derrubando tudo. Agora eu não teria que procurar em todas as caixas para encontrá-los. Peguei a peça do chão, e Danny parou para examinar a que estava em suas mãos.

– *Romeu e Julieta*? – perguntou, lendo o título. A elevação no tom da voz revelava surpresa. – Você gosta de teatro?

– Óbvio, eu sou nova-iorquina! Assisti a todos os tipos de apresentações diferentes desde pequena. Tenho uma quedinha por Shakespeare, mas também admiro os trabalhos de Shaw e de Miller.

Quando respondi, Danny fechou a boca como se tivesse acabado de perceber que tinha falado comigo.

– Ah, legal. – Ele colocou o último livro de volta na caixa e se levantou. – Tchau.

E saiu antes que eu pudesse me despedir.

Passando a mão sobre a capa da minha peça preferida, sorri. Minha conversa com Danny podia ter sido um pouco melhor, mas pelo menos agora eu sabia que tínhamos um interesse em comum. Talvez fizesse mais amigos na casa dos Walter do que imaginei a princípio. Aparentemente, eu só precisava enfrentar um garoto de cada vez.

No jantar, experimentei o primeiro *sloppy joe* da minha vida, e imediatamente entendi por que Lee tinha dito que ficava caindo. Era impossível manter a carne no pão. Escorria toda vez que eu dava uma mordida e respingava no prato. Meu dedo e meu rosto estavam nojentos quando terminei. Pensei que fazia mais sentido colocar a carne que tinha caído numa tigela e mergulhar o pão, mas os Walter pareciam gostar de sujar a cara.

Quando todo mundo estava cheio, todos ajudamos a limpar a mesa, mas depois fomos liberados para fazer o que quiséssemos. Parker e os gêmeos mais novos correram para a sala e lutaram pelo controle da TV. Jack e Jordan foram editar a filmagem de mim que conseguiram enquanto eu comia meu primeiro *sloppy joe*. Isaac desafiou Alex para um jogo de basquete ao passo que Lee e Nathan desapareceram em seus quartos. A liberdade parecia estranha. No internato, eu estava acostumada a ter um horário determinado para jantar e fazer o dever de casa, e as luzes se apagavam às nove.

Tentando manter um pouco de normalidade na minha vida, subi as escadas em direção ao meu quarto para fazer os deveres da escola. Embora não tenham passado nada em especial, sabia que estava atrasada em literatura. A sala já estava na metade de *Moby Dick*, livro mais grosso do que qualquer apostila que eu tinha recebido. Depois de cinco páginas, fechei o livro, irritada, e peguei a cópia de *A Sociedade do Anel* que Alex tinha me emprestado.

Alguém bateu na porta.

– Jackie? – chamou Cole, colocando a cabeça dentro do meu quarto.

Ele não tinha jantado com a gente e, a julgar pelo macacão da Oficina do Tony, com seu nome bordado no peito, acabara de chegar do trabalho.

– Oi?

Me sentei na cama. Olhando para o relógio, percebi que duas horas haviam se passado desde que comecei a ler.

– Está todo mundo no quintal. Vamos brincar de alguns jogos noturnos. Topa?

Ele estava com boné de beisebol virado para trás para esconder que sua franja estava grudada na testa, e tinha uma mancha de graxa no nariz, mas, de alguma forma, um único olhar para ele fez meus batimentos cardíacos dispararem.

– O que são jogos noturnos? – perguntei, tentando manter a voz calma.

– São jogos feitos pra área aberta, no escuro. Você sabe, tipo pega-bandeira, polícia e ladrão, cabra-cega... – Cole parou enquanto esperava que eu entendesse.

– Desculpa, mas nunca ouvi falar disso.

– Mas o que é que você fazia pra se divertir quando era criança?

– Fui em muitos shows da Broadway com a minha família, que também é associada à maioria dos museus.

Assim que as palavras saíram da minha boca, percebi o erro. Minha família *era* associada à maioria dos museus.

– Que horror – disse Cole. – E se a gente te mostrar como é se divertir de verdade?

Por mais legal que Cole estivesse sendo ao me chamar para fazer algo com os outros, não consegui me convencer a aceitar. A ideia de passar o tempo com todos os irmãos Walter era intimidante. Além disso, pensamentos sobre a minha família agora giravam em minha cabeça, e eu sabia que seria capaz de segurar as lágrimas só até Cole sair. Não queria que ele me visse chorando.

– Tenho algumas coisas pra colocar em dia na maioria das aulas. Pode ser outro dia?

– Qual é, Jackie. Seus professores não tão esperando que você esteja em dia com as matérias já amanhã.

Puxando meus joelhos até o peito, pisquei os olhos, tentando evitar lacrimejar.

– Desculpa, Cole, mas foi um primeiro dia de aula bem longo.

Achei que ele fosse continuar insistindo, mas devia ter percebido que havia algo errado.

– Tudo bem. De qualquer forma, você sabe onde a gente tá se mudar de ideia.

Cole fechou a porta. Fiquei sentada imóvel, olhando para os redemoinhos azuis das ondas do oceano que Katherine havia pintado na parede. Me lembrava dos meus verões na infância – quentes, dias ensolarados na casa de praia nos Hamptons, onde Lucy e eu fazíamos piqueniques em toalhas de praia e nos bronzeávamos na beira do mar, ocasionalmente mergulhando a pontinha dos pés na água fria para nos refrescar.

Precisava ouvir uma voz familiar, alguém que me reconfortasse. Peguei o celular de cima da mesa e disquei o número que sabia de cor.

Sammy atendeu no primeiro toque.

– *Hola, chica*, e aí?

Ao ouvir a voz da minha melhor amiga, meus lábios tremeram, e só consegui dar um mísero oi antes de cair no choro.

– Ai, meu Deus, Jackie. O que aconteceu? Colorado é, tipo, horrível ou algo assim? – perguntou.

– Sammy, é pior do que horrível. Eu estou numa fazenda no meio do nada, a Katherine Walter tem doze filhos, e eu não vi um Starbucks sequer desde que saí de Denver.

– Caraca! Aquela vara de mulher cuspiu doze pessoas da xoxota dela?

Dei um meio sorriso.

– Só dez são biológicos. Dois são sobrinhos.

– Ah, só dez? Agora soa totalmente razoável – disse Sammy, bufando.

– Mas vamos às informações mais importantes: tem algum gostoso?

– Sammy – gemi.

Os Walter eram o último assunto de que eu queria falar.

– Que é? Essa pergunta faz todo o sentido. Minha melhor amiga tá isolada da civilização, então seria legal saber se tem pelo menos algum colírio pros olhos pra dar uma animada.

Deve ter um ou dois caras que deixariam qualquer uma babando. Assim que o pensamento percorreu minha mente, senti a culpa revirando o estômago. Como eu podia estar pensando em garotos bonitos quando minha família se foi?

– Podemos, por favor, falar de outra coisa? – murmurei no celular.

– Falar de caras gostosos é minha versão de terapia.

– Não tá me animando.

– É exatamente o que eu estou fazendo. Agora desembucha! Qual o nome dele?

Fiz uma pausa, sem saber se deveria contar. *Um nomezinho não vai machucar*, decidi. Afinal, não significava nada. Um suspiro escapou da minha boca.

– É Cole.

O nome saiu em um sussurro, como se eu estivesse revelando um segredo.

– Humm. Parece nome de gostoso. Quer dizer, não é Blake nem Declan, mas Cole me soa bem. Ok, agora quero detalhes. Como ele é?

Enterrei o rosto no travesseiro.

– Não foi essa conversa que imaginei.

– Você tá tornando o processo bem mais difícil com toda essa paralisação.

– Tá bom – falei rapidamente. – Alto, loiro e, pelo que parece, um completo porcalhão. Além disso, não consigo nem pensar em garotos agora. Só quero ir pra casa, tá?

– Ah, Jackie – disse Sammy, a voz suave. – Eu não estava tentando te deixar triste. Só queria que pensasse em outra coisa.

– Eu sei – respondi, me sentindo mal por tê-la repreendido. – É só que todas as minhas coisas chegaram hoje, e não estou com coragem de desempacotar. Faria tudo parecer tão permanente...

– Te entendo total, miga. Minha colega de quarto nova se mudou ontem à noite. É tão estranho ver as coisas de outra pessoa do seu lado do quarto. E nem me fale sobre a aula de francês. Eu tive que me sentar sozinha.

O nó no meu peito apertou quando pensei em minha antiga escola, meu antigo quarto e as antigas aulas. A mudança para o Colorado me afastou de tudo o que era familiar, e o único elo restante com aquele mundo era minha melhor amiga.

– Sammy, você não sabe como é bom ouvir sua voz. Estou com tanta saudade. Eu queria... Eu queria...

– Jackie – disse Sammy, reflexiva. – Tudo vai melhorar, tá? Só me promete que você vai se esforçar pra se adaptar. Vai ajudar. Tenho certeza.

– Tá bem – disse para ela, embora não quisesse.

Durante a hora seguinte, ficamos nos falando no celular. Conversar com a Sammy me fez sentir um pouco melhor, mas, quando me encolhi sob as cobertas para dormir, uma sensação de completa e absoluta solidão me manteve bem acordada.

Na manhã seguinte, levantar para correr com Nathan foi uma tortura. Independente de quantas vezes eu esfregasse os olhos, não conseguia me livrar do manto de sonolência que cobria meu corpo. Até que peguei Olivia saindo de fininho do quarto de Cole. Foi um choque tão grande vê-la parada no corredor com o cabelo despenteado e vestindo uma das camisetas dele que acordei no mesmo instante. Nós nos encaramos com o mesmo olhar de surpresa e pânico, e em seguida Nathan saiu de seu quarto, tornando a situação ainda mais estranha. Para piorar, tivemos que descer as escadas juntos.

– Então... – falei assim que o carro de Olivia saiu da entrada da casa. Estávamos sentados na varanda da frente, nos alongando antes da corrida. – O Cole costuma trazer *amigas* pra passar a noite?

Nathan puxou o tornozelo para trás, concentrando-se em alongar o tendão.

– Às vezes, mas não tanto. Acho que ele não quer ser pego.

– Por quê?

– Porque – disse ele, olhando para mim como se eu fosse burra – nosso pai o mataria.

– Isso eu sei – respondi, prendendo meu cabelo em um rabo de cavalo. – O que eu quis dizer é: por que ele é um cara tão...?

– Normal?

Eu devo ter puxado o elástico do cabelo muito apertado, porque o prendedor arrebentou, e a franja caiu no meu rosto.

– Você sabe que não foi o que eu quis dizer – falei, soltando um suspiro frustrado. – Você é um cara normal. E não vejo você dormindo com qualquer uma.

– Acho que ele nem sempre foi assim – comentou, dando de ombros. – Mas o Cole nunca foi de falar o que tá sentindo.

– E o que fez ele mudar?

Nathan fez uma pausa e me lançou um olhar cauteloso.

– Se eu contar, você não pode comentar nada disso com o Cole, tá? Ele é meio sensível sobre o assunto.

– Ok.

– Ano passado, ele perdeu a bolsa de futebol que ia usar pra entrar na faculdade.

– Como?

Minha mente imediatamente procurou razões negativas – drogas, álcool, notas horríveis –, então me surpreendi com a resposta de Nathan.

– Foi em um jogo. Ele era o melhor recebedor do estado até que foi derrubado de um jeito errado e quebrou a perna – disse Nathan. – Obviamente, a perna dele melhorou, mas acho que nunca mais foi o mesmo. Nem foi para as peneiras deste ano.

– Que horror – comentei, me sentindo culpada.

Talvez Cole Walter fosse mais do que garotas e sexo.

Depois da corrida, tomei um banho com a água fria, na tentativa de me refrescar. A água cumpriu seu propósito, e, quando terminei de lavar o cabelo, me senti renovada. De pé no tapete do banheiro, pingando, olhei ao redor. O gancho da minha toalha estava vazio. Mas que merda! Eu tinha pendurado logo antes de entrar no banho.

Um pensamento repentino passou pela minha cabeça, e dei uma olhada no balcão. Meu coração martelava ao passo que o pavor me invadia: a pilha de roupas cuidadosamente dobradas não estava lá. Alguém devia ter entrado no banheiro enquanto eu tomava banho e roubado minha toalha e minhas roupas!

Abri os armários do banheiro na esperança de encontrar algo, *qualquer coisa* que pudesse usar para me cobrir, mas sabia que minha busca seria inútil. As prateleiras estavam cheias de papel higiênico, sabonete e toalhinhas de rosto, mas nada que me ajudasse.

– Não, não, não! – murmurei. – Isso não pode tá acontecendo.

Como chegaria ao meu quarto sem que nenhum dos garotos me visse?

– Tudo bem aí, Jackie? – perguntou Isaac, batendo na porta do banheiro.

– Hã, não exatamente – respondi, minhas bochechas queimando. – Não tem toalha nenhuma aqui.

– Por que você não pegou uma antes de entrar no banho? – perguntou, tentando conter uma risadinha.

– Eu peguei! Alguém roubou. Você pode correr lá em cima e pegar uma pra mim, por favor?

– Acho que não.

– Por que não, hein?

– Porque eu apostei cinco dólares com o Cole que você prefere perder a aula do que correr pelada até seu quarto. Não quero perder dinheiro, né?!

Que descarado do caramba!

Apesar de eu querer evitar encher o saco dos meninos para ser mais fácil me enturmar, não podia deixar o Isaac sair impune dessa, de jeito nenhum.

– KATHERINE! – gritei a plenos pulmões. Com alguma sorte, ela me ouviria da cozinha. – O ISAAC PEGOU MINHA TOALHA!

– Desculpa aí, Jackie, mas minha tia foi levar o Zach e o Benny no dentista, então não tem como ela te ajudar. Aliás, nunca disse que peguei sua toalha. Só disse que não vou pegar outra.

– Por favor, Isaac – implorei, minha voz se erguendo em desespero. – Não quero chegar atrasada na escola.

– Ei, não tô te impedindo. Mas vamos sair em dez minutos, então é melhor você se apressar.

– Isaac! – berrei, batendo na porta. – Não tem graça.

Quando não houve resposta, sabia que ele tinha me deixado presa no banheiro.

Frustrada, bati o punho na porta mais uma vez antes de pousar a testa contra a madeira lisa. Ir para a escola era importante – na verdade, era minha vida –, mas de jeito nenhum correria pela casa dos Walter completamente nua. Teria que esperar Katherine voltar do dentista, e então os garotos já estariam na escola.

Arrepios percorreram meus braços enquanto esperava tremendo sobre uma poça d'água. Parecia que eu ia ficar presa no banheiro por um tempo, então decidi voltar para o chuveiro quente a fim de me manter aquecida. Comecei a puxar a cortina quando tive uma ideia. A cortina tinha duas partes: uma interna, de plástico, para impedir a água de escorrer para o chão, e uma de tecido azul-escuro, para manter a privacidade. Infelizmente, pequenos anéis prateados seguravam o tecido escuro. Queria conseguir separar o tecido do resto da cortina. Talvez se eu puxasse com bastante força...

Puxei a segunda parte da cortina com toda a minha força, mas, em vez de rasgar o que eu queria, senti o varão bater na minha cabeça.

– Saco! – xinguei quando ele caiu no chão.

Apesar de a minha cabeça latejar, peguei rapidamente o varão e puxei a cortina. Então rasguei a parte de plástico dos anéis e usei o tecido azul que tinha sobrado para formar uma toalha improvisada. Como era o banheiro das crianças, um padrão hediondo de macacos e bananas cobria a cortina, mas serviria. *Tomara que a Katherine não fique brava*, pensei, olhando a bagunça que tinha feito. Depois substituiria o que eu tivesse estragado.

Em vez de espiar no corredor para ter certeza de que a barra estava limpa, abri a porta e corri para as escadas.

– Isaac, o pombo fugiu da gaiola! Repito, o pombo fugiu da gaiola!

Olhando por cima do ombro, vi Jack com um *walkie-talkie*. Perto dele, Jordan estava com a filmadora, a luz verde acesa.

– Ela devia estar pelada! – ele disse, como se eu tivesse causado alguma inconveniência.

Sem me preocupar em parar ou mesmo gritar com os gêmeos, comecei a subir as escadas, dois degraus de cada vez, querendo chegar ao quarto antes que alguém me visse usando a cortina do chuveiro. Isaac apareceu no patamar com o segundo *walkie-talkie* em mãos e um sorriso perverso.

– Não acho que ela realmente… – Ele parou quando me viu. – Ah, você é esperta, hein? Não tinha pensado na cortina do chuveiro.

– Sai da frente – falei e passei por ele.

– Jackie, espera! – gritou Jordan, me perseguindo com a câmera em mãos. – Você pode responder algumas perguntas pro nosso filme? Pra começar, meninas brincam com os próprios peitos?

Os gêmeos me seguiram pelo corredor até meu quarto, me bombardeando com perguntas ridículas, até que entrei e tranquei a porta. Encostada na madeira, fechei os olhos e deslizei até o chão.

– Você pode explicar a obsessão das meninas por sapatos? – Ouvi a voz de Jack dizer do outro lado da porta. – Por que vocês precisam de tantos pares?

– Faz a pergunta do banheiro. Aquela é boa.

– É, verdade. Jackie, por que as meninas sempre vão ao banheiro em grupos?

Percebi então que eu nunca mais teria um momento de paz.

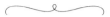

– Certo, gente, atenção aqui. Pra próxima atividade, quero que formem trios – disse a sra. Hanks.

Olhei ao redor da sala, mordendo o lábio com força. Estávamos começando um novo projeto na aula de artes, e eu ainda não tinha feito amigos. Cadeiras rasparam no chão, e todos se moveram na direção de alguém que conheciam. Sabia que ninguém ia me convidar, então fiquei no meu canto, imaginando em qual grupo infeliz a professora me colocaria. Reparei na ruiva que sorriu para mim no primeiro dia de aula; ela se levantou e atravessou a sala. Quando acenou, demorei um segundo para perceber que era para mim. Ergui a mão em um cumprimento quando ela parou na minha mesa.

– Ei, Jackie. Meu nome é Riley – disse com um forte sotaque sulista. – Quer entrar no meu grupo?

– Você sabe meu nome? – perguntei, surpresa.

Ela sorriu.

– Todo mundo sabe seu nome. Você é a menina nova que se sentou com o Cole no primeiro dia. – Riley puxou a cadeira à minha frente e se sentou. – Então, o que acha? Vamos formar um grupo?

Obrigada, Cole Walter! Aparentemente, ele era útil para algo além de me deixar nervosa.

– Sim, por favor. Achei que ia ter que fazer o trabalho sozinha.

– Ah, que besteira. A Heather e eu não deixaríamos você sozinha – disse Riley, se referindo a uma pessoa que eu ainda não tinha visto. – Logo, logo ela se junta à gente. Deve tá atrasada, flertando por aí.

Na mesma hora, uma garota com longos cabelos cor de areia presos em um coque entrou correndo na sala e seguiu na direção de Riley sem pensar duas vezes.

– Você nunca vai acreditar no que acabei de descobrir – exclamou, puxando a cadeira ao lado da amiga. – Sabe aquela menina nova, Jackie, que tava sentada com o Cole esses dias? Parece que o pai dela era um empresário bilionário de Nova York, e a mãe uma estilista famosa. A família inteira dela acabou de morrer num acidente de carro...

– Heather? – sussurrou Riley, tentando interrompê-la.

– ... e teve uma matéria inteira sobre isso naquele site de fofocas que eu gosto. Você sabe qual é, o que posta *nudes* daquele ator britânico de quem eu tava te falando, sabe? Enfim, dá pra imaginar ser rico nesse nível?

– Heather! – repetiu Riley, dessa vez com mais força.

Ela apontou na minha direção.

Heather seguiu o dedo de Riley com o olhar.

– Ai, caramba – disse ela ao notar minha presença.

– O que ela quer dizer é "desculpa" – emendou Riley, repreendendo a amiga com o olhar.

Quando Heather não disse nada, Riley deu um cutucão nela com o cotovelo.

– Ah, isso! Me desculpa mesmo. Fui muito sem noção. Não percebi que você tava sentada aqui.

Heather não parecia nem um pouco arrependida. Os lábios se contorciam na tentativa de conter um sorriso que ameaçava se abrir em seu rosto. Em vez de envergonhada, ela parecia entusiasmada ao me ver.

– Tudo bem – respondi, meus ombros enrijecendo.

Um minuto de silêncio desconfortável se passou enquanto Heather se remexia na beirada da cadeira. Ela parecia prestes a explodir e, finalmente, não conseguiu mais guardar as perguntas.

– Então, como você conhece o Cole? São parentes ou algo do tipo?
– As palavras saíram em disparada de sua boca, a última parte soando esperançosa.

– Não, a gente se conheceu há alguns dias.

– E ele já te convidou pra se sentar com ele? – A testa de Heather se enrugou de descrença.

– Sim.

– Aff, que inveja.

– Inveja por quê?

– Porque – disse Heather, revirando os olhos – o Cole não deixa qualquer garota se sentar com ele na hora do almoço. Só as que ele está *interessado*.

Cole estava muito longe de estar interessado em mim. No estacionamento hoje de manhã, ele havia agarrado Olivia pela cintura e a puxado para se beijarem. Nada diz tanto "estou a fim de você" quanto ser romântico com outra garota, né? Mas então as palavras de Nathan voltaram à minha mente de uma vez, sobre como Cole gostava de pular de garota em garota. Ri, nervosa.

– Não é verdade. Ele só está sendo legal.

– Ai, meu Deus, você é tão ingênua – disse Riley, soando empática ao balançar a cabeça. – O Cole Walter não é legal ao menos que ganhe algo com isso. Esse cara vai te comer viva, e você nem tá ligada.

– Eu não me importaria se ele me comesse viva – disse Heather, mexendo as sobrancelhas.

– Será que você pode guardar as besteiras que pensa pra si mesma? – Riley torceu o nariz em desgosto. Ela se virou para mim. – Jackie, você devia se sentar com a gente no almoço hoje. Vamos te contar tudo o que precisa saber sobre o Cole.

Assenti, ansiosa. Riley era um amor, e seria bom aprender o máximo possível sobre Cole Walter se quisesse entendê-lo. Acima de tudo, era a desculpa perfeita para evitar Erin e seus olhares de ódio.

– Vai ser ótimo.

Heather gritou e bateu palmas. Por mais descarada que ela fosse, decidi que gostava dela. Ela me lembrava um pouco Sammy, e de alguma forma a semelhança me deixou à vontade, embora não estivesse completamente confortável em falar sobre garotos com desconhecidas.

– Perfeito – disse Riley, se inclinando sobre a mesa. – Mal posso esperar.

Assim como no dia anterior, Cole me acompanhou até o refeitório depois da aula. Dessa vez, quando chegamos na frente da fila do almoço, peguei minha própria bandeja. Depois de pagar pela comida, fiquei na ponta dos pés, examinando as mesas em busca de Riley, e finalmente vi uma parte de seu cabelo ruivo brilhante.

Comecei a ir na direção dela, mas Cole estendeu a mão e agarrou meu ombro.

– Ei, aonde você vai, Jackie? Nossa mesa é pra lá. – Ele apontou para onde nos sentamos ontem, e reparei em Erin me observando.

– Desculpa, Cole. Prometi pra minha nova amiga, Riley, que eu ia almoçar com ela.

Cole hesitou, quase como se estivesse surpreso.

– Tudo bem, então, srta. Popular, mas promete que vai almoçar comigo amanhã.

– Vou tentar te encaixar na agenda – brinquei.

– Tá – disse ele, rindo. – Pelo menos me deixa te acompanhar até a sua mesa.

– Claro.

Segui caminho pelo ambiente lotado, Cole no meu encalço. As fileiras entre as mesas estavam tão congestionadas que por vezes o cotovelo de Cole esbarrava no meu quando as pessoas passavam por nós, me causando arrepios.

– Oi – disse e coloquei a bandeja na mesa.

Riley e Heather olharam para Cole sem responder.

– Até depois da aula, Nova York – disse Cole para mim. Ele deu um aceno de cabeça para Riley e Heather. – Senhoritas. – E abriu um sorrisinho antes de ir embora.

Assim que ele saiu do alcance de sua voz, Riley começou a balbuciar:

– Ai, meu Deus! Ele te acompanhou até a mesa? Não acredito.

– Não acredita no quê? – perguntei.

As duas garotas me olharam como se eu não tivesse noção das coisas, e eu provavelmente não tinha, mas era só meu segundo dia. Elas precisavam me dar um desconto.

– O deus de todos os caras tá flertando com você – interrompeu um rapaz que apareceu do nada e deixou cair a bandeja na mesa. – E não é só um flerte casual. É um flerte do tipo "eu quero te comer".

Ele vestia camisa azul com gravata-borboleta vermelha, e o cabelo castanho impecável estava penteado para o lado.

– Você deve ser a Jackie – disse ele. – Meu nome é Skylar, sou o especialista em moda do Colégio Valley View. Dirijo o blog de estilo para o jornal da escola. Se tiver interessada em uma posição de edição, adoraria trabalhar com você. Seu visual da Costa Leste é chiquérrimo.

– Ué? Não vai entregar um cartão de visita? – disse Riley, rindo.

Skylar revirou os olhos e se virou para mim.

– Ela ama tirar uma com a minha cara, mas pelo menos não pareço uma caipira – zombou ele com um pronunciado sotaque sulista.

– Vocês podem parar? – disse Heather, mexendo no celular. – Quero ouvir os babados sobre o Cole.

Todos se viraram para mim.

– Que foi? – perguntei, retribuindo os olhares.

Não tinha percebido que esperavam algo de mim. Eu tinha acabado de conhecer Cole.

– E aí? – incentivou Skylar. – O que aconteceu?

Por que todos se importavam tanto com Cole? Ele era só um cara.

– Ele está na minha aula de antes do almoço, então a gente vem junto pro refeitório – respondi, sem saber o que mais contar.

Eu não era boa com essa coisa de fofocar sobre garotos, e deu para ver na mesma hora que Heather não estava satisfeita com a resposta.

– Mas do que vocês falam? – exigiu ela. Para mostrar que estava dedicada à nossa conversa, fechou o aplicativo e deixou o celular de lado. – Ele te elogiou? Tocou no seu braço, sei lá?

– Vocês estão falando do Walter *de novo*? – perguntou outra garota que se sentou no banco, ao lado de Skylar. – Desculpa pelo atraso. Fiquei presa no laboratório de informática.

– Essa é a nossa nerd de estimação, a Kim – disse Riley, apresentando-a. Kim era esbelta, de cabelo comprido e esvoaçante e pele impecável, o que me faziam associá-la a uma elfa. – Contanto que você não tire sarro do jogo dela ou esses bagulhos em que ela luta contra criaturas míticas, ela não vai morder.

– O nome é MMORPG, Riley. É um jogo de interpretação de personagens online em massa para multijogadores. – Kim jogou o cabelo sobre o ombro. – Aliás, não luto contra criaturas míticas. Eu *sou* uma criatura mítica. Minha personagem é uma anã.

– Uma anã? – perguntei, surpresa.

– É a representação gráfica da minha personagem, um reflexo de quem sou – explicou.

Eu não tinha certeza de como uma criatura de um metro de altura poderia simbolizar o corpo alto e esguio de Kim, mas assenti como se fizesse sentido.

– Você deve ser a Jackie. – Kim estendeu a mão para mim por cima da mesa.

– Uau, todo mundo já sabe meu nome só por causa do Cole? – perguntei.

Ela balançou a cabeça negativamente.

– Na verdade, eu sou amiga do Alex Walter. Ele disse que você acabou de se mudar pra casa deles.

A colher de Heather caiu da mão.

– Como é que é?

– O quê, que eu sou amiga do Alex? Você já sabia disso – disse Kim, franzindo a testa para Heather.

– Não, a outra parte – disse Heather. A colher já estava de volta em sua mão, e ela a balançava freneticamente. – Sobre a mudança.

– Ah – disse Kim, pegando um refrigerante do embalagem de papel em que havia trazido o almoço. – A Jackie acabou de se mudar pra casa dos Walter. Não é, Jackie?

Três cabeças se viraram para mim.

– Hã, é. Eu moro com eles – falei, inquieta, temendo como o grupo reagiria.

– Como é que você se esqueceu de mencionar esse fato? – Riley fungou, a boca aberta de surpresa.

– Ai, meu Deus! – esganiçou Heather. – Você é, tipo, a garota mais sortuda da escola inteira.

– Isso é discutível – murmurei.

O que havia de tão legal em morar com um bando de meninos rebeldes e infantis? Além disso, não é como se eu quisesse morar no Colorado. Será que Heather já tinha se esquecido da fofoca que contou para Riley sobre minha família inteira ter morrido?

– Ela *não disse* isso! – exclamou Heather, se virando para Kim.

– Jackie, Jackie, Jackie – chamou Riley, balançando a cabeça. – Você não percebeu como os irmãos Walter são perfeitos?

– Não, eles são mais que perfeitos. São deuses – disse Heather, olhando sonhadora para o nada.

Kim zombou:

– Não acredito que essas palavras acabaram de sair da sua boca. É tão bizarro.

– Não é! É a verdade. A Jackie caiu no paraíso dos garotos. Quer dizer, pensa só. Não interessa que tipo de cara ela gosta, porque lá tem de tudo. Primeiro tem o Danny, que tem toda aquela aura misteriosa e melancólica. O Isaac é o *bad boy* clássico e sexy. Depois tem o Alex, o típico *geek* tímido. – Heather contava os garotos nos dedos. – O Nathan é o músico descontraído. O Lee é o skatista ousado. E aí tem o Cole, o menino de ouro.

Todos suspiraram e concordaram com a cabeça quando ela disse o último nome.

– Não faz sentido – falei, olhando através do refeitório para a mesa onde Cole estava almoçando. Erin estava sentada em seu colo, brincando com o cabelo dele. – Tem um monte de caras bonitos aqui. O que torna ele tão especial?

– Se Cole não é tão especial, então por que você não consegue tirar os olhos dele? – perguntou Skylar, as sobrancelhas arqueadas, me desafiando.

– Consigo, sim – falei, rapidamente desviando o olhar. – Além disso, não quero namorar. Preciso me concentrar nos estudos.

A mesa toda começou a rir de mim. Quando as pessoas se acalmaram, Skylar disse:

– Claro, com certeza.

– Olha, só estou tentando entender – comentei, frustrada. Se eu conseguisse descobrir o que tornava Cole tão especial, talvez desse para acabar com o frio na barriga que sentia sempre que o via. – Quer dizer, olha pra ela. O que a faz agir assim? – falei, apontando com a cabeça para Erin. Ela estava diligentemente dando uvas na boca de Cole.

– Tem alguma coisa nele – disse Heather com um encolher de ombros, como se isso explicasse tudo. – Algum fator que nenhuma garota em perfeita sanidade mental consegue ignorar.

– O que é?

– Não dá pra dizer, Jackie. – Ela se inclinou sobre a mesa em minha direção, o cabelo espalhado na frente dela como se estivesse revelando um segredo comercial. – É o que eu gosto de chamar de Efeito Cole.

– Mas, se todo mundo gosta dele, deve ter alguma variável comum – observei, tentando pensar de maneira lógica.

– É esse meu ponto: não tem! O fato de você não conseguir falar o que é, independente do que seja, é o que faz ele arrasar corações.

– Isso é ridículo.

– E ainda assim você sente, né? – disse Heather, com um sorriso de quem sabe de tudo.

– Não precisa ter vergonha, Jackie – disse Riley. Lancei um olhar um pouco afiado demais para ela, que acrescentou: – Todas já fomos arrebatadas por uma paixonite por Cole Walter.

– Eu não gosto dele – falei com firmeza, e todos reviraram os olhos. – Admito que ele é gato, mas é isso. Eu nem o conheço.

– Pode negar o quanto quiser – disse Riley, pousando a mão em meu ombro. – Mas reconheço uma cachorrinha apaixonada quando vejo uma.

Queria argumentar, dizer que Riley estava errada. Eu sabia que não estava apaixonada, e ainda assim fiquei de bico calado. A azia queimando no estômago me segurou. Heather e Riley faziam parecer que nenhuma garota conseguia resistir ao Cole, o que tornava minha falta de experiência com homens ainda mais desconcertante.

Que chance eu tinha? Não podia me apaixonar por ele. Não depois do que Nathan me disse, e ainda mais depois do que aconteceu com a minha família. Não era certo. Era cedo demais. Eu precisava ir bem na escola para seguir os passos do meu pai.

E isso seria bem difícil com um cara como Cole Walter me distraindo.

cinco

DEPOIS DA ESCOLA, ME TRANQUEI no quarto e comecei a desfazer as malas, determinada a cumprir a promessa que tinha feito à Sammy. Eu me adaptaria e aproveitaria ao máximo a situação. Na minha cama havia uma lista com o que eu tinha empacotado para garantir que todas as minhas coisas estavam aqui, organizadas.

Embora ainda fosse primavera, a casa estava quente. Os Walter não pareciam entender os benefícios do ar-condicionado, então precisei deixar a janela aberta para entrar um pouco de ar. Eu estava arrumando as coisas havia quase uma hora, tirando as roupas das caixas e colocando-as na cômoda que Katherine deu um jeito de enfiar no quarto, quando ouvi vozes no quintal. Então, um barulho de água, e depois outro. Enxugando o suor das costas, espiei pela janela e vi duas pessoas na piscina.

– Você fica tão sexy todo molhado. Só quero passar as mãos no seu corpo inteiro.

Era a voz de Erin. Ela estava nadando, os longos cachos ruivos se mexendo atrás dela na água, como o cabelo de uma sereia. Seus dedos se moviam para a frente e para trás ao esfregar o ombro de alguém. Ele não estava de frente para mim, mas reconheci a bermuda de banho vermelha de imediato.

– Sexy, é? – disse Cole com voz arrastada. – Fala mais.

– Sério, gente? – disse outra voz, e Alex apareceu no deque, também de bermuda. Ele tirou os chinelos, atirando-os com os pés. – Não quero vomitar na piscina.

– O cloro acaba com a sujeira – rebateu Cole, mas se desvencilhou de Erin.

Mostrando o dedo para o irmão, Alex se aproximou da borda da piscina e mergulhou os dedos na água.

– Alexander James Walter! – gritou Katherine de algum lugar fora de vista. – Você não deveria estar reescrevendo aquele trabalho de história?

Não era uma pergunta. Alex olhou para o céu como se perguntasse "por que eu?" antes de se afastar da piscina a passos lentos.

– Já tô indo, mãe. Não preciso me refrescar. Só tá uns quarenta graus dentro de casa – disse ele, sarcástico.

– Ótimo, e, quando você subir, pergunta pra Jackie que tipo de molho ela gosta na salada. Vamos jantar em meia hora.

Calçando os chinelos de novo, Alex seguiu em direção à casa, e alguns segundos depois ouvi a porta de tela se fechar.

– Finalmente a sós – disse Cole, a voz grave.

Ele nadou até Erin e a abraçou.

– E a Jackie? – disse ela, se afastando dele. – Aquela menina que sentou com a gente no almoço ontem? O que ela tá fazendo aqui?

Congelei ao ouvir meu nome.

– É, ela... – respondeu Cole. – Ela tá morando com a gente.

– Não é possível – disse Erin alto, o rosto se contorcendo de raiva. – Por isso você tá passando tempo com ela. Você gosta dela, né?

Cole não respondeu. O silêncio que se seguiu foi tenso e desconfortável, insuportável até, e fitei Cole, desejando que ele respondesse.

– Eu mal a conheço – disse ele, por fim.

– Obviamente a conhece o bastante pra levar ela pra se sentar com a gente no almoço.

– Você me conhece – respondeu ele. – Não é nada de mais.

– Nada de mais? Você tá falando sério? Ela mora debaixo do mesmo teto que você – sibilou Erin.

– Sim, tô falando muito sério. Por que isso tudo? A gente nem namora.

Foi a coisa errada a se dizer. Fazendo a água respingar, Erin se virou e nadou até a borda da piscina. Quando começou a sair, Cole gemeu de frustração e correu atrás dela.

– Linda, você vai mesmo agir assim agora? – perguntou ele, tentando puxá-la de volta para a piscina.

Erin sacudiu a mão para se desvencilhar dele.

– Até você começar a *agir* como meu namorado, não me chama assim. Vou embora.

Ela pegou a bolsa em uma das espreguiçadeiras e desceu os degraus do deque para o quintal antes de desaparecer atrás da casa.

O silêncio tomou conta outra vez, e, naquele momento, percebi que talvez Nathan estivesse errado a respeito de algumas das garotas do Colégio Valley View. Erin não parecia aceitar muito bem o jeito de pegador de Cole. Talvez eu tivesse uma chance, afinal.

Cole bateu na superfície da água antes de correr os dedos pelo cabelo. Mesmo a distância, dava para ver seus lábios curvados de . Como se sentisse a minha presença, ele olhou para a janela do meu quarto. Quase não consegui me abaixar a tempo e, com o coração palpitando, recuei em direção à cama, saindo de vista.

Ao olhar dentro da caixa, descobri que eu tinha terminado a mudança. Só havia mais um item dentro, e sabia exatamente onde colocá-lo. A moldura do porta-retrato era de ouro brilhante, e as bordas de metal se torciam como rendas ao redor da foto da minha mãe comigo. Coloquei-a em cima da cômoda, ao lado de todas as outras que eu tinha trazido, e dei um passo para trás.

Desde que eu era novinha, as pessoas diziam que éramos parecidas, mesmo que eu não visse muita semelhança. "É o cabelo", eu dizia. "Temos o mesmo cabelo." Minha mãe ria da comparação, não porque discordava de que tínhamos a mesma aparência, mas porque, para ela, não tínhamos nada a ver.

E não tínhamos mesmo.

Crescendo, não demorei muito para perceber como minha vida era extremamente diferente em comparação ao resto do mundo. A maioria das pessoas tinha uma casa, não quatro casas de veraneio em lugares diferentes do mundo, duas casas na praia – uma na Costa Leste, outra na Oeste – e uma cobertura de luxo no Upper East Side de Manhattan.

No primeiro ano escolar, fui fazer um trabalho de ciências na casa de uma colega e fiquei chocada ao descobrir que ela fazia tarefas domésticas. Sempre tive empregadas para limpar minha sujeira, dobrar minhas roupas e guardar minha louça. Não eram motoristas que dirigiam todos os carros na rua – a maioria das pessoas dirigia o seu próprio veículo. E ter um jatinho particular? Também não era normal. Meu pai era a definição de sucesso, e era muita coisa, talvez até demais, para eu alcançar.

Mesmo assim, tentei. Tive que fazer pela minha mãe. Na escola, não tinha apenas a média mais alta do meu ano, mas também me tornei a presidenta do conselho estudantil e a chefe do comitê do anuário ainda quando caloura. Nos verões, estagiava na empresa do meu pai ao mesmo tempo em que ajudava minha mãe a planejar seu baile beneficente de outono.

Minha vida era ocupada, mas nunca de forma agitada e descontrolada. Organizava meu tempo, cada minuto de cada dia, em uma agendinha preta. Minhas listas irritavam minha mãe. Todas as coisas que eu precisava fazer – fosse redecorar meu quarto ou o dever de casa à noite – eram listadas como tarefas organizadas por prioridade. O mais importante ficava na parte de cima, e, quando chegava no fim da lista, podia ficar tranquila, sabia que não tinha esquecido nada. Porque, afinal de contas, esse tipo de surpresa era o pior, não? As coisas que você não planejava – ou não planejava *o suficiente* – tornava tudo menos... perfeito.

Então, enquanto eu era cautelosa, buscava a perfeição, algum tipo de abstração impossível, minha mãe era o oposto: rebelde, espontânea, despreocupada. Por esse motivo, Designs by Jole & Howard era uma das grifes mais populares de Manhattan – Angeline Howard estava disposta a arriscar, a pular sem olhar para baixo. "Jackie", dizia ela, "você não pode controlar tudo. Empecilhos, alguns solavancos inesperados, tudo isso faz parte da vida".

Eu discordava. Tudo podia ser contabilizado. Bastava alguma preparação. Por que alguém escolheria o caos quando poderia viver sob controle?

– Ei, Jackie? – alguém me chamou, interrompendo meus pensamentos.

A porta se abriu em uma fresta, só o suficiente para que eu ver Alex no corredor.

– Oi? – perguntei, abrindo-a por completo.

– Hã, minha mãe quer saber que tipo de molho você gosta na salada.

– Por mim, tanto faz.

– Tá bom, valeu. O jantar vai ficar pronto em dez minutos – disse ele, virando-se.

– Espera. Antes de ir! – Me virei e peguei a peça de Shakespeare de cima da cama. – Aqui – falei, entregando o livro a ele. – Pega.

– Que é isso? – perguntou, olhando para a capa.

– *Sonho de uma Noite de Verão*. Lembra? Eu leio o seu, você lê o meu?

– Beleza – disse ele, mostrando um sorrisinho para mim. – Troca de livros.

– Então, meninos – disse Katherine, soltando as mãos depois que George fez a oração. Estávamos todos sentados para jantar, exceto Will, que tinha voltado para o seu apartamento no dia anterior. – Quem quer confessar que arrancou a cortina do chuveiro?

Quase derrubei meu prato, que estava segurando para que Nathan pudesse colocar uma porção de purê de batata. De alguma forma, ao longo dos eventos do dia, eu havia me esquecido do que aconteceu de manhã. A maioria dos meninos deu uma risadinha, e eu sabia que eles sabiam. Jack e Jordan devem ter mostrado a filmagem em que eu saía correndo do banheiro. Conseguia imaginá-los, todos amontoados ao redor do pequeno aparelho, rindo enquanto eu gritava na tela.

– Nem pensem em culpar o Zack e o Benny como fizeram naquele dia do macarrão na máquina de lavar louças. Como eles foram ao dentista comigo, têm um álibi excepcional.

– Eu sei quem foi – disse Lee, as palavras jorrando de seus lábios, quase como se estivesse esperando que ela perguntasse.

Quando não respondeu na mesma hora, Katherine apertou os lábios.

– E então?

Lee pegou seu copo e tomou um longo gole de água antes de colocá-lo de volta na mesa.

– Não sou de fazer fofoca – disse ele, com um encolher de ombros. – Por que não pergunta pra Jackie?

Ele se virou para mim, e a satisfação cruel cintilou em seus olhos.

– Jackie? – disse Katherine, rindo. Ela balançou a cabeça, rejeitando a ideia. – Nossa, essa é a coisa mais ridícula que ouvi em eras.

Não sabia o que dizer, já que a ideia de eu rasgar a cortina do chuveiro de alguém era, de fato, tão inacreditável que chegava a ser ridícula, mas infelizmente também era verdade. Eu não podia mentir.

– Desculpa, Katherine – falei, baixando a cabeça.

Ao som da minha voz, ela ergueu a cabeça para me olhar.

– Jackie? – Ela fez uma pausa, claramente confusa. Por fim, perguntou: – Por que é que você faria isso?

A pergunta dela provocou outra onda de risadas.

– Eu não quis estragar nada – tentei explicar –, mas, depois que tomei banho, precisava, hã, me cobrir.

George estreitou os olhos, como se soubesse que algo suspeito tinha acontecido.

– Você não se lembrou de pegar uma toalha?

Esse era o ponto em que não havia mais volta. Eu poderia mentir, deixar o Isaac se safar, ou explicar a história toda a fim de justificar minhas ações. Mas, se contasse para Katherine e George o que tinha acontecido, Isaac provavelmente ficaria irritado, e poderia ficar no meu pé depois. Por outro lado, se eu desse um jeito e deixasse para lá, os garotos poderiam interpretar isso como um convite para me importunar. Lancei um olhar rápido para Isaac. Seu lábio se contraiu quando ele olhou de volta, me instigando a desafiá-lo. Me voltei para George.

– O Isaac pegou minha toalha – falei, a acusação saindo em disparada de minha boca. – E minhas roupas.

Levou um instante para George reagir, o maxilar se abrindo e se fechando ao processar minhas palavras.

– *Como é?* – bradou ele, por fim, a cadeira voando para trás quando se levantou da mesa.

Dois segundos depois, Benny fez o mesmo.

– *Como é?* – gritou, arrastando a própria cadeira para trás em uma imitação do pai.

Ao lado dele, Zack começou a rir ao passo que Parker apontou o dedo para o primo e zombou:

– Alguém se ferrou.

George ignorou os três e direcionou a raiva para Isaac.

– Você *roubou* a toalha dela? Você entrou no banheiro enquanto ela estava tomando banho?

– Caramba, tio G! Não foi isso o que aconteceu – disse Isaac.

Pela expressão em seu rosto, dava para ver que ele estava começando a se arrepender do que tinha feito de manhã.

– Eu juro, se você estiver mentindo pra mim...

– Não estou. Prometo! – respondeu Isaac, fingindo inocência.

Eu podia ter dado um chute nele.

– Mentiroso – falei, a voz aguda. – O Isaac apostou cinco dólares com o Cole que eu preferiria perder a aula do que sair do banheiro pelada. Eles iam me deixar presa lá dentro e sair sem mim.

Cole ergueu as mãos no ar.

– Ei, não me envolve nessa. Não tenho nada a ver com isso.

Olhando ao redor da mesa, George avaliou as reações de todos, que variavam desde as sobrancelhas erguidas de Alex até a expressão neutra de Danny. George parecia estar se segurando. As mãos, que agarravam a borda da mesa, ficaram totalmente brancas.

– George – sussurrou Katherine suavemente, colocando sua mão sobre a dele.

George olhou para o contato da esposa, e de alguma forma isso pareceu acalmá-lo, porque ele deixou escapar um suspiro.

– Pelo seu histórico, Isaac – disse ele, tentando manter a calma –, é difícil acreditar em você.

– Mas é verdade – disse Lee, vindo em auxílio do irmão. Foi a primeira coisa que disse desde que me delatou, e dava para ver em seu rosto que ele estava gostando do caos que causara. – Ele ficou no nosso quarto a manhã inteira tentando terminar um trabalho. Eu vi.

– Ah, tá bom. O Isaac não liga pra lição de casa... – Nathan começou a dizer, mas Lee deu uma cotovelada nele para fazer com que calasse a boca.

– Alguém mais viu o que aconteceu com a Jackie ou com o Lee? – perguntou Katherine. Zack e Benny ergueram as mãos, e ela suspirou.

– Alguém mais, alguém que não foi ao dentista, sabe me dizer o que aconteceu?

Olhei ao redor da mesa, tentando encontrar um rosto amigável, mas nenhum dos garotos olhava para mim. Até Nathan me ignorou. Sua boca estava apertada na mais fina das linhas, e, com o garfo, ele se concentrou em espetar algumas ervilhas perdidas que rolavam em seu prato.

Pela primeira vez desde que cheguei na casa dos Walter, estava um silêncio mortal, e percebi que ninguém me defenderia.

– Katherine – falei, adotando o tom profissional do meu pai. – Eu perguntaria para o Jack e o Jordan o que eles sabem, ou melhor, o que filmaram. Tenho certeza de que vai ajudar a resolver o caso. Se não tiver problema, vou para o meu quarto.

Quando Katherine veio se desculpar pelo comportamento dos filhos mais tarde naquela noite, ela me encontrou sentada no peitoril da janela, observando o quintal. Naquela hora, já estava escuro. Só dava para ver partes da lua refletidas na piscina, e a grama atrás do deque havia sido engolida pelas sombras, como se nunca tivesse existido. Meia hora antes, eu tinha ouvido gritos furiosos vindos da cozinha, e, a julgar pelo tom de voz de George, um dos garotos estava muito ferrado. Agora, tudo estava quieto.

– É estranho – falei quando ela se aproximou e parou ao meu lado. – Como aqui parece vazio.

– Vazio? – perguntou ela, um olhar de preocupação.

Mostrei um sorrisinho para ela, sabia que tinha entendido errado.

– Lá em casa, quando olhava pela janela – comecei a explicar –, mesmo de noite, sempre tinha alguma coisa: a luz dos postes, um táxi virando a esquina, alguém passeando com o cachorro. A escuridão aqui é tão densa que, quando fica silêncio assim, não parece ter nada lá fora além do vazio.

– Acho que nossa vida noturna é um pouco mais sutil – disse Katherine, olhando pela janela comigo.

Ficamos quietas, encarando a escuridão. De vez em quando, eu conseguia distinguir o brilho amarelo de um vaga-lume, mas então o brilho desaparecia como se nunca tivesse existido, e eu ficava com a sensação de que minha mente estava pregando peças em mim.

– Jackie – chamou Katherine depois de um minuto –, eu sinto muito por como meus filhos te trataram de manhã e no jantar. Foi completamente inaceitável.

Eu não tinha nada para dizer, então assenti. Por causa da minha sugestão, Katherine tinha confiscado a filmadora dos gêmeos e analisado as gravações. Eles não tinham só me filmado correndo para fora do banheiro, mas também gravaram Isaac arrombando a porta e roubando minhas roupas, então ele foi pego em flagrante. Ela se desculpou novamente e prometeu que todos os envolvidos seriam punidos. Quando falei que pagaria pelo estrago, ela riu. O preço da cortina seria descontado da mesada de Isaac.

Ela ficou por mais uns 15 minutos, e conversamos. Katherine perguntou sobre meus dois primeiros dias de aula e a adaptação. Imaginei que essa fosse a forma de ela dar uma olhada em mim, ver se estava tudo certo.

– Estou bem – falei. – Juro.

Mencionei que havia feito alguns amigos na escola e que minhas aulas eram fáceis, e outras coisas sem importância para deixá-la feliz. Na verdade, eu estava deixando a vida me levar: acordava, tomava banho, ia para a escola, dormia. Colorado era um marcador de páginas no livro da minha vida, o lugar onde eu tinha que ficar até ter idade o suficiente para voltar para Nova York.

Exausta após o longo dia, eu estava bocejando por volta das dez, então peguei meus itens de higiene pessoal e fui para o banheiro. Para a surpresa de ninguém, quando saí para o corredor e dei de cara com Lee, ele me mostrou uma carranca antes de voltar para seu quarto e bater a porta. Fiquei parada no corredor, absorvendo sua atitude raivosa. Ele devia ter arranjado um problemão por ter mentido.

Eu não me importava de ele ter se juntado com Isaac no jantar, me jogando para os lobos com mentiras descaradas. Lee fez questão de ser grosseiro comigo desde que cheguei, e não esperava nada menos dele. Mas com Nathan a história era outra. Notas de uma música pela metade soaram pelo corredor, desajeitadas e hesitantes, e senti uma irritação súbita.

A música vinha da única porta aberta do corredor do andar de cima, e entrei no quarto de Nathan sem bater. Havia duas camas no cômodo pequeno. De um lado, as paredes estavam decoradas com pôsteres de *Jornada nas Estrelas*, roupas espalhadas no chão e uma pilha de jogos de videogame ao lado do computador, quase até o teto. Do outro, a metade de Nathan, tudo limpo e simples, só com o estande de partitura no canto para indicar que era o espaço dele. Ele estava deitado na cama mais perto da porta, de olhos fechados. Seus dedos passavam lentamente pelas cordas do violão enquanto criava uma música.

– Por que você não disse nada? – perguntei, a dor enchendo meu peito.

Nos conhecíamos havia poucos dias, e ainda assim me senti traída. Era para Nathan ser meu amigo aqui na casa. Foi ele que correu comigo nas duas manhãs, a tagarelice constante mantendo afastados os pensamentos dolorosos a respeito da minha família; ele que me acompanhou até a sala de aula para que eu não me perdesse; e foi a única pessoa que me alertou a respeito de Cole, seu próprio irmão.

Nathan ergueu a cabeça e me olhou por cima do violão. Quando me viu parada na porta, ele se sentou.

– Jackie, eu... – ele começou, como se estivesse prestes a me dar uma desculpa. Então balançou a cabeça e recomeçou. – Olha, vou direto ao ponto. A gente tem esse acordo entre todos os irmãos de nunca dedurar um ao outro. Se a gente fosse falar pros nossos pais cada coisinha que o outro fez, todo mundo ficaria de castigo direto, tipo, pra sempre.

– Mas como é que eu ia saber? – reclamei. Os irmãos Walter estavam mesmo bravos por causa de um acordo idiota que ninguém nunca me contou? Senti como se alguém tivesse me dado um soco no estômago. – Não queria quebrar uma das regras de vocês ou qualquer coisa do tipo, mas não queria que sua mãe ficasse brava comigo.

– É idiota – concordou –, mas eles também são meus irmãos.

– Então o Isaac e os outros estão bravos comigo?

Me abracei, os braços cruzados em cima do peito, tentando me convencer de que ficaria tudo bem.

– Não. Sei lá, talvez.

Ele correu a mão pelo cabelo.

Um longo suspiro saiu pela minha boca.

– É muito injusto.

– Eu que o diga, pode acreditar.

– Então, quanto tempo você acha que vão ficar com raiva? – perguntei, baixinho.

– Uma semana, talvez? – disse ele, um tanto incerto ao me olhar de soslaio. – Posso tentar enfiar um pouco de noção na cabeça deles.

– Valeu, Nathan – falei, colocando uma mecha de cabelo atrás da orelha. – Seria ótimo.

Queria dizer que era idiota ele ter que falar por mim, mas sabia que não adiantava. Se eu havia aprendido algo sobre os irmãos Walter até então era que eles eram imprevisíveis. Eu não poderia forçá-los a se encaixar no meu mundo apertado e organizado, onde tudo fazia sentido. Eles viviam de acordo com seu próprio conjunto estranho de regras, e de alguma forma eu teria que aprender a viver nesses limites e, ainda assim, lutar pela perfeição.

De volta ao meu quarto, encontrei Cole parado ao lado da cômoda, analisando os diferentes porta-retratos que eu havia colocado em cima dela.

– Quem é? – perguntou ele, olhando para a minha irmã da mesma forma que todos os garotos olhavam.

Lucy era impecável. Não havia outra forma de descrevê-la. Ela podia rolar para fora da cama de manhã, e seu cabelo preto longo e liso faria qualquer um pensar que ela tinha acabado de sair do cabeleireiro. Nunca a vi passar maquiagem – ela nem precisava. Sua pele era sempre lisa como porcelana, um *blush* rosa natural nas bochechas. Mas não era a beleza de Lucy que a tornava tão deslumbrante.

Ela era feita para ser modelo, e por isso minha mãe a adorava. Lucy sempre soube a forma certa de mover o corpo – um movimento suave no pescoço ou a curva da perna – para criar a mais dramática das poses. Seus olhos brilhavam como se ela estivesse flertando com a câmera, e o sorriso era grande e ousado. Aos olhos da minha mãe, Lucy era um sonho, tudo o que uma estilista poderia querer de uma filha.

Nós só tínhamos um ano de diferença, mas eu a admirava daquele jeito "você é tão grande e sábia", como calouros fazem com veteranos no primeiro ano do Ensino Médio. Talvez fosse porque tudo o que ela fazia era muito natural, quase como se tivesse nascido sabendo de algo que o restante de nós não sabia. Todos os anos, depois do meu aniversário, tínhamos a mesma idade por um total de onze dias, e toda vez eu pensava: é isso, finalmente vou me sentir tão velha e inteligente quanto Lucy. De alguma forma, de repente eu saberia das coisas que ela sabia, e assim minha mãe ligaria para mim também. Mas, quando o aniversário de Lucy chegava, ela magicamente ganhava cinco anos a mais do que eu, de quinze para de repente vinte, sempre inalcançável.

No meu coração, eu sabia que nunca ia ser como minha irmã – éramos diferentes demais. Ela era como nossa mãe, despreocupada e bem-apessoada, enquanto eu era como nosso pai, calculista e séria. Não me lembro de quando cheguei a essa conclusão, mas percebi que, se conseguisse ser tão bem-sucedida quanto meu pai, minha mãe começaria a me amar da mesma forma que amava Lucy. Afinal, ela se apaixonou por ele mesmo sendo opostos.

Foi aí que minha obsessão em ser perfeita começou. Se eu teria o tipo de carreira que meu pai teve, não havia tempo para cometer erros. Comecei a planejar a vida. Primeiro, me formaria como melhor aluna da turma. Em seguida, entraria na Universidade de Princeton, como meu pai, e estagiaria em uma empresa importante de Nova York. Depois, começaria a trabalhar na empresa do meu pai, meu legado por direito.

Deixei meus produtos de higiene pessoal na mesa.

– Lucy. É minha irmã.

À espera de algum comentário inapropriado de como ela era pegável, fui surpreendida quando Cole colocou o porta-retrato de volta no lugar e respondeu:

– Você se parece com ela.

– Eu... Obrigada.

Era o melhor elogio que alguém me fazia em muito tempo. Não porque Cole achava que eu me parecia com a minha irmã, que era uma das garotas mais lindas que conheci, mas porque me fez sentir como se carregasse uma parte dela comigo.

Cole se virou para mim, sem perceber o quanto suas palavras tinham me afetado, suavizando meu coração dolorido, mesmo que só um pouquinho. Mas então um pensamento me ocorreu: talvez ele soubesse. Cole estava claramente ciente de como as garotas agiam perto dele o tempo todo, e talvez fosse bom em perceber mudanças repentinas nas pessoas, como a respiração fraca e as mãos trêmulas. De qualquer forma, ele não insinuou nada.

– Só queria saber se você tá bem – disse ele, indo em direção à porta.

– Checar se o Isaac ou o Lee não tinham te matado ou algo assim.

Assenti para indicar que sim, eu ainda estava respirando.

– O Nathan me disse que vocês têm um código de honra ou sei lá o quê – falei em voz baixa. – Eu não sabia. Só queria deixar claro pra sua mãe o que tinha acontecido, mas o Isaac só...

– Você não tem que se explicar, Jackie – disse Cole categoricamente. – Se eu estivesse no seu lugar, teria feito a mesma coisa.

– Então vocês não vão me dar um gelo?

– Eu não vou. O Nathan também não, obviamente – respondeu, a cabeça virada para a porta do quarto. – Você vai ficar bem. Só se lembre da regra no futuro.

– Tá bom – falei, balançando a cabeça. – Valeu.

– Que nada, eu que devia agradecer.

– Pelo quê?

– Por me surpreender.

– Te surpreender?

Cole sorriu.

– Eu achei que teria que desembolsar aqueles cinco dólares pro Isaac. Fiquei feliz por você não ter sido tão previsível quanto eu pensava.

Ele fechou a porta antes que eu pudesse processar o que tinha me dito. Quando se foi, as palavras me atingiram. Cole sabia da aposta o tempo todo.

seis

JACKIE, ME SALVA.

Levantei da cama com um sobressalto e rapidamente alcancei o abajur da mesa de cabeceira. A escuridão do quarto era sufocante, e não consegui respirar fundo até a luz amarela encontrar meus olhos. Meu pijama grudava na minha pele encharcada, e a voz da minha irmã ainda ecoava em meus ouvidos. Era um pesadelo, o mesmo de sempre. Começava sempre igual, com nós todos no carro em um dia tranquilo, curtindo o passeio juntos. Então uma força invisível me arrancava do banco, e eu ficava impotente para fazer qualquer coisa exceto assistir enquanto a terra engolia minha família.

Era cedo demais para correr, mas meu coração estava batendo forte, e eu sabia que ficaria me revirando na cama até o sol nascer. Empurrei as cobertas e decidi descer até a cozinha, esperando que um copo de leite morno com mel ajudasse a acalmar os nervos. Katherine fez isso para mim quando estávamos em Nova York. O nervosismo de me mudar para o Colorado tinha deixado meus pesadelos piores do que o normal, e certa noite que acordei gritando ela acordou também.

Desci as escadas em silêncio. Era ainda mais difícil do que durante o dia, porque a falta de luz impossibilitava ver qualquer tralha que estivesse no chão. Alguma coisa devia ter surgido ali – sempre que eu subia ou descia, tinha um novo filme, livro ou jogo nos degraus.

Quando meu pé esbarrou numa bola, respirei fundo, e ela desceu as escadas levando outros itens consigo. Mantive a respiração presa até a bola ter parado; queria ter certeza de que ninguém tinha ouvido o barulho. Apesar de Cole dizer que estava tudo bem, eu sabia que alguns dos garotos ainda deviam estar com raiva de mim, e não queria deixar as coisas piores acordando-os no meio da noite.

Depois de chegar ao pé da escada sem causar outro acidente, tracei meu caminho pelo corredor da entrada, um suave brilho azul indicando o caminho. Ao chegar na cozinha, ouvi o barulho quase inaudível da TV.

– Olá? – sussurrei, indo em direção à sala de estar.

Quando pisei no tapete, vi que a TV estava ligada em uma série policial – o detetive inspecionava um cadáver ensanguentado na tela. As almofadas do sofá estavam jogadas no chão e, na mesa de centro, havia um pacote de batatinhas aberto, mas a sala estava vazia.

Minha descida não tão sutil escada abaixo não acordou ninguém, mas avisou quem estava acordado que eu estava chegando. Parecia haver outro insone na casa além de mim, e, a julgar por sua personalidade retraída, eu sabia exatamente quem era.

A semana de aulas estava no fim, e precisávamos terminar o projeto de artes na sala. Cada grupo deveria apresentar o que havia feito na segunda-feira, mas Heather, Riley e eu não estávamos nem perto de terminar. Tínhamos escolhido fazer uma colagem de fotos, mas além de conseguirmos uma câmera, não tínhamos feito qualquer progresso.

Heather e Riley andavam distraídas, me perguntando sobre os Walter constantemente.

– O Isaac usa cuecas boxer ou normais? – perguntou Heather, puxando o chiclete da boca em um longo fio.

– Como é que eu vou saber? – respondi, tentando ajustar o foco da câmera.

Não conseguia descobrir como desembaçar a lente. Queria gritar.

– Você mora com ele – apontou Riley, como se eu passasse todo meu tempo livre na casa dos Walter vasculhando as gavetas de cueca deles.

Pensando nisso agora, era o que Heather provavelmente faria.

– É, há uma semana – lembrei. – Vamos focar, por favor? Preciso de uma nota boa nesse projeto.

– Relaxa, Jackie – disse Riley. – É aula de artes. Ninguém tira nota ruim.

– Mas se a gente não entregar o projeto…

– Relaxa. – Heather entrou na conversa. – A gente vai terminar.

– Quando? A gente tem… – Fiz uma pausa para olhar o relógio. – Exatamente vinte minutos para terminar, e não tiramos nenhuma foto.

– Sei lá – disse Riley. – Mas a gente termina.

– Ai. Meu. Deus – gritou Heather um segundo depois. – Tive a ideia mais brilhante de todas! Por que a gente não termina o projeto na casa dos Walter no fim de semana? A gente até podia fazer uma festa do pijama!

Riley franziu a testa, desaprovando a ideia.

– Não sei, não, Heather – disse ela devagar. – É meio grosseiro se convidar pra ir na casa de alguém, ainda mais porque a gente acabou de conhecer a Jackie.

Uma onda de animação percorreu meu corpo. Uma festa do pijama não seria apenas a solução perfeita para a crise do nosso projeto, mas poderia ser a minha chance de me consolidar nesse grupo de amigas. Mesmo com a ajuda de Lucy – ela me apresentava para todo mundo que conhecia no Hawks –, para mim, nunca foi fácil fazer amigos. Sem ela agora, era ainda mais difícil conhecer outras pessoas.

Engoli o nó na garganta que surgiu ao pensar na minha irmã. Levar a Riley e a Heather para casa seria bom. Talvez eu pudesse perguntar para Katherine depois da escola se elas podiam dormir lá no sábado. Era quase como se Lucy estivesse comigo, me incitando a criar laços com essas novas pessoas.

– Não, não, tudo bem! – falei rapidamente, passando o olhar de uma para a outra. – Só vou perguntar pra sra. Walter se a gente pode. Sábado tá bom pra vocês?

Riley me analisou por um momento, como se estivesse insegura, então forcei um sorriso maior no rosto.

– Acho que sim – disse ela, por fim, depois de outro longo momento de hesitação. – Vou ter que pegar meu pijama mais fofo.

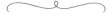

Mais tarde naquele mesmo dia, depois que Katherine concordou com a festa do pijama, liguei para Riley a fim de contar as boas notícias e desci as escadas para agradecer a Katherine por deixar minhas amigas virem para cá. Ao me aproximar da cozinha, ouvi uma voz irritada.

– Mas, tia Kathy, ela só mora aqui há uma semana e você já tá deixando ela chamar amigas?

– Lee – disse Katherine em tom desaprovador –, como você pode dizer uma coisa dessas?

– Não é como se fosse a casa dela pra ela ficar convidando gente.

– Querido, aquela pobre garota não tem família. Essa é a casa dela agora, quer você goste ou não. Estou só tentando colocar uma pitada de felicidade no meio dessa situação horrorosa, e você devia estar fazendo o mesmo. Você, de todas as pessoas, devia entender.

Parei de forma tão abrupta que parecia que estava em uma montanha-russa, com a trava de segurança me puxando para trás quando a volta chegou ao fim.

– Qual é, tia Kathy...

Não fiquei tempo o bastante para ouvir o que Lee disse. Ele estava certo, não era a minha casa e eu nunca me encaixaria aqui. Subi as escadas sem me importar se mandaria alguns DVDs pelos ares no caminho e corri pelo corredor em direção ao meu quarto. Eu estava me movendo com tal ímpeto que, quando bati em algo duro como pedra, caí de bunda no chão.

– Filho da... – resmungou Cole. Ele estava esfregando a cabeça, a mandíbula apertada de dor, enquanto nós dois estávamos sentados no chão em transe. Quando ele olhou e percebeu que eu estava caída ao seu lado, balançou a cabeça. – Caramba, garota, pra alguém tão pequena, você é um tratorzinho.

– Desculpa – respondi e me levantei.

Minha cabeça estava com aquela sensação leve e meio barulhenta de quando se levanta rápido demais, e havia pontos pretos piscando na frente dos olhos, mas passei por Cole determinada em chegar ao meu quarto.

– Ei, Nova York! Espera aí – gritou ele. Dava para sentir Cole cambalear atrás de mim, mas não parei, abrindo a porta com tanta força que ela bateu na parede, sacudindo a estante mais próxima. – Jackie, o que aconteceu?

– Nada – menti, tentando fechar a porta antes que ele entrasse.

– Isso – comentou Cole enquanto enfiava o pé na fresta da porta que se fechava – é uma baita mentira..

– Não quero falar disso agora, tá? – disse, praticamente implorando para ele entender.

Não queria ficar perto de ninguém no momento. Ele não podia ver minhas lágrimas. Ninguém podia.

– Foi algo que eu fiz? – perguntou, confuso.

Estava disposta a apostar que nenhuma garota havia recusado seu ombro para chorar até então.

Balancei a cabeça, negando.

– Pera aí – pediu ele, e ali estava o olhar, aquele de que eu tinha tanto medo. O que dizia "coitadinha da Jackie". Cerrei os punhos em antecipação, os nós dos dedos estalando enquanto esperava que ele mencionasse minha família. Mas ele não mencionou. – Isso é por causa do lance da festa do pijama?

Pisquei os olhos para ele. Não era o que eu esperava que ele dissesse, o que foi um alívio, mas ele já sabia da festa, o que significava que a fofoca tinha se espalhado como fogo pela casa

– É, não é? – insistiu Cole quando não respondi.

Não é só isso, quis corrigi-lo. *É por causa da minha família e de vocês todos saberem.*

– O Lee te contou? – perguntei em vez de responder. – Ele definitivamente não gosta de mim, né? Mas era uma péssima ideia mesmo. Eu não devia ter passado dos limites.

Quando ainda estava em Nova York, depois do meu colapso, aprendi sozinha a controlar meus sentimentos. Foi essencial para o meu sucesso no futuro, porque eu nunca poderia me perder daquele jeito de novo. Então construí uma parede na mente para conter a enxurrada de emoções. Mas aqui era difícil de manter. A casa dos

Walter não era nada parecida com qualquer coisa que já havia vivido: era desorganizada, barulhenta e imprevisível. Sem uma rede de apoio adequada, algum tipo de estabilidade, eu estava me perdendo no caos. O comentário de Lee tinha feito uma rachadura nas paredes de minha mente, e senti que tudo iria desmoronar.

– Jackie, você não pode dar ouvidos para o Lee – disse Cole com voz calma e límpida, do tipo que as pessoas usam para convencer. – Ele não sabe do que tá falando. Só ignora.

Assenti mecanicamente enquanto olhava para além dele. Claro, eu entendia o que Cole estava tentando dizer, alguma forma simpática de passar confiança, mas não importava o que me dissesse. Era como quando as pessoas me deram pêsames no velório: eram só palavras, um roteiro que precisavam seguir. Eles diziam sentir muito, mas na verdade nunca conseguiriam entender pelo que eu estava passando. Então não importava se Lee estava só sendo malvado e eu deveria deixar de lado, porque ele estava falando a verdade.

E aí foi quase como se Cole entendesse o que eu estava pensando.

– Ei – disse ele, colocando as duas mãos em meus ombros. Ele me deu uma sacudida de leve, me forçando a olhar para ele. – Eu sinto muito mesmo que meu primo tá sendo um imbecil. Me deixa compensar.

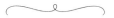

– Estes são os estábulos, onde deixamos os cavalos – disse Cole, segurando a porta aberta para mim.

Ele havia se oferecido para me mostrar a fazenda, e eu concordei. Precisava que alguém, *qualquer pessoa*, me distraísse.

Dava para ver os estábulos da janela do meu quarto. Quando percebi a construção principal de longe, presumi que fosse um celeiro, mas agora, ao entrar, dava para ver que era muito maior. A primeira coisa que me atingiu foi o cheiro de animais e de feno. Era extremamente penetrante – o tipo de cheiro tão forte que dava para senti-lo nos pulmões ao respirar.

Estávamos parados na frente de uma longa fileira de baias, uma de cada lado. Algumas estavam vazias, mas animais enormes ocupavam o restante, relinchando e balançando os rabos. Eles variavam de marrom escuro a cinza claro, mas, na minha opinião, eram todos igualmente assustadores. Dava para sentir Cole logo atrás de mim, e, por algum motivo estranho, achei isso reconfortante.

– Além dos cavalos – disse ele com a voz calma –, a melhor coisa desse lugar é o sótão.

Cole me incentivou a ir para a frente, as mãos pressionando minhas costas, me guiando. Enquanto caminhávamos para o outro lado do estábulo, ele apontou os diferentes cavalos, me dizendo seus nomes. Em uma das baias, um homem estava escovando uma égua preta que Cole chamou de Uvinha, e, quando nos ouviu, o homem ergueu os olhos e deu um aceno de cabeça em nossa direção.

– Quem é? – sussurrei enquanto continuávamos andando.

– É um dos tratadores – respondeu. – Meu pai tem muitos funcionários. Precisa muita gente pra administrar uma fazenda, e meus irmãos e eu nem sempre podemos ficar pra ajudar.

Quando chegamos no fim das baias, eu havia contado 24 cavalos ao todo. Cole parou em frente a uma escada de madeira, e estiquei o pescoço tentando ver o que havia no segundo andar. Pisou no primeiro degrau e começou a subir. Na metade do caminho, olhou para mim por cima do ombro.

– Vem, Jackie.

Subi atrás dele, o que foi mais difícil do que parecia por causa da minha saia lápis. Quando cheguei ao topo, Cole me estendeu a mão e me puxou para o sótão. Era óbvio que os garotos haviam reformado o espaço. Eu não sabia o que esperar, talvez fardos de feno, mas em vez disso havia um tapete azul surrado no chão, dois sofás, uma TV velha em uma mesa de centro e um dos sempre presente murais de Katherine decorando a parede. Uma pilha de jogos de tabuleiro estava no canto, mas, a julgar pela camada de poeira, eles não jogavam havia um tempo.

– A gente vinha muito pra cá quando era mais novo – explicou Cole enquanto eu rondava a sala, absorvendo cada detalhe.

Uma das vigas que sustentavam o teto estava coberta de rabiscos feitos com caneta permanente: datas e os nomes dos meninos marcando suas alturas à medida que cresciam.

Quando ele viu o que eu estava olhando, passou os dedos sobre uma marca com seu nome ao lado.

– Eu me lembro de que quebrei a perna nesse dia – disse ele, balançando a cabeça. – Vamos colocar você.

Ele pegou um marcador. Estava pendurado na corda pregada na viga, esperando pacientemente para registrar uma nova altura. Me coloquei de costas contra a madeira áspera em que marcavam as alturas, e as mãos de Cole roçaram o topo da minha cabeça ao passo que ele desenhava a linha. Ele escreveu meu nome ao lado da marca quando eu saí da frente, e percebi que a pequena marcação preta não era apenas uma prova de como eu era baixinha em comparação com a maioria dos Walter; era também uma memória.

– Aqui – disse Cole, olhando sua obra depois de pendurar o marcador de novo. – Agora que você foi apresentada ao sótão, deixa eu te mostrar por que ele é tão incrível.

Ele cruzou até a beirada e se inclinou, a mão à procura de uma corda no teto.

– Cole, o que você está fazendo? – questionei quando ele se içou no corrimão.

– Saca só – disse ele com um sorrisinho.

Ele deu uma passada larga e se balançou no ar como Tarzan, gritando a plenos pulmões antes de cair em uma enorme pilha de feno.

Corri até a beirada, as mãos segurando o parapeito enquanto espiava para ver se ele estava bem. A princípio, não consegui vê-lo, porque o monte de feno o havia engolido. Mas, antes que eu surtasse, Cole apareceu, espalhando pedaços de grama seca por todos os lados.

– Sua vez, Jackie – gritou. – Pega a corda.

– Nem ferrando – falei, recuando. Me virei para a direita, em direção à escada. – Vou descer como uma pessoa normal pra não ir pro pronto-socorro.

– Ah, não vai, não. – Ouvi Cole dizer lá embaixo, e, antes que eu conseguisse alcançar a escada, vi o topo dela tremer e então desaparecer, me deixando presa no sótão. Encarei a lacuna vazia no corrimão por alguns segundos antes de perceber que a escada havia sumido. A visão era estranha, como se estivesse faltando um dente no sorriso de alguém.

– Não tem graça, Cole – falei, por fim, tentando ficar calma enquanto olhava para ele lá de cima. – Põe a escada de volta, por favor.

– Não.

A escada ainda estava em suas mãos, mas ele a estava inclinando para o lado oposto, longe do meu alcance.

– Se você acha mesmo que vou pular desse sótão, saiba que está enganado – informei-o no meu melhor tom de estou-falando-sério. Sinceramente, o que ele tinha na cabeça? Que ideia ridícula.

– Qual é, Jackie – respondeu com voz suplicante. – Nem é tão alto, prometo que é seguro. A gente fazia isso o tempo todo quando era criança.

Eu não estava vendo graça em nada disso.

– Se você não colocar a escada de volta agora...

– Qual a pior coisa que pode acontecer? – perguntou ele, me interrompendo.

Seus braços estavam cruzados sobre o peito, e ele esticava o pescoço para me olhar.

– Eu poderia quebrar a perna – rebati, me lembrando do que ele havia me dito minutos antes, quando estávamos analisando as marcas de altura.

– Jackie – gemeu, a cabeça caindo para trás em sinal de aborrecimento. Ele revirou os olhos para o teto. – Juro que não foi assim que eu quebrei a perna.

– Desculpa, Cole – falei plantando as mãos firmes em meu quadril –, mas não sou o tipo de pessoa que corre riscos desnecessários.

– Riscos desnecessários? Você parece até um empreendedor sem graça. Você não tá assinando um contrato multimilionário ou coisa do tipo. Só vai balançar um pouquinho na corda. É pra ser divertido.

– Como já disse, não vejo nada de divertido em quebrar a perna.

– Você é sempre tão teimosa? – perguntou Cole, resmungando mais para si do que comigo. Ainda balançando a cabeça, ele fez questão de se sentar com as pernas cruzadas. – Nem ligo. Posso ficar aqui o dia inteiro.

– Achei que o objetivo desse passeio fosse me animar, não me torturar.

Houve uma pausa, então Cole suspirou.

– Eu tô tentando, mas você torna as coisas muito difíceis – disse como se fosse eu quem estivesse sendo ridícula. – Sério, Jackie, vai *viver* um pouco.

Ao ouvir isso, respirei fundo.

Eu tinha planejado cansá-lo, ficar sentada no tapete azul até minhas pernas dormirem. Mas então ele disse aquela simples palavra: *viver*. Olhando para trás, tenho certeza de que Cole não quis dizer muito com isso; ele só queria que eu pulasse. Mas isso me atingiu, pairando no ar como fumaça de cigarro, densa e indesejada, e eu quase engasguei. Por que eu ainda estava aqui, respirando, quando minha família se foi, suas vidas interrompidas? *Será que eles se sentiriam tão culpados quanto eu se fosse ao contrário?*, pensei.

Uma onda repentina de raiva pulsou pelo meu corpo, e soltei a fita azul que separava meu cabelo da minha franja. Usando como prendedor, amarrei as madeixas para trás em um rabo de cavalo antes de me dirigir à beirada do sótão. Precisei de três tentativas para alcançar a corda, meu estômago pressionado contra o parapeito enquanto eu me inclinava para o ar livre com os dedos esticados. Quando finalmente estava com a corda em mãos, passei minhas pernas para o outro lado cuidadosamente e respirei fundo.

– Você consegue, Nova York – dizia Cole agora, mas eu não o via porque meus olhos estavam bem apertados.

Era uma ideia idiota, tão incrivelmente idiota, e ainda assim eu pulei. Com um impulso enorme, chutei o parapeito para longe e atravessei o ar, cortando-o.

Indo para a frente e para trás no ar, consegui soltar um monte de palavrões e terminei com um estrondoso:

– Walter, eu oficialmente te odeio!

A corda começou a balançar cada vez mais devagar, então eu a soltei. O chão surgiu ao meu redor, e mergulhei em um mar de feno.

– Viu? – disse Cole, caminhando em minha direção enquanto eu me levantava. – Não foi tão ruim.

Ele estava claramente satisfeito consigo mesmo, mas meu estômago estava na garganta, e a grama áspera grudava em mim em um milhão de lugares diferentes. Havia ainda um pouco de raiva correndo em minhas veias, e bati as mãos no peito de Cole, afastando-o.

Ou pelo menos tentei, porque ele mal se moveu.

– Você nunca mais faça isso comigo – falei, a língua afiada, tentando compensar o fato de que eu provavelmente não era muito intimidadora depois de ter fracassado no empurrão. – Jamais.

Assustado com a minha explosão, Cole me encarou por um momento com a boca entreaberta. Estreitei os olhos e o fitei do modo mais ameaçador que consegui, esperando um pedido de desculpa. Mas ele começou a rir, e não era nem uma risada baixinha, mas uma gargalhada vinda de dentro, com direito a apoiar as mãos no joelho.

– Para com isso! – resmunguei quando ele não parou.

– Meu Deus. – Ele deu uma tossidinha, enxugando algumas lágrimas. – Isso foi impagável.

– Não estou achando graça nenhuma.

– É, porque você não viu sua própria cara. Você estava toda bravona, ficou muito fofa.

Me engasguei com as palavras presas na língua. *Fofa.* Cole Walter tinha acabado de me chamar de fofa.

– Calma aí – disse ele, dando um passo para a frente e estendendo a mão em minha direção. Recuei, mas Cole continuou a se aproximar, a mão alcançando meu cabelo. Quando ele se afastou, havia um pedaço de feno entre os dedos. – Pronto – sussurrou.

Estávamos tão próximos agora que dava para ver a pequena cicatriz na testa dele, um corte em formato de L acima da sobrancelha esquerda. Enquanto ele me encarava, seus olhos brilhantes com expressão intensa e ilegível, foi legal focar aquela imperfeição. Saber que ele não era completamente impecável facilitou suportar seu olhar.

A não ser pelo farfalhar suave dos cavalos, o estábulo estava silencioso. Parecia um daqueles momentos românticos de filme quando um casal está parado próximo, apenas um olhando para o outro. O lugar fica quieto de forma eletrizante, e ele começa a se inclinar em direção a ela, hesitando por um segundo para construir o suspense. E então, por um breve momento, ele acaba com o espaço entre os lábios e arrebata a garota. Ficar ao lado de Cole era exatamente assim, tirando a parte do beijo.

– Aaai! – gritei quando senti uma dor súbita no pé. – Que merda é essa?

Saltei pra longe.Cole parecia desorientado por causa do nosso quase beijo, piscando para mim, confuso, mas, quando um cachorro de orelhas caídas emergiu do feno, ele voltou a rir.

– É o Bruno, um incrível caçador de meias sem par e tênis com chulé.

– Ele me mordeu – falei, olhando para o cachorro.

Na verdade, foi mais uma mordidinha, nem doeu, mas foi tão inesperada que meu coração tinha disparado.

– É brincadeira, né? – disse Cole, se agachando para fazer carinho atrás da orelha do vira-lata. – O Bruno não machucaria uma mosca. Ele deve só ter achado que seu pé era um sapato velho.

Em uma inspeção mais profunda, Bruno parecia bastante inofensivo. Era um cachorro marrom, mas o pelo de seu focinho estava branco de velhice. Em idade de cachorro, ele já devia ser avô.

– Ele seria meio fofo se eu não tivesse alergia – falei, me afastando quando Bruno olhou para mim com a língua pendurada para fora da boca.

Levantando-se, Cole pegou minha mão e me levou até uma seção de baias que eu não havia notado, pois estavam escondidas no canto mais distante do estábulo.

– Você é alérgica a cavalos? – perguntou ele, parando em frente a uma baia com um lindo cavalo cinza.

– Não que eu saiba – respondi, dando um passo para trás quando Cole abriu o trinco. – Qual o nome dele?

– Na verdade, é ela – corrigiu Cole, dando um passo adiante. – A Athena é menina.

À menção de seu nome, Athena balançou a crina antes de acariciar a testa de Cole.

– Ela é tão… enorme.

Agora, eu estava me afastando o mais furtivamente que conseguia. Por ter crescido na cidade, não tive muito contato com animais. Não queria admitir que estava com medo de Athena.

Cole não percebeu.

– Quer dar uma volta? – perguntou ele, a voz mais aguda de animação.

Ele não esperou uma resposta; já estava puxando a sela da parede.

– Nem pensar! – Eu estava encostada na parede oposta, o mais distante que podia. Nada me faria subir naquela coisa, nem mesmo o cara mais fofo do mundo.

– Jackie – disse ele, arrumando a sela nas costas de Athena. – Lembra o que eu disse sobre viver um pouco?

– Lembro – respondi. – Lembra o que eu disse sobre te odiar?

Precisou de um pouco de persuasão, mas Cole conseguiu me colocar na égua. Eu estava tão determinada a recusar que Cole tentou negociar cinco de seus minutos matinais no banheiro, mas disse a ele que não havia nada que pudesse me convencer a montar em Athena. Eu, é claro, estava errada. Havia uma coisa que valia a sensação desconfortável das mãos suadas e do coração agitado. Depois que ele prometeu fazer Jack e Jordan pararem de me seguir com a câmera, deixei Cole me colocar na sela.

Nos primeiros dez minutos, mantive os olhos bem fechados. Cada nervo meu formigava, e tudo o que eu conseguia focar era a égua se movendo abaixo de mim. Mas então comecei a notar outras coisas, como a sensação do corpo de Cole pressionado contra o meu e o sol quente da primavera no rosto.

Cole conduziu a situação bem devagar. Caminhou com Athena pelos campos, o vento ondulando a grama ao redor. Eu estava finalmente me acostumando, aproveitando os braços de Cole ao meu redor enquanto ele segurava as rédeas, quando o prado se encontrou com a floresta, a grama longa e ondulante se transformando em árvores grossas. Dando um puxão nas rédeas, Cole deslizou para fora da sela. Depois de amarrar Athena na árvore mais próxima, ele me ajudou a descer, e entramos na floresta, seguindo um caminho bem trilhado.

– Você vai gostar disso – disse ele, me lançando um olhar por cima do ombro.

E ele estava certo.

Levou só cinco minutos para chegar à clareira, mas eu soube quando chegamos lá. O mundo ao meu redor parecia ter saído de um conto de fadas. Acima, um rio na floresta terminava em uma pequena cachoeira, e a piscina no fundo formava um lago cristalino. O sol refletia na água, fazendo-a brilhar como vidro, e a vegetação ao redor estava coberta de gotas de água cintilando como pequenas esmeraldas.

Os Walter tinham criado uma praia com areia branca, e a água batia na costa como se fosse o oceano. Havia duas cadeiras de praia azuis enfiadas na areia, bem-posicionadas, e, atrás delas, uma mesa de piquenique na sombra. Uma árvore perto da borda da piscina tinha tábuas de madeira pregadas para poder subir no galho grosso pendurado em cima da água. Cole sorriu, tirou a camiseta e trepou na árvore como uma criança.

– O que você está fazendo? – perguntei, embora já soubesse a resposta.

Cole gritou e foi seguido de um *splash* ao cair na água como uma bala de canhão.

– Meu salto foi bonito? – perguntou ele ao emergir.

Dei de ombros.

– Ah, eu daria uns quatro e meio.

– De cinco?

– De dez – respondi, observando-o andar pela água.

– Beleza, me senti julgado no *America's Got Talent* – disse ele, voltando para a prainha. – Vamos ver se você se sai melhor.

Tirei as sandálias e mergulhei o pé na água para testar a temperatura só para tirá-lo instantaneamente.

– Você tá doido? – perguntei, surpresa por não ter uma fina camada de gelo cobrindo a piscina.

Um sorriso alarmante surgiu no rosto de Cole.

– Talvez um pouquinho – admitiu ele antes de correr para a frente e travar os braços ao redor da minha cintura.

Levou menos de três segundos para que tudo acontecesse, mas meu corpo reagiu no mesmo momento, todos os meus músculos se tensionando a fim de se prepararem enquanto eu voava pelo ar. A princípio, quando atingi a superfície da água, não senti nada. Um segundo depois, quando meu corpo mergulhou na lagoa gelada, a sensação de alfinetes e agulhas correu por meus membros como uma reação em cadeia. Fiquei tão surpresa com a coisa toda que acabei engolindo um pouco de água. Emergi tossindo, sentindo meus pulmões congelados.

– Seu mergulho foi instável. – Ouvi Cole dizer. – Vou te dar um dois, e isso porque tô sendo generoso.

– Eu te o-odeio! – Meus dentes batiam tanto que quase mordi a língua.

– Eu sei – concordou ele, assentindo. – Acho que você já disse isso várias vezes hoje.

Se não estivesse tremendo com sacudidas grandes e violentas, não teria deixado sua ousadia passar despercebida, mas só conseguia me concentrar em uma coisa:

– A água tá gelada!

– Sim – disse Cole, boiando de barriga para cima, as mãos balançando para se manter na superfície, como se estivesse no Caribe. – Mas é ótimo no verão, quando tá muito quente.

– Jura? – falei, sem botar fé. – Parece que eu vou ter hipotermia.

– Não seja tão infantil – disse Cole antes de mergulhar na água como um pinguim.

Os Walter devem ter DNA de urso-polar, pensei enquanto dava algumas braçadas em direção à terra firme. Eu tinha certeza de que estava ficando roxa.

Uma mão envolveu meu tornozelo, e eu fui puxada para baixo d'água. Me deixei afundar por um segundo antes de retornar à superfície, me engasgando com mais água.

– Tá tudo bem, Nova York? – perguntou Cole, rindo. – Ou você vai precisar de respiração boca a boca?

– Muito engraçado, *Colorado*.

Cole ergueu as sobrancelhas.

– Nossa, por que essa petulância toda? – perguntou ele.

– Talvez porque você tentou me afogar – falei.

– Claro que *não*! – Cole se defendeu.

Em vez de responder, joguei água gelada nele.

Cole me olhou surpreso enquanto gotas escorriam de seu rosto. Ao se recuperar, ele enxugou a água dos olhos.

– Ah, você comprou guerra! – disse ele, jogando água em mim também.

Brincamos na água, jogando água um no outro e rindo, por um bom tempo.

– Então, além do fato de que meu primo é um completo babaca, o que tá achando do Colorado? – perguntou Cole, por fim, quando paramos para recuperar o fôlego.

Estávamos boiando de barriga para cima, olhando o céu, e agora meu corpo estava entorpecido de frio.

Um longo suspiro escapou dos meus lábios.

– Bom.

– Mas? – instigou ele.

– Mas o quê?

– Geralmente, quando as pessoas dão um suspiro desse, têm um "mas".

– Acho que… – Parei. Eu não sabia bem como expressar meus pensamentos. Cole permaneceu em silêncio, me dando um momento para pensar. Por fim, olhei para ele e disse: – É tudo tão diferente, sabe?

– Nunca fui pra Nova York, mas dá pra imaginar.

– É, eu sinto falta de lá.

Cole não disse nada; em vez disso, olhou para mim. A água ficou parada por um momento, então senti como se tudo ao nosso redor estivesse prendendo a respiração, mas aí Cole se deixou deslizar sob a superfície, desaparecendo de vista.

– A gente devia sair – disse ele ao emergir. – Minha mãe vai ficar muito brava se a gente perder o jantar, e, aliás, não quero que você perca o pôr do sol.

– O pôr do sol? – perguntei, mas comecei a nadar em direção à praia.

– É – disse Cole, balançando o cabelo. – É uma das minhas coisas preferidas de morar aqui. Depois de um longo dia de trabalho, assistir o sol se pondo nos prados é uma das coisas mais tranquilizantes que já fiz.

A caminhada de volta ao campo onde deixamos Athena me fez sentir mais frio do que dentro d'água, mas, quando chegamos à casa de Cole, eu estava começando a secar.

– Me lembra de levar toalhas da próxima vez – disse Cole, me ajudando a subir na sela novamente.

– Da próxima vez? – perguntei, um pouco surpresa.

– É, bobona. – Ele se balançou para montar na sela, perto de mim. – Esse é *o* lugar. Todo mundo vem aqui no verão.

– Ah, sim – falei baixinho.

Uma parte de mim não pôde deixar de se sentir desapontada. Achei que ele tinha se referido a nós dois. Então, de repente, meu cérebro registrou o que eu estava pensando, e uma sensação ardente de vergonha invadiu minhas bochechas. Um arrepio passou pela coluna, e de repente eu estava ciente de quão perto Cole estava de mim. Seu peito forte pressionava as minhas costas, e seus braços me enjaulavam. Fiquei ereta, tentando colocar algum espaço entre nós.

– Vamos, Athena! – disse Cole, cravando os calcanhares na égua Ele não pareceu notar minha mudança repentina de atitude.

– Vamos mostrar pra essa garota da cidade por que o Colorado é incrível.

A égua entrou em ação, e cavalgamos de volta para casa através dos prados. O sol poente lançava um brilho quente ao nosso redor. Quando a construção surgiu à vista, Cole parou e se voltou na direção do sol. Juntos, observamos a bola laranja afundar no horizonte, trazendo consigo um arco-íris.

sete

– EU NUNCA FIQUEI com tanta inveja de alguém – anunciou Heather. Era sábado à noite, e estávamos todas deitadas na minha cama, os cotovelos pressionados um contra o outro. Era apertado no colchão de solteiro – Heather tinha trazido Kim sem me avisar. Espremer quatro corpos no espaço limitado era difícil.

Tinha acabado de falar sobre Cole ter me levado para conhecer a fazenda ontem, algo que prometi contar só depois que terminássemos o trabalho. Kim foi surpreendentemente útil; ela sabia como controlar as amigas e fazê-las retomar o foco quando elas se distraíam. Ainda assim, minha fofoca pareceu a motivação perfeita para Heather e Riley.

– Deus do céu – disse Riley, se abanando. – Por que um dos irmãos Walter não podem *me* levar num encontro?

– Não foi um encontro. Ele só me mostrou o lugar – falei, corrigindo-a. – O que, aliás, Cole só fez porque o Lee estava sendo mané.

– Vocês andaram de cavalo e assistiram ao pôr do sol juntos – observou Heather, deslizando ao lado de Riley para se levantar. Havia um pote de pipoca pela metade abandonado a alguns metros, e ela pegou um punhado. – Essa é a definição de "encontro romântico" no dicionário.

– O que você acha, Kim? – perguntou Riley, estendendo as mãos para checar as unhas.

O esmalte azul estava lascado em todos os dedos.

– Do quê? – perguntou Kim, sem erguer os olhos da página do gibi jogado a sua frente.

Durante a fofoca sobre garotos, ela ficou quieta e se concentrou na leitura. Riley tentou puxá-la para a conversa com perguntas ocasionais, mas Kim tinha o dom de desviar delas imediatamente. Ela dizia algumas palavras rápidas e acenava com a mão antes de voltar a ler. Era um talento que eu precisava dominar, porque, sempre que tentava me esquivar de alguma pergunta, me afundava mais no buraco.

– Você acha que o passeio conta como encontro?

– A Jackie que tava lá – respondeu Kim. – Ela que tem que saber.

– Falou, falou e não disse nada – comentou Riley. – Jackie, você tem esmalte?

– Claro. – Pulei da cama, feliz pela mudança de assunto. – Quer acetona também?

– Isso, e um pouco de algodão.

Abri meu armário, procurando a caixa pesada que eu sabia que estava lá dentro.

– Uau – disse Heather quando abri a porta. – Qual o lance do arco-íris?

Ela se referia ao fato de que minhas roupas estavam organizadas por cores, de tons de vermelho de um lado até os de roxo do outro.

Minhas bochechas avermelharam.

– É só um hábito – falei, encontrando o esmalte.

Depois de arrastar a caixa para fora com certa dificuldade, deixei-a cair ao lado de Riley, fazendo vidros de dentro chocalharem juntos. Todas ficaram em silêncio enquanto observavam o estoque.

Com os olhos arregalados, Riley olhou para mim.

– Só isso? – perguntou, sarcástica, o ar saindo de sua boca em descrença.

– Sério – acrescentou Heather, deslizando de volta para o lado de Riley para poder dar uma olhada melhor. Ela enfiou a mão na caixa e puxou um esmalte vermelho vivo. – Tá querendo largar a escola e começar seu próprio salão?

Balancei a cabeça. Não eram meus. Lucy era obcecada por pintar as unhas da mesma forma que Heather era obcecada pelos irmãos Walter. Ela trocava de cor todos os dias para combinar com a roupa. A coleção de esmaltes ficava sempre espalhada pela casa, enfiada em gavetas e armários ou em qualquer lugar possível. Chegou a um ponto em que minha mãe teve que montar uma penteadeira no quarto de Lucy especificamente para ela ter um lugar de manicure. Mesmo assim, de vez em quando os vidrinhos de esmalte apareciam entre as almofadas do sofá ou debaixo de uma estante, para onde tinham rolado depois de caírem no chão e serem esquecidos.

Ela estava sempre tentando pintar minhas unhas também, mas eu não gostava do jeito como o esmalte lascava depois de algumas horas, fazendo os dedos parecerem desleixados.

– Jackie – dizia ela –, fazer as unhas é uma forma de se expressar. Cada cor comunica algo diferente sobre você e o seu humor.

Sempre achei que era besteira, afinal, azul era azul e rosa era rosa. Não queria comunicar que eu estava tranquila, melancólica e nem alegre. Mesmo assim, quando Katherine me ajudou a empacotar as coisas, não consegui deixar os esmaltes. Peguei todos os vidrinhos de cima da penteadeira de Lucy e os coloquei em uma caixa para levar uma parte dela comigo para o Colorado.

– Na verdade, eu nem uso – falei, mostrando meus dedos sem esmalte. – Eram da minha irmã.

A declaração escapou casualmente, mas todas ficaram em silêncio. Quando percebi o que havia dito, o significado por trás das minhas palavras, meus ombros se enrijeceram.

– Bom – disse Riley devagar enquanto escolhia um roxo bem escuro –, é uma coleção bem impressionante.

– Com certeza – concordou Heather, sacudindo o vidrinho que havia escolhido. – Quer que eu faça suas unhas, Jackie?

Ela abriu o esmalte, e percebi o que eu tanto gostava nessas garotas. Elas sabiam sobre a minha família, o que ficou evidente desde a primeira vez que conheci Heather, e elas amavam fofocar, mas nunca tocaram no assunto. Ele veio à tona sem planejamento, em comentários que não percebi que estava fazendo, mas essas garotas se desdobraram graciosamente para contornar a fala, como se eu não tivesse dito nada.

– Por que não? – respondi enquanto Kim saía da minha cama para que eu pudesse me sentar ao lado de Heather.

Me joguei ao lado dela e sentei de pernas cruzadas.

– Então – disse Heather, começando a aplicar o líquido vermelho forte no meu mindinho –, quer contar um pouco mais pra gente sobre aquele quase beijo?

Fiz uma careta.

– Esse assunto de novo, não – reclamei, mas não consegui desviar. Heather estava inclinada sobre minhas mãos, o pequeno pincel se movendo com cuidado. – Achei que a gente tivesse terminado de falar sobre o Cole.

– Por favor, Jackie! – implorou Riley. – Você não enxerga como isso é incrível? Uma de nós chegou perto o bastante de Cole Walter pra beijar ele.

Não queria relembrar aquela experiência em particular – eu estava envergonhada por ter deixado acontecer –, mas sabia que elas não parariam de me interrogar até que ouvissem todos os detalhes. Por outro lado, a forma como Riley falou fez com que eu me sentisse especial.

– Tá bom, vai... – gemi, cedendo. Seria mais fácil assim, para encerrar a questão o mais rápido o possível. – O que vocês querem saber?

As perguntas vieram mais rápido do que eu conseguia responder.

– O Cole tinha cheiro de quê?

– Ele tava segurando sua mão?

– A boca de vocês ficou muito perto?

– Ele colocou seu cabelo atrás da orelha?

De repente, tudo ficou quieto enquanto as garotas esperavam que eu dissesse algo.

– Hã? – respondi, passando o olhar de uma para a outra.

– Que tal assim – disse Riley com voz séria, como se precisássemos resolver um grande problema. – Por que não a gente não faz uma pergunta por vez pra Jackie?

– Primeiro eu – disse Heather, tirando o olhar do seu trabalho. – Em uma escala de um a dez, o quanto você queria que ele te beijasse?

– Ah, essa é boa – disse Riley, assentindo para Heather.

– Éééé? – hesitei com uma careta.

Sinceramente, eu não fazia a menor ideia. Quer dizer, não era como se eu tivesse encarado os lábios de Cole à espera do momento em que ele me beijaria. As coisas só foram acontecendo. Estávamos parados lá, próximos, e alguma coisa – algum tipo de energia – estava se movendo entre nós. Eu nem sabia o que estava acontecendo até que tudo acabou. Como eu daria uma nota para um momento como esse?

– A gente tá esperando – disse Riley.

– Acho que cinco...? – respondi, esperando que não fosse assustadoramente alto.

– Só? – questionou Heather, parecendo decepcionada. – Eu teria me jogado em cima dele.

Neste momento, a porta do meu quarto se abriu.

– A Jackie quer beijar o Cole! – gritou Benny a plenos pulmões.

Meu coração parou quando eu o vi. Havia quanto tempo ele estava ouvindo?

Alarmada, eu me levantei.

– Mentira, Benny – falei. – Por que eu iria querer germes nojentos de garotos?

Nem a pau ele sairia do meu quarto gritando algo assim. Se Cole ouvisse...

– Jackie e Cole sentados em uma árvore se BEI-JAN-DO! – cantou ele cada vez mais alto, a voz falhando no final.

– Benny Walter – falei, brava. – Se você não parar agora mesmo...

– Perdi as palavras no meio da frase ao perceber o que estava em sua cabeça. – Ai, meu Deus. É meu sutiã?

Tentei pegar de volta, mas Benny foi mais rápido, disparando como um peixinho. Ele subiu na minha cama e começou a pular para cima e para baixo.

– Peguei teu segura-peito! – provocou ele.

Kim, que ainda estava enrolada no meu edredom tentando ler, o encarou.

– Ei, moleque – disse ela em tom severo. – Você vai destruir meu gibi.

Benny parou de pular, os olhos arregalados.

– É o mais novo do dr. Cyrus Cyclops? – perguntou ele, colocando o rosto próximo ao dela para ver melhor.

– Isso aí – disse Kim.

Com Benny distraído, Riley conseguiu arrancar meu sutiã da cabeça dele. Ela me entregou a peça, e o reconheci imediatamente como o que sumiu do banheiro enquanto eu tomava banho. Alguém havia desenhado mamilos nele com um marcador.

– Posso ler com você? – perguntou Benny, então acrescentou: – Por favor?

– Vamos fazer assim – disse Kim. – Se você prometer deixar a gente em paz e nunca contar pra ninguém o que você ouviu, eu *dou* o gibi pra você.

– Tipo, pra sempre? – perguntou ele, e Kim assentiu. – Uau! Juro por Deus, não vou contar nada – respondeu no mesmo instante.

Benny estendeu a mão, mas Kim não entregou o gibi imediatamente. Ela lançou um olhar para ele, daqueles que dizia "não mexa comigo". Só quando Benny engoliu em seco, claramente nervoso, que ela soltou o gibi.

Ele se sentou na minha cama por um instante, segurando o quadrinho enquanto o olhava, encantado. Então, saiu correndo do quarto, como se Kim pudesse pegá-lo de volta.

– Boa, Kim – disse Heather, fechando a porta atrás dele.

Ela deu de ombros e se espreguiçou.

– Tentei.

– Valeu mesmo. – Soltei o ar que estive segurando desde que Benny apareceu. – Isso podia virar um desastre.

Todas nos entreolhamos por um minuto antes de cairmos na risada.

– Me diverti ontem – disse Riley para mim, fechando o zíper do saco de dormir dela.

– É, eu também – falei enquanto guardava meu próprio saco.

Era manhã de domingo, e Riley estava me ajudando a arrumar a bagunça do quarto. Kim precisava chegar em casa a tempo de ir para a igreja com a família, e como Heather ia levá-la, as duas saíram antes de Riley e eu sequer acordarmos.

Ficamos acordadas a maior parte da noite, conversando sobre tudo, como a obsessão de Kim por jogos online – problema que Heather achava que poderia ser resolvido com um namorado – e o fato de Riley achar que o novo professor de História era uma gracinha de um jeito meio professor intelectual de Harvard. Mas, acima de tudo, conversamos sobre Cole e os Walter. Passei a noite toda tentando mudar de assunto, mas era como se os cérebros de Riley e Heather estivessem programados para pensar em Cole a cada meia hora. Não teria sido tão horrível se elas não tivessem ficado insistindo que eu gostava dele e vice-versa.

– Foi muito legal a sra. Walter deixar a gente dormir aqui – acrescentou Riley enquanto sacudia um lençol, segurando-os pelas pontas.

Algumas migalhas perdidas de pipoca foram lançadas ao ar, mas ela as ignorou e começou a dobrar o tecido de flanela.

– É, a Katherine tem sido ótima comigo.

Comecei a arrumar os esmaltes.

– Sabe, você é incrível também – disse ela. Depois de colocar o lençol recém-dobrado na minha cama, ela se jogou no chão ao meu lado e me ajudou com os vidrinhos. – A maioria das pessoas não suporta a Heather e eu. Somos meio…

– Intensas? – sugeri.

– É um eufemismo, mas sim.

Dei de ombros.

– Lá em casa, eu tinha uma amiga, a Sammy, que lembra vocês duas. As meninas da minha antiga escola acham ela estranha, mas Sammy só é muito apaixonada. Sabe aquele tipo de pessoa que parece obcecada por se importar demais?

Riley deu um sorrisinho.

– Acho que a gente se daria bem.

– Certeza que sim.

Um minuto se passou enquanto terminávamos de guardar os esmaltes. Quando todas as diferentes cores já não estavam no chão, Riley se sentou sobre os calcanhares e colocou uma mecha de cabelo ruivo atrás da orelha. Eu estava prestes a pegar a caixa de papelão e colocá-la de volta no guarda-roupa, mas ela olhou para mim com uma expressão estranha, meio feliz, meio triste.

– Então – perguntou ela devagar. – Você tá... se adaptando bem?

Foi o mais próximo que ela chegou de perguntar sobre a minha família, e, no silêncio que se seguiu, percebi que não sabia o que dizer.

– Só faz uma semana – falei, por fim, embora isso não respondesse à pergunta. Então, acrescentei suavemente: – Eu me sinto tão desorientada por aqui.

– Como assim?

– Viver com os Walter... É como se eu nunca soubesse o que está prestes a acontecer. É tão... – Parei, incapaz de encontrar a palavra certa.

– Imprevisível – completou Riley.

– Exatamente.

– E qual é o problema disso?

Olhando para minhas mãos, virei-as como se a resposta que poderia me ajudar a explicar estivesse nelas.

– Sei lá – falei, ainda com dificuldade. – É como se eu tivesse que ficar na defensiva vinte e quatro horas por dia.

Olhei de volta para Riley a fim de ver se ela estava acompanhando, mas o olhar em seu rosto dizia o contrário.

– Por que você tem que ficar na defensiva?

– Porque preciso estar pronta.

– Pra quê? Um apocalipse zumbi?

Dei uma olhada na direção dela.

– Não, só pra coisas. Coisas da vida.

– Bom – disse Riley, as sobrancelhas se juntando. – Parece ser um trabalhão.

– O quê? – perguntei.

– Tentar ficar preparada pra tudo.

– Não é literalmente tudo – expliquei. – Mas a vida é bem mais fácil se tudo ocorrer de um jeito tranquilo.

– Claro – disse Riley –, mas também não tem graça se não tiver umas pedras no meio do caminho. Não saber o que vai acontecer de vez em quando torna as coisas ainda mais interessantes.

De repente, fiquei exausta, a falta de sono da noite anterior me atingindo.

– Mas, sem saber o que vai acontecer – falei, erguendo as mãos, frustrada –, não tem como estar preparada, e é aí que cometemos erros.

– Mas erros podem ser bons.

Apenas olhei para ela.

– Certo, pega meu exemplo – continuou ela. – Eu não tava preparada, como você gosta de dizer, pro meu primeiro namorado. Ele era mais velho do que eu, tinha mais experiência. A gente namorou por uns quatro meses, e depois ele partiu meu coração.

– Não estou vendo como isso pode ser bom – apontei.

– Tá, tudo bem, talvez não seja o melhor exemplo, mas, se eu pudesse voltar no tempo, faria tudo de novo.

– Por quê?

– Porque ele foi o meu primeiro amor. Aqueles primeiros quatro meses, por mais rápidos que tenham sido, foram um turbilhão de felicidade. Às vezes, precisamos deixar nosso coração nos guiar.

– Mas, se dá pra se preparar para as coisas...

Riley riu.

– Não dá pra se preparar pro amor. Não é tipo tirar a carteira de motorista ou fazer o vestibular. É um presente. Algo que pode acontecer a qualquer momento.

– Como a gente chegou nesse assunto? – perguntei. – Achei que a gente estava falando sobre me mudar pra cá.

– A gente tá falando disso porque você tá com medo de se arriscar.

– No quê?

– Nas coisas – disse ela, ecoando minhas palavras. – Coisas da vida.

Um sorrisinho brotou em seu rosto, e eu soube que ela estava insinuando algo a mais.

– Riley... – falei, franzindo a testa para ela.

– Que é? – perguntou, dando de ombros numa falsa inocência. – Só tô dizendo que você tá ocupada demais se preocupando com o futuro. Às vezes, só precisa deixar a vida te levar.

A mãe de Riley passou para buscá-la depois do café da manhã. Fiquei na varanda e acenei até o carro desaparecer no final da entrada, mas, em vez de voltar para a casa, desci os degraus de madeira até o gramado da frente. O ar da primavera era refrescante, então segui por uma trilha de cascalhos que contornava o imóvel e ia até o quintal. Estava indo na direção da casa na árvore, um lugar que queria conhecer desde que Cole me contou de sua existência.

Conforme me aproximava do carvalho, percebi como era alto e o quanto seus galhos se estendiam em todas as direções. Um dossel verde acima de mim criava uma poça de sombra do sol. Tirei um tempo para contar o número de tábuas de madeira pregadas ao tronco – doze no total. A casa em si parecia abandonada, e me perguntei quando tinha sido a última vez que algum dos irmãos Walter tinha ido lá. Devia fazer um bom tempo, pensei. Seria um esconderijo perfeito.

Com as mãos no degrau de madeira acima da minha cabeça, comecei a subir com cuidado, tentando não me furar com alguma farpa. Quando cheguei ao topo, empurrei o alçapão no chão, e as dobradiças rangeram.

– Jackie? – perguntou alguém quando enfiei a cabeça no alçapão.

Surpresa, gritei e meu pé escorregou. Senti um frio na barriga quando perdi o equilíbrio, mas minha mão disparou e alcançou o degrau mais alto da escada antes que eu caísse.

– Me dá a mão – disse Alex, o rosto aparecendo acima de mim pelo buraco.

Estendi a mão e ele agarrou meu pulso, me puxando para a segurança da casa da árvore. Nós dois nos jogamos no chão de madeira, o peito arfando.

– Quase caí da árvore – falei, incrédula.

– E eu quase morri do coração – respondeu ele. – Você me deu um baita susto.

– Desculpa. – Arfei, ainda sem fôlego. Meu coração batia tão forte que meu peito doía. – Não sabia que tinha alguém aqui em cima.

– O que você tá fazendo aqui?

– Só estava curiosa. Nunca entrei numa casa na árvore.

Meu coração estava finalmente começando a desacelerar, e tive a oportunidade de dar uma olhada ao redor. O pequeno espaço estava banhado de um tom suave de verde, e, apesar da falta de um ar-condicionado, a folhagem do lado de fora mantinha o local fresco.

Havia duas janelinhas, uma delas com um telescópio aparafusado no parapeito.

Na parede, estava o que parecia ser um mapa da fazenda desenhado à mão, claramente fruto da imaginação de uma criança. A piscina se chamava Lagoa Venenosa, a casa dos Walter era a Fortaleza das Trevas, e a casa na árvore era o Santuário Florestal. Uma espada de plástico estava encostada no canto, e pequenos caixotes para se sentar espalhavam-se pelo chão.

– Nunca? – perguntou Alex.

Ele se apoiou nos cotovelos para me ver melhor.

– Eu sou da cidade de Nova York, lembra?

– E vocês não têm árvores lá? – zombou ele.

– Tinha um vaso de bambu no nosso saguão – falei, ainda analisando o mapa na parede. – Mas acho que não conta como casa na árvore.

Sob o desenho da cachoeira, mal consegui distinguir as palavras escritas: Baía das Sereias. Um baú do tesouro tinha sido desenhado na areia, joias escapando pelas bordas.

– É tão estranho pensar que você não tinha quintal – disse Alex. – Quer dizer, eu praticamente morava do lado de fora quando era criança. Meu pai me ajudou a construir essa casa quando eu tinha oito anos.

– Mesmo se eu tivesse um quintal, não faria diferença – falei, pegando a espada de plástico. Balancei-a no ar. – Meu pai não era muito bom com trabalhos manuais.

– Era empresário, né? – perguntou Alex.

Abaixando o brinquedo, inclinei a cabeça para o lado a fim de ver Alex melhor. Ele foi o primeiro Walter a fazer uma pergunta sobre a minha família. Enquanto o encarava, seu corpo todo ficou rígido ao perceber o erro. Em vez de ser simpático, ele parecia desconfortável, tanto quanto eu, e por algum motivo estranho isso me deixou à vontade.

– Tudo bem – falei para ele antes que tentasse se desculpar.

A princípio, ele não respondeu, e pensei por um momento que iria me ignorar.

– O que você quer dizer? – perguntou ele cuidadosamente.

– Alex – falei, me empurrando para ficar sentada. – Dá pra ver pelo jeito que você está me olhando que você ficou desconfortável... por causa da minha família.

– Ah. – Ele se forçou a encontrar meu olhar. – Eu não queria agir assim. Só não sei o que dizer. Quer dizer, nunca conheci alguém que... que a família... – Ele parou, incapaz de terminar a frase.

– Alguém que a família morreu?

Foi a primeira vez que falei isso em voz alta para algum dos irmãos.

– É. – Ele manteve o olhar firme no meu por um momento antes de desviar outra vez.

– A maioria das pessoas só diz que sente muito – falei, tentando fazê-lo relaxar.

Era um sentimento estranho. Geralmente, todos tentavam me confortar quando o assunto surgia, não o contrário.

– É um costume estranho, você não acha? – perguntou Alex, diferente do que pensei que ele diria.

Ele se sentou e se recostou na parede.

– Como assim? – eu quis saber.

– Vamos dizer, por exemplo, que foi um acidente. Aí não tem motivo pra dizer que sente muito sendo que não foi sua culpa, né? Dizer que você se sente mal faz mais sentido, mas ninguém quer ouvir isso, né? Além disso, duvido que todo mundo realmente se sinta mal. E se você não conhece a pessoa que morreu, mas se sente obrigado a dizer alguma coisa? Não é genuíno.

Alex estava no modo divagação.

– Alex. – Tentei chamar sua atenção.

– Talvez as pessoas devessem dar abraços. Contato físico diz muito mais sem realmente dizer nada, mas acho que as pessoas dão abraços em velórios, sim. E eu me sentiria estranho em te dar um abraço já que a gente mal se conhece.

– Alex! – gritei, batendo palmas para enfatizar minha fala.

– Desculpa – disse ele, um rubor cobrindo suas bochechas. – Eu costumo falar demais quando fico nervoso.

– Deu pra ver – falei, um sorrisinho se formando em meus lábios. Tinha sido de longe a pior condolência que alguém tinha me dado, e ainda assim funcionou. – Obrigada.

Quando percebeu que eu não estava chateada, ele sorriu de volta.

– De nada.

Fiquei séria outra vez.

– Quer saber uma das piores coisas? – perguntei, mas não esperei que ele respondesse. – Quando as pessoas me tratam diferente, como se eu estivesse prestes a quebrar ou algo do tipo. Por um segundo, fiquei com medo de você ficar todo esquisito perto de mim.

– Sinto muito, Jackie – repetiu ele, então, já que não havia muito o que pudesse dizer.

– É – murmurei, mais para mim do que para ele. – Eu também.

Ficamos quietos por um tempo, os dois perdidos em pensamentos, até que finalmente tomei coragem para falar.

– Então, o que *você* está fazendo aqui?

A pergunta pareceu deixar Alex mais desconfortável do que falar sobre a minha família, e senti a tensão dele outra vez, os punhos cerrados ao seu lado. Quando olhei para ele, percebi que havia algo errado. Estava com olheiras profundas, como se ele não tivesse dormido o fim de semana todo.

– Ei – chamei. – O que foi?

Ele piscou, olhando para a esquerda, e vi algo jogado no chão: um pedaço de papel. Alex não se mexeu, então alcancei o papel devagar, observando o garoto o tempo todo para ter certeza de que não teria problema, mas ele não deu indícios de que eu deveria parar. Quando peguei a folha, percebi que era uma foto dobrada, e alisei o vinco com cuidado. Reconheci as pessoas imediatamente. Alex estava sorrindo para a câmera, o braço em volta de uma garota de cachos loiros – a garota da nossa aula de anatomia.

– O nome dela é Mary Black – disse Alex, sem esperar que eu perguntasse. – É minha ex-namorada. Terminamos três semanas atrás.

– Então você está com saudade dela?

Eu sabia que era uma coisa estranha de se dizer. É claro que ele estava com saudade, mas eu não sabia como confortá-lo. Isso explicava o olhar ansioso que ele deu para Mary no primeiro dia de aula. Alex assentiu com a cabeça.

– Acha que vocês vão voltar? – perguntei, tentando ser positiva.

– Eu era a fim dela desde o Fundamental Um – explicou Alex em vez de responder. – A gente se viu primeira vez no terceiro ano, e me lembro de ter prendido a respiração quando ela passou por mim no parquinho. Ela vestia um moletom rosa, e o cabelo estava preso em duas tranças para trás. Ela não ligava que todos os meninos parassem de jogar bola só pra ver ela pular corda com a turma dela.

As palavras estavam jorrando da boca de Alex, então o deixei continuar, sem interromper.

– Não é surpresa pra ninguém que, depois daquele dia, achei que tinha me apaixonado, mas nunca fiz nada a respeito. A Mary era o tipo de pessoa que parecia inalcançável, e eu sabia que não tinha nem chance. Namorei algumas meninas no Fundamental Dois, nada demais, e aí, no começo deste ano, ela se sentou comigo na turma de inglês. No primeiro dia de aula, ela simplesmente se sentou do meu lado e começou a falar comigo como se fôssemos bons amigos, como se eu não tivesse uma quedinha por ela desde sempre. Depois de algumas semanas, criei coragem de convidar ela para o baile, e aí a gente começou a namorar.

– E o que aconteceu?

– Ela me deu um chute na bunda do nada pra ficar com outro cara.

– Ai. Você pelo menos descobriu quem era pra socar a cara dele?

Eu só estava tentando aliviar o clima, mas vi um lampejo de raiva em seus olhos.

– Eu teria socado, mas ela não quis me contar – disse Alex. – Então imagina a minha surpresa quando cheguei em casa e encontrei a Mary sentada no sofá assistindo um filme com o Cole.

Me engasguei.

– Ela terminou com você pra namorar o seu irmão?

Alex riu, mas não era uma risada divertida.

– O Cole não namora – corrigiu ele, repetindo o mesmo fato que ouvi em diversas ocasiões. – Por algum motivo, ela pensou que poderia mudar isso, mas eu conheço o Cole, sei como ele é. Então ela me ligou na sexta à noite e me disse que sentia muito e que queria voltar.

– E o que você disse?

– Que eu não seria um prêmio de consolação.

– Alex, eu nem sei o que dizer. – Era óbvio que algo estava acontecendo entre ele e Cole, e eu não queria me meter nisso. – Por que você está me contando tudo isso?

Um bom tempo se passou antes de Alex dizer qualquer coisa, e a princípio pensei que ele nem fosse me responder.

– Olha, eu sei sobre a sua família, e agora você sabe o meu segredo, então estamos quites. Conheço seu passado. Você conhece o meu. A gente pode só agir normal. – Ele fez uma pausa, como se precisasse de um momento para se recompor. – Tenho que ir – disse ele, se levantando e indo em direção ao alçapão. – Até mais tarde, tá?

Pelo resto do dia, não consegui parar de pensar no que Alex me disse. Cole *roubou* a namorada dele. Como ele podia ser tão insensível? Enquanto refletia, classifiquei os materiais de cada disciplina. Desde o começo das aulas, não tinha conseguido organizar nada porque a vida com os Walter significava que sempre havia algum evento inesperado que me impedia de fazer isso. Cada matéria tinha ganhado seu próprio espaço na minha pasta sanfonada, ordenada pelo horário e com o cronograma sempre à frente.

Uma lição de história escorregou das minhas mãos e caiu no chão. Quando me abaixei para pegar, pela janela, tive um vislumbre de Cole indo em direção à segunda garagem. Ao longo da semana, notei que ele ia até lá todas as noites. Movida pela curiosidade, deixei o dever de casa na mesa e calcei um par de sapatos. Quando cheguei na entrada da garagem, Cole já tinha fechado as portas, mas dava para ouvir a música vindo de dentro.

– Cole? – Bati na porta, mas ele não respondeu. – Olá? – chamei.

Descansei a mão na maçaneta, sem saber se deveria me intrometer. Eu sabia que ele ainda estava lá dentro porque dava para ouvi-lo se mexer, mas não queria ser grosseira. Quando ouvi o barulho de metal no concreto, seguido por uma torrente de xingamentos, abri a porta para ter certeza de que ele estava bem.

O pequeno espaço era mais próximo do tamanho de um galpão do que de uma garagem de verdade. Era uma oficina. Ao longo de uma parede, havia uma bancada coberta com diferentes chaves-inglesas, chaves de fenda e outros equipamentos de aparência estranha. Acima do banco, havia fileiras de prateleiras onde estavam dispostas peças de carro, fazendo parecer que um Transformer havia explodido nas plataformas de madeira. Um enorme carro preto ocupava o resto do espaço, e o capô aberto revelava suas entranhas. Cole estava agachado, pegando o equipamento caído quando uma caixa de ferramentas vermelha foi ao chão.

– Tudo bem aí? – perguntei, fazendo-o pular.

– Meu Deus, Jackie! – exclamou ele, me lançando um olhar e apoiando as mãos nos joelhos. – Quer me matar de susto?

– Eu bati – falei com um dar de ombros antes de deslizar para dentro. – O que você está fazendo?

Ele se levantou.

– Trabalhando. – Cole vestia uma camiseta branca simples e jeans velho, ambos cobertos de graxa. Havia um trapo vermelho pendurado no bolso, que ele puxou para enxugar a testa. – Minha mãe mandou você me chamar?

– Não – falei, contornando o carro. Não queria graxa na minha blusa de seda. – Você não me mostrou esse lugar no passeio.

– Porque ninguém pode entrar aqui – explicou ele, o rosto inexpressivo. – É o meu canto.

– Ah – falei, surpresa com o quão seco ele estava sendo. – Desculpa, eu não sabia. Acho que já vou, então.

Cole soltou um suspiro.

– Não, tudo bem. Não quis ser grosso, mas o Alex foi um babaca comigo hoje, e acabei descontando em você.

– O que aconteceu? – perguntei, tentando soar pouco interessada, mas, na verdade, meus ouvidos estavam atentos.

Quando decidi que iria até a garagem, foi em parte porque queria descobrir se as acusações de Alex eram verdadeiras. Sabia que seria difícil tocar no assunto durante a conversa, e não achei que ele viria à tona, mas, agora que o tópico havia surgido, uma faísca de empolgação me subiu pela espinha.

– Não sei – respondeu Cole, se recostando no carro. – Ele tem sido um idiota nas últimas semanas.

– Entendi. – Não conseguia saber se Cole realmente não entendia a raiva do irmão ou se havia mais alguma coisa rolando. – Então, vai falar com ele?

– Já falei, mas ele não me ouve – disse Cole enquanto torcia o pano sujo na mão. – Deixa pra lá. Se ele quer ser ignorante, o problema é dele. – Amassou o pano em uma bolinha e a jogou na bancada. – Podemos falar de outra coisa?

– Claro – concordei, apesar de estar morrendo de curiosidade.

– Beleza. Bom, agora que você já tá aqui, posso aproveitar pra te mostrar meu bebê.

– Hein?

Cole puxou a porta do passageiro para mim.

– Entra aí.

– Está limpo? – perguntei, dando uma olhada lá dentro.

Para começo de conversa, não havia muita luz na oficina, e as luzes do carro não se acenderam quando Cole abriu a porta.

– Aspirei os bancos – respondeu ele, contornando a frente do carro. – Só entra.

Me abaixando, me acomodei com cuidado. Cole fechou a porta, nos prendendo naquela cabana mofada.

– Este é seu bebê?

– É um Buick Grand National de 1987 – explicou, passando a mão no volante. – Era do meu avô.

– Eu deveria estar impressionada? – Não estava tentando ser irônica, mas o carro era meio velho.

– Esse carro é *clássico*.

– Não parece.

– Bom, mas é. E, quando eu terminar a restauração, vai andar como nunca – disse ele, estendendo a mão à frente enquanto se imaginava dirigindo o carro.

– Então é isso o que você anda fazendo? Consertando o carro?

– Tô tentando, mas é caro – disse Cole, a mão caindo ao seu lado.

– Por isso trabalho no Tony. Ele me paga com as peças que eu preciso.

– Quando você aprendeu a consertar carros?

Eu não queria interrogá-lo, mas essa era a primeira conversa que eu tinha com Cole em que ele parecia apaixonado de verdade por alguma coisa.

– Tive muitas aulas de mecânica na escola, mas sempre foi natural pra mim – explicou.

– Faz tempo que está trabalhando nisso?

– Desde o começo do Ensino Médio, com alguns intervalos. – Ele fez uma pausa, então acrescentou: – Mas se tornou minha prioridade no ano passado.

Cole apertou os lábios e seus olhos ficaram num tom azul-cobalto enquanto ele olhava pelo para-brisa.

Entendi isso como um sinal para não forçar mais.

– Legal – comentei.

Era óbvio que ele estava pensando em alguma coisa, porque depois disso afastou seus pensamentos.

– Desculpa, Jackie. Não tô a fim de te mandar embora, mas queria mesmo conseguir dar um tapinha no motor antes do jantar.

A princípio, não entendi o que ele estava dizendo, mas depois percebi que ele queria que eu saísse. Eu devia ter falado alguma coisa errada.

– Ah, tudo bem.

Me atrapalhei no escuro até encontrar a maçaneta, e, enquanto isso, meu rosto ficou vermelho. Quando meus dedos finalmente encontraram o metal liso, abri a porta o mais rápido possível e saí.

– Até mais tarde – disse ele sem nem olhar para mim.

Seu olhar ainda estava focado na janela.

– É, tchau.

Saí correndo da oficina de Cole, mas, quando cheguei na varanda da frente, olhei por cima do ombro. Era difícil enxergá-lo nas sombras, mas o tufo de seu cabelo loiro o denunciava. Ele ainda estava sentado no banco da frente, sem ter se mexido um centímetro sequer.

oito

– COLE, PEGA – disse Isaac, jogando as chaves do carro para o primo enquanto descíamos os degraus da varanda.

Era segunda-feira de manhã, e todos íamos devagar, nem um pouco empolgados para ir à escola.

– Você dirige – disse Cole, jogando a chave de volta para Isaac. – Vou de carona.

– Quê? – perguntou Alex, e todos olhamos para Cole.

Ele mostrou um sorrisinho quando um Porsche preto lustroso se aproximou. Todos olharam enquanto o carro parava na frente de Cole.

– Tá ficando um pouco apertado na caminhonete, vocês não acham? – perguntou.

A janela baixou, e reconheci um dos meninos que se sentava com Cole na hora do almoço.

– Ei, Walter – chamou ele, parecendo irritado. – Você vem? A gente vai se atrasar.

– Cara, relaxa. Tem tempo – respondeu Cole, dando uma corridinha para chegar ao outro lado do carro. Ele abriu a porta, se inclinou e disse algo para o amigo, mas não consegui ouvir. – Ei, Jackie. – Ele voltou o olhar para cima. – Quer carona também? Você não tem que ir com esses otários se não quiser – ofereceu ele com um de seus sorrisos arrogantes, abrindo a porta de trás do carro como se esperasse que eu concordasse.

Danny, Nathan, Isaac e Lee já haviam descido até a caminhonete, e estavam tentando ao máximo ignorar Cole enquanto jogavam as mochilas na carroceria. Alex, por outro lado, ainda estava parado na calçada, bem na minha frente. Dava para sentir seu olhar sobre mim, e, com o canto dos olhos, vi que tinha ficado tenso. Mas ele não tinha nada com o que se preocupar. Até que soubesse exatamente o que havia acontecido entre eles, ficaria com Alex, já que ele parecia o mais confiável dos dois.

– Na real – falei, colocando minha mochila no ombro –, prefiro ir com os otários.

A única resposta de Cole foi me encarar, a surpresa evidente no rosto. Virando-se na direção de Alex, fiz um joinha com o polegar antes de ir até a caminhonete. Mantive os olhos grudados na forma vermelha enferrujada para não acabar com a minha determinação e acabar dando uma espiada na direção de Cole. Uma olhadinha naqueles olhos azuis e eu cederia. Nathan abriu a porta do passageiro para mim e ofereceu a mão para eu me apoiar. Assim que entrei, ouvi a porta de um carro bater e o cascalho estalar.

– Caramba. – Nathan assobiou, observando o Porsche desaparecer pelo retrovisor. – Vocês viram a cara dele?

– Não – respondi, afivelando o cinto de segurança. – Por quê? Ele ficou bravo?

– Ficou mais do que isso – disse Alex, rindo, enquanto se ajeitava no banco de trás. O seu sorriso era enorme. – Cara, queria que o Jack e o Jordan tivessem filmado isso. Cole Walter sendo rejeitado.

Ele balançou a cabeça em descrença.

– Era só uma carona – falei, começando a me sentir um pouco nervosa. – Não um pedido de casamento.

– Você não entende. – Nathan estava com um olhar de pena. – Tentei te avisar no primeiro dia. Ninguém rejeita o Cole. Você é um desafio pra ele agora – falou, e Danny assentiu em concordância.

– O que eu faço?

– Ignora – disse Alex, como se não fosse grande coisa.

Mas eu sabia como era difícil ignorar Cole quando ele estava por perto. Eu não era nada boa nisso.

– Reza – murmurou Danny ao mesmo tempo.

Meus olhos se arregalaram.

– Isaac, a gente pode ir pra escola agora? – pediu Lee. – Não ligo pra essa novela de merda. Tenho umas aulas pra matar.

– Já que você pediu – disse Isaac ao ligar a caminhonete. – Só tava esperando o Capitão Idiota entrar.

Alex revirou os olhos, mas desconsiderou o insulto do primo. As olheiras ainda estavam em seu rosto, mas, diferente de ontem, ele parecia positivamente alegre. A caminhonete deu uma guinada para trás e começou a descer a rua, e eu olhei pela janela na direção do retrovisor. *Infelizmente*, pensei ao avistar meu rosto, *nem de longe pareço tão feliz quanto ele*.

Vinte minutos depois, quando chegamos à escola, meu estômago ainda estava embrulhado. Não ajudou em nada o fato de que, quando desci da caminhonete, a pele da minha nuca formigou, e eu soube que estava sendo observada. Olhando em volta, vi Cole sentado nos degraus da frente com um bando de garotas ao seu redor, mas ele não estava prestando atenção nelas. Estava me encarando do outro lado do estacionamento. Eu sabia que teria que enfrentá-lo na aula de matemática, e o pensamento fez meus dedos tremerem.

– Ei, Alex – chamei enquanto caminhávamos em direção à escola.
– Onde você almoça?

– Não almoço – respondeu, as bochechas corando. – Geralmente eu... ééé, vou para o laboratório de informática pra uma rodada rápida de *Gathering of Gods*.

– É o jogo online que você joga com a Kim, né? – perguntei.

– É, você joga?

– Não, mas queria saber se não quer dar uma pausa hoje e almoçar com a gente?

– Com você e a Kim?

– É, e nossos outros amigos. – Ele parecia estar prestes a dizer "não", então acrescentei rapidamente: – Por favorzinho?

Ele estava claramente confuso, mas assentiu com a cabeça mesmo assim.

– Ok, eu acho.

– Perfeito – falei enquanto caminhávamos juntos para a aula de anatomia. – Passa pra me pegar na sala de matemática. A gente pode ir junto.

Quando nos sentamos, sorri para mim mesma. Decidi que a melhor forma de lutar contra um irmão Walter era usar outro. E meu plano funcionou perfeitamente. Mais tarde naquela manhã, fui para a aula de matemática pouco antes de o sinal tocar, assim Cole não teria a oportunidade de falar comigo. Então, quando ele viu Alex esperando por mim depois da aula, saiu da sala sem olhar para trás.

– Oi – cumprimentei Alex alegremente.

Kim estava parada ao lado dele, um olhar impressionado estampando suas feições.

– Como você fez isso? – perguntou ela.

– O quê?

– Tirar o Alex do laboratório de informática pra almoçar. Tô tentando há séculos.

– Só pedi de um jeito legal.

– É um belo truque – resmungou Kim. – Um dia você me ensina.

– Eu não sou um cachorro, tá? – retrucou Alex.

Mas sabíamos que ele não estava bravo de verdade, e nós três fomos para o refeitório rindo.

Apesar do aviso de Danny, minhas duas semanas seguintes na casa dos Walter não tiveram a participação de Cole. Eu o evitei o quanto pude, e, por sua vez, ele ficou longe de mim. A maior interação que tivemos foi unilateral – da minha janela, dava para ouvir tudo o que acontecia na piscina lá embaixo. Nadar era o entretenimento preferido de Cole quando trazia uma de suas peguetes para casa, e, nos últimos dias, houve um elenco rotativo de garotas de biquíni.

Meu plano parecia estar funcionando. Como eu estava passando o tempo com Alex, Cole me deixou em paz. Alex e eu nos tornamos amigos em pouco tempo, e agora ele almoçava comigo e com os meus amigos direto, sem contar que sempre fazíamos os deveres de anatomia juntos. Ele estava certo: conhecer parte de seu passado tornou mais fácil para me abrir com ele. Alex era como o irmão que eu nunca tive.

– Qual é, Alex? Você me ignorou a semana inteira.

A porta do quarto de Alex e Nathan estava entreaberta. A princípio, pensei que Alex estava brigando com Nathan, mas então reconheci a voz de Lee.

– Eu sei, cara, mas a Jackie e eu temos uma prova ferrada de anatomia e precisamos nos preparar – respondeu Alex.

– Tá me dispensando? – questionou Lee. – A gente sempre vê o jogo junto. Ela que se dane! – Houve uma pausa e, quando Alex não respondeu, Lee continuou: – Ah, entendi. É exatamente isso o que você quer, né?

– Não! – sussurrou Alex, se defendendo de pronto. – A gente só tá estudando!

– Sei, que se dane – disse Lee, saindo do quarto em disparada. Quando me viu parada a poucos metros, passou por mim, esbarrando em meu ombro.

– Vaca – cuspiu ele, e continuou andando.

Segundos depois, a porta de seu quarto se fechou com um baque.

Pensei em voltar para o meu quarto depois do encontro, mas Alex enfiou a cabeça no corredor.

– Merda – disse ele, correndo a mão pelo cabelo bagunçado. – Você ouviu tudo, né?

– É, mais ou menos – falei, desviando o olhar. – Se quiser passar um tempo com o Lee, eu entendo.

– Não, Jackie, não se preocupa – disse Alex e escancarou a porta. – Entra aí.

Hesitei por um momento, sem saber como agir, mas Alex pegou minha mochila, então não tive escolha a não ser segui-lo. Seu lado do quarto estava tão bagunçado quanto da última vez que eu tinha visto, se não pior. Roupas espalhadas por todos os cantos, e pacotes vazios de guloseimas cobrindo a mesa. A metade de Nathan parecia uma revista de decoração, mas ele não estava por perto.

– Não tive tempo de arrumar – disse Alex, chutando um par de sapatos do caminho enquanto me levava até a mesa.

Dei uma risada.

– Alex, você precisa de uma força-tarefa pra arrumar essa bagunça – falei, abrindo caminho pelo chão e tomando cuidado para não pisar em nenhuma roupa suja.

– Vou considerar um elogio – disse ele, puxando a cadeira de escritório para eu me sentar. No banco, havia um prato mofado que já estava tão verde que eu não saberia dizer que comida era aquela. Alex me olhou timidamente antes de pegar o prato e enfiá-lo embaixo da cama. – Dou um jeito nisso depois – murmurou. – Pode sentar.

– Não sei, não – falei, olhando a cadeira com desconfiança para ver se ela também estava mofando ou não. – Pode ser perigoso.

Alex me lançou um olhar.

– Engraçadinha.

– Que foi? – falei, mas me sentei mesmo assim. – Cuidado nunca é demais.

Depois de pegar uma cadeira da mesa de Nathan, Alex se sentou ao meu lado e abriu a apostila.

– Então, qual o plano de ataque? – perguntou.

Era só uma figura de linguagem, mas Alex não fazia ideia de como eu tinha levado sua pergunta a sério. Nunca fui uma daquelas crianças criativas que dançavam ou cantavam ou pintavam um quadro bonito. Não havia rabiscos em meus cadernos da escola porque eu não conseguia desenhar nem um boneco de palito. O único talento do qual eu podia me gabar era minha habilidade de estudar. Não importava o tipo de avaliação. Contanto que tivesse uma quantidade razoável de tempo para me preparar, poderia acertar todas as questões. Não seria diferente com essa prova de anatomia. Afinal, seria minha primeira avaliação na nova escola, e queria começar em alto nível.

– A gente deveria começar pela folha de revisão e já definir todos os termos – disse, tirando o papel importante da minha agenda. Entreguei-a para Alex dar uma olhada, porque já sabia que ele perdera a que nos entregaram em sala de aula. – Dividi meu caderno por cores e organizei por aula pra ajudar. Se não encontrarmos uma resposta em específico nas minhas anotações, o que é altamente improvável, podemos recorrer à apostila como último recurso.

– E as minhas notas? – perguntou, olhando por cima da folha de revisão.

Ele a largou, e tentei não me encolher quando o papel absorveu uma pequena poça de líquido misterioso – provavelmente um dos energéticos que eu o via beber todo dia de manhã – derramado na mesa.

– Até parece – falei, pegando a folha de volta. – As únicas anotações que você fez foram desenhar o sr. Piper e escrever o nome de todos os ossos da face. E nem estão todos certos.

– Ponto pra você – admitiu Alex, coçando a cabeça, envergonhado.

– Tá. – Olhei para a primeira categoria listada na folha de revisão. – Vamos começar com os ossos do esqueleto apendicular…

Meia hora mais tarde, havíamos estudado apenas os primeiros vinte dos 75 termos que precisávamos saber. Eu estava tentando manter Alex focado nos estudos (estava mesmo), mas era mais fácil falar do que fazer. A cada poucos minutos, o e-mail dele enviava uma notificação, fazendo com que olhasse para o computador. No momento em que eu o fazia se concentrar de novo na anatomia, outro e-mail chegava, e o processo recomeçava do zero.

Por fim, desisti.

– Vai lá ver – falei, com um suspiro, quando outra mensagem tirou sua concentração dos estudos.

Ou Alex tinha um problema sério com lixo eletrônico ou alguém estava mesmo tentando falar com ele – e aparentemente, quem quer que fosse, não sabia usar o celular. Esse era o décimo e-mail em cinco minutos.

– Olhar o quê? – perguntou, os olhos correndo de volta para a passagem que ele deveria estar lendo.

– Seu e-mail. Você tá morrendo de curiosidade.

– Desculpa – respondeu, mas rapidamente abriu sua caixa de entrada. Ele clicou duas vezes no primeiro envelopinho azul, os olhos passando pela mensagem. – Minha guilda vai pra uma *raid* de jogo de zumbi.

Não entendi nada do que ele disse.

– Guilda? *Raid*? – perguntei. – O que é isso?

– É papo de *gamer* – respondeu Alex enquanto passava pelo resto dos e-mails. – Você sabe, *Gathering of Gods*.

– Ah tá. Ouvi a Kim falando disso – comentei distraidamente –, mas acho que não entendi.

Essa talvez tenha sido a pior coisa que eu podia ter dito para Alex. Ele se virou para mim enquanto um sorriso perturbador se abria em seu rosto.

– Deixa o caderno pra lá, jovem Padawan. Muito a te ensinar eu tenho.

Alex estava tão empolgado por causa de *Gathering of Gods* que não conseguia me explicar o que era. Então decidiu me mostrar. E com isso quero dizer que me forçou a jogar. Depois de explicar que a *gameplay* consistia principalmente em completar missões perigosas, ele me ajudou a criar uma personagem, o que demorou um tempinho.

– Por que a cor do meu cabelo importa? – perguntei enquanto ele passava pelos quarenta estilos.

– Porque – disse Alex, como se eu estivesse sendo infantil – você nunca vai poder trocar. Então tem que escolher um que ame de verdade.

Na hora de escolher a raça da minha personagem, ele ficou ainda mais frustrado. As opções variavam entre humanos, anões, demônios e fadas, mas eu não escolheria uma até saber qual era a mais bem-sucedida.

– É uma pergunta que faz todo o sentido, Alex. Qual é a melhor?

– Nenhuma é melhor que a outra. – Ele tentou esclarecer. – Pessoalmente, gosto de demônios porque são barra-pesada, mas muita gente também gosta de fadas.

– Então eu deveria ser uma demônia? – perguntei, movendo o cursor acima de uma criatura de aparência feia com chifres e escamas.

– Não, não foi o que eu disse. – A frustração tingia sua voz. – Cada raça tem um conjunto diferente de habilidades, então tudo depende de com qual você mais gosta de jogar.

– Mas como é que eu vou saber com qual eu mais gosto se eu nunca joguei?

Alex respirou fundo, tentando ser paciente.

– Só escolhe uma raça, Jackie.

– Pelo menos me fala qual vai me ajudar a ganhar em menos tempo.

– Não funciona assim – respondeu Alex, e arrancou o mouse da minha mão. Então, decidindo por mim, ele clicou na raça humana. – O jogo é contínuo. Nunca acaba.

– Calma. Não dá pra ganhar? – falei, com a testa franzida. – Qual o sentido de jogar, então?

– Não é igual *Monopoly* ou *Candy Land*. O objetivo do jogo é evoluir sua personagem.

– Tá, que seja – falei, pegando o mouse de volta da mão dele. Cliquei nas fadas, uma criatura esbelta com asas de cor pastel. – Mas não quero ser humana. É chato.

Eu não fui muito boa em *Gathering of Gods*. Tudo acontecia muito rápido, e Alex gritava instruções confusas para mim, como "Usa o escudo de fogo agora!" ou "Não esse escudo de fogo, o outro!". Ainda assim, depois de uma hora e meia lutando contra o jogo, aumentei o nível de experiência da minha personagem de um para três. Fiquei bastante satisfeita comigo mesma, mas Alex não estava muito otimista.

– Definitivamente você não tem o dom – disse ele ao se desconectar do jogo –, mas vou te transformar numa *gamer*.

– Duvido. – Suspirei e peguei meu material de anatomia. Tinha perdido boa parte do tempo de estudo tentando aprender o jogo, e, como resultado, sabia que ficaria acordada até tarde revisando minhas anotações. – Mas valeu. Foi divertido.

A porta se abriu antes que eu pudesse responder.

– Ei, Alex, queria falar com você – disse Cole, entrando no quarto. Quando me viu sentada na mesa do computador, ele parou. – Ah, não sabia que você tava aqui.

– Ah, é – respondi.

– Mais tarde eu volto, então – disse ele, se virando para sair como se eu tivesse causado um grande transtorno.

– Não, de boa. – Me coloquei de pé. – Já estávamos terminando mesmo.

– Obrigada pela ajuda com os estudos – disse Alex enquanto me observava arrumar a mochila.

– Não valeu como estudo – falei com uma risadinha. – Preciso passar pelo menos mais umas quatro horas nisso.

– Você tá brincando. – Ele balançou a cabeça e me devolveu o caderno. – Esse foi o maior tempo que já passei estudando, tipo, na vida.

— Então fico feliz por ter ajudado — respondi, lançando um sorriso. — Até amanhã.

— Boa noite, Jackie — disse ele quando dei meia-volta para sair.

Cole me observava da porta, o rosto inexpressivo. Quando o alcancei, ele não se moveu.

— Cole — falei, erguendo uma sobrancelha.

Ele me encarou por um momento antes de se afastar e me deixar sair. Logo que entrei no corredor, ele bateu a porta.

O sonho me manteve acordada outra vez. Enquanto descia as escadas em direção à cozinha, percebi que estava viciada no recurso leite-morno-com-mel de Katherine. Sempre que não conseguia dormir, fazia uma caneca e me sentava na mesa da cozinha, bebericando até minhas pálpebras ficarem pesadas. Gostava de ficar lá embaixo com a minha caneca em vez de voltar para o quarto porque sempre havia a possibilidade de encontrar Danny.

Minha habilidade de descer a escada bagunçada melhorou, mas geralmente ele me ouvia chegar e desaparecia antes que eu alcançasse a sala de estar. Eu sempre sabia quando o assustava. Nesses casos, a TV ficava ligada em alguma série policial noturna, e seu lanche ficava na mesa de centro. Quando a TV estava desligada, eu sabia que ele não tinha descido e me sentava na cozinha com as luzes apagadas, esperando pegá-lo de surpresa caso aparecesse.

Mas hoje à noite foi diferente. Quando entrei na sala de estar na ponta dos pés, Danny ainda estava no sofá, com a mão em um pacote de batatas fritas. Fiquei parada na beirada do tapete, encarando, incrédula. Ele me lançou um olhar, mas rapidamente seus olhos voltaram para o drama na tela. Sem querer assustá-lo, recuei devagar para a cozinha antes de começar a fazer meu leite com mel.

Depois que o micro-ondas apitou, usei a manga do robe para pegar a bebida fumegante e fui em direção à TV. Sabia que Danny já teria ido embora e que eu teria que desligá-la. Mas, para minha surpresa, ele ainda estava assistindo ao programa.

– Quer assistir comigo? – perguntou, os olhos fixos na tela enquanto eu ficava parada no canto da sala.

– Hã, claro – gaguejei, pega completamente de surpresa.

Achei que me sentar ao lado dele no sofá seria abusar da sorte, então me sentei na grande poltrona, dobrando as pernas embaixo de mim ao me acomodar. Ficamos assim pelos episódios seguintes, desfrutando a companhia um do outro em silêncio.

Eram quase quatro horas quando percebi que havia cochilado. A TV estava desligada e Danny não estava por perto, mas deve ter acendido o abajur para mim, porque a sala estava banhada por um suave brilho amarelo. Feliz por ter feito algum progresso com Danny, fiquei ali por um momento, sorrindo para mim mesma, antes de voltar para a cama.

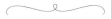

– Nova York! – Alguém cutucou meu rosto. – Se não acordar, não te levo pra escola.

Resmungando, abri os olhos. O contorno borrado de Cole pairava sobre mim, seu dedo pronto para espetar meu rosto novamente.

– Vai embora – disse e rolei, enterrando o rosto no travesseiro. Era muito cedo pra lidar com as merdas dele. – Quem foi que disse que eu quero ir com você, hein?

– Beleza – ouvi ele dizer –, mas meus irmãos já foram, então, se você perder a prova de anatomia, não venha me culpar.

– Eu sei que você se acha muito engraçado, Cole... – Comecei a dizer, abrindo os olhos e encarando o relógio. Eu havia ajustado o relógio para despertar às seis, assim, teria tempo para passar minhas roupas e tomar banho, mas meu coração pulou quando vi os dígitos em verde neon mostrando 7h26. – Não, não, não! – gritei, jogando as cobertas de lado.

– Eu avisei – disse Cole, se afastando enquanto eu corria pelo quarto.

– Isso não pode estar acontecendo.

Não tinha como me arrumar a tempo. Demorava meia hora só para alisar o cabelo.

– Relaxa, Jackie. Bota um moletom e já era.

– Bota um moletom? – repeti, me virando para encará-lo. – Por acaso você já me viu de moletom?

– Pensando bem, não. Você geralmente parece uma patricinha indo pra um salão de chá.

– Porque eu não tenho moletom! Não vai dar tempo de passar uma roupa.

– Certo, entendi – disse Cole, erguendo as mãos para me acalmar. – Espera aí. Tenho uma ideia. – Ele voltou correndo alguns minutos depois, carregando uma calça jeans e uma camiseta de time. – Tenta isso. É uma calça velha da minha mãe. Talvez fique meio grande, mas dá pro gasto.

– Não posso usar isso pra ir pra escola – falei um minuto depois ao me olhar no espelho. – Pareço desleixada.

A camiseta fez parecer que eu estava sendo engolida: era tão larga que quase chegava nos joelhos. Tentei dobrar o tecido para cima, mas escorregou um segundo depois. A calça tinha ficado ainda pior.

– Jackie, é só um dia. Ninguém vai ligar.

– Bom, e o meu cabelo? – argumentei, tentando arrumar minha fita de sempre. Meus dedos tremiam porque estava nervosa e minha franja não ficava numa posição boa. – Está bagunçado.

– Para com isso – disse Cole, agarrando minhas mãos. – Gosto dos cachos. São naturais.

Suas palavras saíram com naturalidade, de um jeito suave. Não foram forçadas, como se estivesse dizendo isso para eu me sentir melhor. Abri minha boca, embora não soubesse o que dizer, mas uma buzina soou do lado de fora, me interrompendo.

– Temos que ir.

Pegando minha mochila, Cole me puxou do quarto para fora de casa. Em pouco tempo, estávamos dentro do brilhante Porsche preto, acelerando em direção à escola.

– Jackie, você se lembra do meu amigo Nick – disse Cole, virando-se na frente para que pudesse me ver.

– E aí? – Nick assentiu com a cabeça em um cumprimento.

– Lembro. Oi – murmurei, olhando pela janela.

Nos minutos seguintes, Cole tentou puxar conversa comigo, mas fui monossilábica. Por fim, ele desistiu e se voltou para Nick.

– Você vai pro armazém hoje?

Curiosa, me virei para observar Cole.

– Sei lá – disse Nick, me lançando um olhar como se fosse algo que eu não deveria ouvir. – A gente tem suprimentos?

– Muitos – respondeu Cole. – A Kate marcou muito ontem à noite.

– Imagino – disse Nick, sem parecer totalmente convencido. – Mas a gente não vai com o meu carro.

– Se pá consigo pegar a caminhonete. – Cole puxou o celular. – Vou mandar mensagem pro Isaac.

Estávamos chegando no Colégio Valley View. Dava para ver o prédio no topo da colina a distância. Os dedos de Cole estavam digitando, mas Nick ainda parecia desconfortável.

– Não convida mais ninguém, tá? – disse Nick, os olhos piscando em minha direção outra vez. – Não quero confusão.

Ao ouvir isso, concentrei minha atenção de volta na janela. Não tinha certeza do que eles estavam falando, mas, independente do que fosse, cheirava a problema. Fiquei de boca fechada até o carro estacionar.

– Muito obrigada, Nick – falei, abrindo a porta. A essa altura, o estacionamento estava praticamente vazio, e apenas os alunos que não se importavam em chegar tarde ainda estavam do lado de fora. – Até.

Atravessei a calçada sem esperar por eles e, felizmente, consegui chegar à sala antes de o sinal tocar. Jogando minha mochila na mesa, virei-me para Alex. Ele estava encarando sua apostila, fingindo estudar de última hora, mas seus olhos não se moviam sobre a página.

– Que merda foi essa hoje de manhã? – eu quis saber.

– Como assim? – disse ele, sem se dar ao trabalho de olhar para cima.

– Vocês saíram sem mim – falei enquanto puxava um punhado de lápis da mochila. – Tive de pegar carona com o Nick, amigo do Cole.

Alex mordeu o lábio.

– O Cole disse que você queria ir com ele.

– Você tá falando sério? Quando ele disse isso?

– No café da manhã? – contou.

– Inacreditável – falei, cerrando os dentes.

Cole estava encrencado.

– O que foi?

– Alex, meu despertador não tocou hoje de manhã. O Cole deve ter reprogramado, porque ele foi me acordar só depois que vocês saíram.

– Jura? – Alex perguntou, finalmente olhando para mim. Quando ele viu como eu estava irritada, o alívio tomou conta de seu rosto. – Ainda bem. Achei que você tivesse caído na dele.

– Não caí. E, aliás, estou furiosa com você – retruquei, meio brincando. – Não tive tempo de me arrumar hoje de manhã. Você prestou atenção na minha roupa?

Alex olhou para baixo, e seu rosto congelou quando viu a camiseta.

– Onde você conseguiu isso?

– O Cole me emprestou. Eu não tinha nada pra vestir.

– Ele te *emprestou*? – disse Alex, como se fosse a coisa mais insana que já tivesse ouvido.

– É. E daí? – perguntei. – É só uma camiseta velha de time.

– Mas é a camiseta de futebol americano do Cole. Eu não a vejo desde que… – Alex parou, espantado demais para terminar a frase.

De repente, a conversa com Nathan me veio à mente. *Ele era o melhor recebedor do estado até que foi derrubado de um jeito errado e quebrou a perna…*

– Desde o jogo em que ele se machucou – terminei para ele.

– É, como você sabe?

– O Nathan mencionou isso no meu primeiro dia de aula.

– Jackie – disse Alex devagar, balançando a cabeça em descrença. – O que você não entende é que o futebol era a vida do Cole. Depois que ele perdeu a bolsa, parou de falar sobre jogo. É como se ele nunca tivesse jogado.

– E?

– E pra ele te dar essa camiseta… Eu nem sei o que isso quer dizer. Eu também não sabia.

O sr. Piper apareceu na frente da sala, batendo palmas para chamar nossa atenção.

– Certo, pessoal, atenção! – disse ele. – Guardem todos os materiais. Livros e cadernos debaixo da mesa. Está na hora da prova.

Foi a prova mais fácil que já fiz na vida. Apesar de ter me distraído com o que Alex me contou, consegui responder todas as perguntas em meia hora. Se isso fosse um indício de como minhas outras avaliações seriam, os próximos meses seriam tranquilos. Contudo, por algum motivo, o pensamento não melhorou meu humor.

Conforme a manhã passava, fui ficando cada vez mais constrangida por usar a camiseta de Cole. Quase perguntei para Heather se ela podia me emprestar alguma coisa. Eu tinha visto que ela guardava roupas extra no armário caso alguém aparecesse com uma roupa igual à dela. Mas, se eu pegasse algo emprestado, teria que contar para as meninas o que aconteceu de manhã, e elas iriam surtar.

Com a intenção de perguntar para o Cole exatamente por que ele me deixou usar a camiseta, cheguei na sala de matemática cinco minutos mais cedo para poder emboscá-lo antes de a aula começar. Enquanto esperava por ele do lado de fora da porta, alguém me deu um tapinha no ombro.

– Nossa. – Soltei o fôlego e dei meia-volta. – Você me matou de susto.

– Desculpa. – Era Mary, a ex-namorada de Alex, e a forma como seus olhos se estreitaram fez parecer que ela não se arrependia. – Você é a Jackie, né?

– Hã, sou... – respondi.

– Meu nome é Mary Black.

– Muito prazer, Mary – respondi. – Precisa de alguma coisa?

– Gostei muito da sua roupa – disse ela, com uma pitada de sarcasmo. – É bem... casual chique. Faz parte da nova coleção da sua mãe?

– Eu... quê?

– Ah, espera – disse Mary, um sorriso doentio aparecendo. – Ela morreu, né? – Ela deu um passo em minha direção, seu sorriso se transformando em um olhar furioso. – Escuta aqui, garota nova. Fica longe do Alex. Ele é meu.

Fiquei tão chocada que só a encarei, boquiaberta.

– Entendeu? – reiterou com ódio quando não respondi. Balancei a cabeça afirmativamente. – É bom mesmo. – Ela mostrou um sorrisinho. – Adorei te conhecer, Jackie.

Enquanto ela se afastava, só conseguia pensar em uma coisa. Não na ameaça de Mary nem em Alex. Nem mesmo no quão brava eu estava com Cole, porque não importava. Tudo em que eu conseguia pensar eram naquelas três palavras horríveis: *Ela morreu, né?*

nove

– O QUE É isso, o fim do mundo? – Ouvi uma voz familiar atrás de mim. – Nova York matando aula?

Eu ainda estava do lado de fora da sala, sentada contra uma fileira de armários, mas agora o corredor tinha se esvaziado e a aula já começara. Eu nunca tinha matado aula na vida, mas as palavras de Mary foram paralisantes. Tive que respirar fundo por cinco minutos para conter as lágrimas.

Ao olhar para cima, vi Cole descendo o corredor em minha direção. A princípio, achei que estava chegando tarde na aula, mas depois notei que a jaqueta estava pendurada no ombro e não havia mochila à vista.

– Não estou matando aula – falei baixinho. – Só vou me atrasar.

Cole me encarou por um segundo antes de se agachar ao meu lado.

– O que foi, Jackie? – perguntou.

– Além de eu estar chateada por você ter mexido no meu despertador? – falei, tirando sua mão de meu ombro. – Nada.

– Eu não acredito.

– Problema seu – falei, enterrando o rosto nas mãos –, mas isso não quer dizer que eu quero falar com você.

Por que ele sempre aparecia quando eu estava à beira das lágrimas?

– Se não quer me contar, beleza. Mas, pelo menos, me deixa fazer você se sentir um pouco melhor.

– Por quê? – murmurei.

Eu realmente não estava mais ouvindo. Só queria terminar a conversa para ele me deixar em paz.

– Parece que esse tem sido meu trabalho nos últimos dias. Eu deveria acrescentar na minha descrição ao lado de insuportavelmente bonito. Cole Walter: animador profissional e homem mais sexy do ano.

– Não estou no clima, Cole – falei com um suspiro.

– Tá, vou falar sério – respondeu, balançando as chaves da caminhonete na mão. – Vem comigo. Prometo que posso te ajudar a esquecer seja lá o que for que esteja te incomodando.

Surpresa com suas palavras, olhei para cima. Ao contrário da última vez que Cole me encontrou emocionalmente abalada, dessa vez eu sabia que ele estava falando da minha família. Seu rosto não era cruel, e a pena que eu tinha medo de ver não estava lá. Foi um alívio tão grande que mal entendi as palavras que saíram da minha boca em seguida.

– Você está me chamando pra cabular? – perguntei. – Com você?

Ele assentiu.

– Por que não? Você já se atrasou vinte minutos.

Olhei no relógio e vi que ele estava certo.

– Não sei, não… – respondi, sem ideia do que fazer.

– Vamos, Jackie. Prometo que vai ser legal.

Ele me deu um olhar de cachorrinho abandonado. *Caramba, que olhos lindos.*

Em sã consciência, eu nunca cabularia, porém depois do que aconteceu com Mary, a ideia de sair com Cole parecia uma boa distração.

– Está bem – falei, me levantando. – Vamos nessa.

Assim que vi a caminhonete e as pessoas sentadas atrás, me lembrei da conversa que ouvi entre Cole e Nick de manhã. Obviamente, o amigo de Cole estava encostado na tampa da carroceria, e eu começava a ter a impressão de que o franzido na testa dele era uma marca permanente. Além de Nick, não conseguia me lembrar do nome de mais ninguém, mas todos eram os amigos que se sentavam com Cole no almoço.

– Cole, é sua vez de dirigir – disse uma das garotas quando nos aproximamos.

Ela tinha um cabelo loiro sujo com uma mecha tingida de rosa-choque, e de repente me lembrei de que ela tinha ido à casa dos Walter na semana passada para nadar com Cole.

– Eu nunca teria imaginado, Kate – disse ele, abrindo a tampa da carroceria para que eu pudesse subir. – Já que vamos no meu carro e tal.

Ele estendeu a mão e me ofereceu apoio.

– Se você vai dirigir – falei baixinho para os outros não ouvirem –, queria ir na frente.

– Imaginei.

O sorrisinho de satisfação em seu rosto quase fez com que eu mudasse de ideia, mas não queria me sentar com um bando de desconhecidos. Contornando a lateral da caminhonete, abri a porta do passageiro e entrei. A caminhonete parecia estranhamente vazia sem os outros Walter lá dentro, mas Cole não pareceu reparar quando se sentou ao meu lado.

Eu não sabia o que estava esperando, mas definitivamente não era o que Kate ofereceu ao abrir a janela traseira da caçamba da caminhonete.

– Quer? – perguntou ela, segurando uma cerveja.

– Não – respondi instintivamente. Nem parei para pensar.

– Ela quer, sim. – Cole pegou a lata de Kate e a jogou no meu colo. – Uma gelada sempre resolve um dia ruim.

– O que você tá fazendo? – sibilei para ele quando ligou a caminhonete.

– Tô fazendo você se sentir um pouco melhor.

Ele alcançou o rádio e aumentou o volume da música.

A ideia de desafivelar o cinto de segurança e fugir passou pela minha cabeça, porque eu não queria encrenca. Mas, antes que eu pudesse decidir, Cole deu marcha a ré e começamos a andar. A princípio, quando saímos do estacionamento, não consegui respirar. No que eu tinha me enfiado? Deixei uma pessoa que eu nem conhecia me afetar com uma frase. Eu tinha perdido o controle e agora estava numa situação ainda pior.

Então me virei para Cole. Ele estava com o vidro da janela abaixado, o braço pendurado na lateral da porta e, assim que chegou no refrão da música, ele gritou a letra a plenos pulmões. Ouvi alguns gritos se juntando da carroceria; de alguma forma o humor deles era contagioso. Cole sorriu, o sol quente batendo em seu rosto, então eu sorri também.

– Vai beber? – perguntou Cole, apontando para a cerveja no meu colo.

Olhando para baixo, encarei a lata. Estava coberta de condensação no ar quente, gotas de água fria corriam pelo alumínio. Matar aula era ruim o bastante; não precisava acrescentar consumo de álcool à minha lista de crimes. Mas já que eu estava aqui...

– Não dá pra acreditar que eu estou fazendo isso – falei e abri a primeira lata de cerveja da minha vida.

A Lanchonete do Sal ficava perto dos limites da cidade. Nick insistiu em almoçar lá, porque não queria ser pego matando aula. O serviço era lento, embora fôssemos os únicos clientes, e terminamos de comer os hambúrgueres gordurosos quando minha aula de inglês já estava começando. Em seguida, paramos na casa de Kate para ela pegar a cerveja que tinha escondido na varanda da frente. Nossa última parada era em um armazém abandonado de janelas tampadas com tábuas a uma hora da cidade; assim, quando finalmente chegamos, a escola já estava fechando. Eu não sabia o que estava esperando – talvez uma casa do lago ou uma cabana de caça, mas não um lugar tão assustador. Cole me garantiu que muitas pessoas vinham aqui quando cabulavam, e que já deram festas enormes nesse lugar.

Eu não duvidava. Por dentro, o espaço parecia ter sido usado por muitas gerações de alunos do Ensino Médio. A primeira coisa que reparei foi a camada de grafite – corações com iniciais cobriam cada centímetro das paredes. Havia caixotes e cadeiras dobráveis para se sentar, uma variedade de *coolers* e até uma velha mesa de pingue-pongue. No canto do armazém havia uma pilha de sacos de dormir e cobertores, junto a uma caixa com as palavras "Kit de Sobrevivência" escritas em caneta permanente. Dentro, havia um monte de suprimentos: baterias, velas, copos de plástico, um abridor de garrafas, curativos e uma lanterna.

Alguém tinha se dado ao trabalho de decorar o local, provavelmente para uma das festas. Faixas pendiam do teto e luzes de Natal cobriam as paredes, mas não estavam ligadas porque não havia eletricidade.

Eu não fazia ideia de quanto tempo ficamos no armazém, mas quase todo o sol havia desaparecido, e uma lanterna no meio do chão era nossa única fonte de luz. A iluminação fraca projetava sombras em nossos rostos, fazendo com que todos parecessem nítidos e assustadores. Perdi a conta de quantas cervejas estavam correndo por meu sistema, mas eram o bastante para fazer minha cabeça zumbir.

– Acho que não, gente – falei devagar, tentando clarear a mente e me concentrar. Mas era difícil quando minha cabeça parecia tão pesada.

– Ah, qual é – disse Nick com tanto entusiasmo que derrubou a fileira de garrafas vazias ao seu lado. – Você tem que brincar!

Ele era uma pessoa bem diferente quando estava bêbado. Era mais amigável.

O grupo estava tentando me fazer brincar de girar a garrafa, e me senti desconfortável.

Cole tinha me apresentado a todo mundo quando chegamos – duas garotas e quatro caras –, mas eles ainda pareciam desconhecidos para mim. Tinha a Kate, a garota com a mecha rosa no cabelo, e sua amiga Molly. Aí, tirando Nick, dois dos amigos de Cole do time de futebol tinham vindo. Não conseguia me lembrar do nome deles, talvez Ryan e Jim, mas também podia ser Bryan e Tim. E aí tinha o irmão mais novo de Molly, Joe, com piercing no lábio, que insistia em ser chamado de Jet.

Além de todos serem mais velhos do que eu, não queria brincar do jogo da garrafa por um grande motivo. Eu nunca tinha sido beijada. Será que eu queria mesmo que meu primeiro beijo fosse um desastre embriagado com um garoto que não conhecia?

– Acho melhor não – falei, balançando a cabeça.

– Parece que você tá pensando demais – disse Kate, pegando outra cerveja para mim.

Era sua missão pessoal garantir que todos estivessem com uma bebida na mão o tempo todo. Quando não peguei, ela enfiou a lata no porta-copos da minha cadeira.

– A gente podia fazer outra coisa.

Era Cole. Ele estava recostado em uma das cadeiras de praia e, pela forma como a luz da lanterna batia em seu rosto, parecia sexy e perigoso.

– Por quê? Você adora brincar de garrafa.

– Eu sei, mas acho que não é o tipo de jogo da Jackie.

– Como assim não é meu tipo de jogo?

– Você é toda certinha.

– Não sou, não.

– Então prova.

Lá no fundo, eu sabia que ele estava me provocando, mas o álcool fez palavras que eu normalmente não diria saírem da minha boca.

– Ah, você vai ver.

Todos nos sentamos de pernas cruzadas no chão em círculo e colocamos a garrafa vazia no meio. Kate girou primeiro e, quando parou em Ryan-Bryan, ela riu e girou outra vez.

– Ei! – reclamou Ryan-Bryan. – Você não pode fazer isso.

– Tá valendo a regra de ex-namorada – disse ela. – Já te beijei o bastante pra saber que nunca mais vou beijar.

– Do que você tá falando? Eu beijo muito bem.

– Ryan, você fica mordendo. Sério, pra que usar os dentes? Minha cara não é um lanchinho.

Jet era o próximo e, quando girou a garrafa, rezei silenciosamente para que não caísse em mim. Quando ela parou apontando para sua irmã, Molly, os dois fizeram uma careta, e ele acabou beijando Kate. Eu estava começando a entender que as pessoas simplesmente beijavam quem queriam em vez da pessoa para quem a garrafa de fato apontava.

Depois, foi a vez de Cole, e a garrafa parou em Nick.

– Ah, nem a pau – disse Cole, olhando para o amigo com desgosto. Todos riram. – Vou de novo – disse ele, rodando a garrafa outra vez.

Ela girou no chão à nossa frente e senti meu pulso acelerar. Eu queria que o Cole me beijasse? Claro que sim, ele era gato. Não tinha como negar, mas eu não conseguia entender qual era a dele. E se tudo o que Alex disse sobre ele fosse verdade? Pior, e se eu estivesse me apaixonando mesmo assim? O que isso dizia sobre que tipo de pessoa eu era?

Quando a garrafa começou a desacelerar, girando num último círculo, percebi que pararia em mim. Porém, assim que a boca da garrafa apontou em minha direção, ela balançou uma última vez e parou entre Molly e eu.

– Bom, e agora, o que você faz? – perguntou Jim-Tim para Cole enquanto todos nós encarávamos a garrafa.

Todos ficaram quietos por um momento, mas então Cole respondeu.

– Eu escolho – disse ele, antes de cruzar o círculo com um passo rápido e encostar os lábios nos meus.

Por um instante, deixei que me beijasse, seu corpo pressionado contra o meu, e uma onda de calor tomou conta de nós. Então, meus sentidos entorpecidos entraram em ação. Dava para ouvir a voz de Riley na minha cabeça: "Esse cara vai te comer viva, e você nem tá ligada...".

Assustada, empurrei Cole para longe.

– Desencosta – disse, limpando a boca com as costas da mão.

Cole riu e voltou para o seu lugar no círculo.

– Tudo bem, Jackie – disse ele, piscando para mim. – Consegui o que eu queria.

O silêncio reinava. Todos olhavam de um lado para o outro entre Cole e eu enquanto o som estalava ao fundo.

– Meu Deus, Cole – disse Kate, quebrando o silêncio. – Você é nojento.

– Não foi o que você disse uma noite dessas – rebateu ele, desviando o olhar de mim.

– Viiiixe! – zombou Nick, cobrindo a boca com a mão.

Todos os garotos riam.

Kate retrucou alguma coisa, mas foi como se meus ouvidos tivessem estourado, e eu mal conseguia ouvir o que ela dizia. Cole ainda estava me observando com um olhar que eu não conseguia decifrar, pelo menos não com a minha cabeça girando daquele jeito. Eu precisava de ar fresco. Com certa dificuldade, consegui me levantar.

– Jackie? – perguntou alguém, mas a voz estava abafada, quase não existia.

De pé, percebi que estava mais bêbada do que pensava. Minha cabeça latejava enquanto tudo ao meu redor rodava. Cheguei à porta sem cair, embora meus passos fossem instáveis, na melhor das hipóteses. Girando a maçaneta enferrujada, empurrei a porta pesada e saí.

O asfalto era irregular, quebrado em algumas partes. Enquanto andava até a caminhonete, onde planejava ficar até que todos estivessem prontos para ir, tropecei em uma rachadura. De repente, foi como se a terra se movesse batendo em mim enquanto eu permanecia imóvel, e não o contrário. Deitada de cara no chão, pude sentir o gosto de um fio de sangue onde mordi o lábio, mas estava tonta demais para sentir a dor. Rolei de costas e olhei para o céu. O sol se punha logo abaixo do horizonte, e o céu estava num tom entre roxo e azul royal, mas as estrelas já davam as caras. Eu nunca havia visto tantos pontinhos claros e brilhantes contra a tela escura.

Foi então que finalmente deixei as lágrimas rolarem. Eu não estava chorando pelo meu joelho, que com certeza estava ralado e sangrando. Também não estava chorando por causa de Cole. As lágrimas eram pelas pessoas de quem eu sentia falta. Queria ouvir minha irmã rir dessa situação horrível, minha mãe gritar comigo pelo mau comportamento e meu pai me abraçar forte enquanto eu chorava.

A porta do armazém se fechou com um baque quando alguém saiu atrás de mim. A trituração do cascalho me avisou da aproximação, mas continuei a olhar para o céu, a água escorrendo lentamente dos meus olhos. Pela primeira vez desde que cheguei ao Colorado, não me importava se alguém me visse chorar. Eu estava esgotada.

– Jackie, você tá bem? – Não dava para vê-lo porque estava atrás de mim, mas eu sabia que era Cole.

– O céu parece cheio de diamantes – mudei de assunto.

– Parece mesmo – me respondeu.

Sua mão surgiu acima de mim, estendida para me ajudar a levantar. Tentei erguer minha mão para segurar na dele, mas estava muito pesada, e minha cabeça girava para valer agora. Os diamantes acima de mim eram um borrão.

– Gosto daqui – comentei, deixando minha mão cair do meu lado.

– Tudo bem. – Cole se sentou ao meu lado e então, quando estava perto o bastante para conseguir ver meu rosto no escuro, acrescentou: – Você tá sangrando?

Estremeci de dor quando ele levou a manga da blusa até meu rosto e gentilmente enxugou a gota.

– Caí – foi a única palavra que consegui pronunciar.

– Sinto muito, Jackie.

Com gentileza, Cole me puxou para perto de si, embalando minha cabeça em seu colo.

Eu não sabia exatamente pelo que ele sentia muito. Podia ser por me convencer a matar aula e beber, algo que eu nunca tinha feito. Ou por ter me beijado. Independente do motivo, não importava.

– Quero ir pra casa – disse suavemente.

– Tudo bem – respondeu, jogando meu cabelo para trás. – Eu te levo.
Mas não tinha como. Não de verdade.

Devia ter um buraco na estrada, porque a caminhonete deu uma guinada para a frente, e eu caí do banco de trás, acordando de repente.

– Merda! – Ouvi Cole dizer do banco do motorista. – Sabia que eu devia ter colocado o cinto de segurança em você.

– É tipo montanha-russa. – Soltei uma risadinha ao deixar a cabeça rolar de volta para o banco.

– Jackie, você pode fazer um favor e ficar aí no chão? Não quero que se machuque.

– Cole, não precisa se preocupar – falei para ele. – É bem confortável aqui embaixo.

As janelas estavam abertas, deixando entrar o ar fresco da noite e a cantoria dos grilos. Meus dedos dos pés e das mãos formigavam, e sorri para mim mesma. Eu estava tentando me lembrar de como tudo tinha ficado tão embaralhado, mas só vi vislumbres de rostos estranhos, um lugar velho e... um beijo?

A caminhonete atingiu outro buraco, fazendo meu estômago pular.

– Você tá bem? – perguntou Cole.

Não. Meu sentimento de felicidade tinha sem dúvida ido embora.

– Não – disse com voz arrastada ao passo que minhas entranhas se reviravam. – Acho que vou vomitar.

Algumas palavras saíram da boca de Cole, e ele parou no acostamento. Ouvi a porta do carro bater, e logo Cole estava me ajudando a sair do carro. Enquanto eu esvaziava o estômago nos arbustos, ele segurou meu cabelo.

– Acabou? – perguntou quando me levantei e limpei a boca. – Existe uma regra de não vomitar na caminhonete.

– Tô melhor – falei para ele antes de tentar cambalear de volta para a caminhonete.

– Bom – disse Cole –, seu estômago pode até estar vazio, mas com certeza você não tá sóbria.

Depois que voltei para dentro e me deitei no banco de trás, ficamos quietos por um longo tempo.

Por fim, Cole quebrou o silêncio:

– A gente vai pegar um castigo daqueles – disse ele ao sair da estrada e entrar na garagem.

– Eu nunca fiquei de castigo – comentei com um bocejo.

Eu devia ter ficado em pânico, mas minha cabeça estava muito vazia e a exaustão começava a tomar conta.

– Pode se preparar pra algo incrível.

Cole estacionou a caminhonete. Levou um tempinho para ele sair e fechar a porta sem fazer barulho, mas finalmente a minha porta se abriu e ele me ajudou enquanto eu me empurrava para ficar sentada.

– Preciso que fique quieta quando a gente entrar, tá? – disse ele.

– Shhh! – sibilei, colocando um dedo sobre os lábios, repuxados em um sorrisinho sonolento.

– Isso – disse Cole. – Agora, que tal eu te ajudar a sair daí?

Ele colocou as mãos em volta da minha cintura e, quando me levantou da caminhonete, seu dedo roçou minha pele por baixo da camisa.

– Minhas pernas tão esquisitas – falei quando me colocou no chão.

Meus joelhos dobraram quando tentei dar um passo.

– Calminha aí – disse ele, e de repente meu mundo se inclinou quando Cole me pegou nos braços.

Deixei meus olhos se fecharem enquanto ele me carregava até a casa, os braços fortes me segurando com facilidade. Foi um pouco complicado para Cole abrir a porta comigo no colo, mas ele finalmente conseguiu mexer a maçaneta o bastante para que ela girasse.

A luz do corredor se acendeu.

– Se importa de dizer o que está acontecendo?

– Ah, droga – murmurou Cole, e abri os olhos.

– "Ah, droga" mesmo – disse Katherine.

Ela estava de pé na parte inferior da escada, de roupão. Parecia que esperava por nós.

– Oi, Katherine – falei, levantando a cabeça para que eu pudesse sorrir e acenar.

– Ela tá…? – disse a sra. Walter, incrédula.

– Bêbada? – Cole terminou a frase por ela. – Isso.

Katherine nos encarou, boquiaberta.

– Mãe? O que aconteceu? – perguntou Alex, aparecendo no topo da escada. Katherine fechou os olhos e colocou a mão na testa, frustrada. – Alô? – interveio Alex novamente quando ninguém respondeu.

– Alex, ajuda a Jackie a ir pro quarto e depois volta a dormir. Pode ser? – disse Katherine com a voz firme.

Ele assentiu e me pegou dos braços de Cole. Fechei os olhos e me aconcheguei em Alex, sentindo o cheiro de seu sabonete.

– Você pode ficar paradinho aí. – Ouvi Katherine dizer.

Cole deve ter tentado seguir Alex escada acima.

– Ahh, qual é. – Ouvi a reclamação de Cole. – Eu fui o motorista da vez.

Alex virou a esquina e seguiu em direção ao meu quarto, interrompendo a resposta de Katherine. Ele empurrou a porta com o pé e depois esfregou as costas na parede para encontrar o interruptor. Quando as luzes se acenderam, ele gentilmente me deitou na cama e estendeu a mão para tirar meus sapatos.

– Você tá só de cueca – falei, rindo.

– Quê? Ah, é – disse ele, olhando para si mesmo como se tivesse acabado de notar que estava com pouca roupa. Ele corou, mas continuou a desamarrar os cadarços. – Quer um copo de água, Jackie?

– Não – disse, bocejando –, mas queria um beijo.

– Vai dormir, bobinha – respondeu ele antes de me dar um beijo rápido na bochecha.

– Boa noite, Alex – falei quando ele apagou a luz.

– Boa noite, Jackie – disse ele e fechou a porta.

Não demorou muito para eu entender que o sr. e a sra. Walter não tinham medo de me punir. Na manhã seguinte, acordei com uma ressaca terrível, e Katherine estava sentada na ponta da minha cama.

– Como você está, Jackie? – perguntou, me oferecendo um paracetamol e um copo d'água.

– Hã, já estive melhor – respondi, me levantando devagar.

Minha cabeça latejava, mas eu estava ainda mais desconfortável com o fato de Katherine estar sorrindo para mim.

– Não duvido. – Ela me lançou um olhar compreensivo enquanto eu colocava o remédio na boca. – Mas suas aulas começam em uma hora, então você tem que se arrumar.

– Obrigada – falei, assentindo de forma nervosa enquanto ela se levantava.

Katherine deveria estar gritando comigo, não me medicando para dor de cabeça.

– Claro, querida – disse ela, atravessando meu quarto. Ela soltou a bomba quando chegou à porta. – Ah, e Jackie? Você e o Cole estão de castigo. Três semanas.

Não poderíamos sair de casa a não ser para ir à escola, nada de assistir à TV ou jogar videogame, e nada de ver os amigos. Para ser sincera, não me importei muito, porque imaginei que isso me daria tempo para reorganizar minhas prioridades. Meu verdadeiro castigo foi a culpa. Eu podia senti-la nos pulmões e no peito, e no calor que subia até as bochechas. Mesmo assim, algo nessa história de matar aula com Cole tinha sido tão legal, tão… libertador. Por algumas horas, me esqueci da minha família e do que Mary tinha dito. Aquele pensamento por si só era aterrorizante.

Como pude ter me esquecido de sentimentos tão dolorosos que pareciam uma cicatriz permanente? Embora passar o tempo com Cole tenha me dado uma sensação nova e emocionante que não conseguia explicar, nunca mais queria me esquecer. Minha família era a única força que me impulsionava. Eu precisava reorientar minha atenção para as notas e para a inscrição em Princeton.

O caminho até a escola foi horrível. Cada solavanco da caminhonete era uma martelada na minha têmpora, mas não era só a dor que me incomodava. A maioria dos garotos não estava bravo por Cole ter saído da escola sem eles, já que evidentemente estavam acostumados com isso. Isaac ficou chateado por Cole não o ter chamado, mas, quando eu contei por quanto tempo ficaríamos de castigo, ele mudou de ideia. Alex, por outro lado, estava me evitando. Não dirigiu uma palavra a mim durante o trajeto e, quando chegamos à escola, entrou correndo sem me esperar. Eu sabia que estava bravo, mas ele teria que me enfrentar na aula.

Quando entrei na sala, Alex estava sentado em nosso lugar de costume, com o rosto inexpressivo enquanto olhava para a frente. Respirei fundo antes de me aproximar e, quando me sentei, ele não se mexeu nem percebeu minha presença. De perto, notei que sua pele estava pálida e brilhante. Será que estava nervoso por receber a nota?

– Então... – falei depois de um silêncio constrangedor. – Até quando você vai me ignorar?

Seus lábios se franziram, mas ele não disse nada.

– Ok, tudo bem – continuei, recolhendo minhas coisas. – Se quer ficar assim, vou me sentar em outro lugar.

– Não acredito que matou aula com ele.

– Não é como se eu tivesse planejado, Alex. Só aconteceu.

– Meio difícil de acreditar vindo da srta. Preciso de um Cronograma pra Cada Segundo da Minha Vida.

Bom, eu estava cansada dessa maldita rivalidade entre irmãos ou sei lá o quê.

– Alex, eu sei que você tem problemas com o Cole, mas não desconta em mim. Não pode querer que eu nunca fale com ele, e seu irmão só estava tentando me animar.

– Existe uma diferença entre falar com ele e ficar bêbada com ele!

– Quer saber, Alex? – rebati, cansada de como ele estava sendo injusto. – Talvez, se a cretina da sua ex não fosse uma babaca, eu não teria acabado nessa situação, pra começo de conversa. – As palavras saíram da minha boca antes que eu percebesse que não queria que ele soubesse de meu confronto com Mary.

– O quê?

– Nada. Esquece.

– Não, quero saber o que ela disse pra você.

– Bem, não quero falar disso, então esquece.

Alex parecia prestes a argumentar, mas então o sr. Piper apareceu na frente da sala.

– Quem está pronto para receber as notas? – disse ele, alegre. Todos resmungaram.

Nos cinquenta minutos seguintes, mal ouvi a aula. Não é que não tentei, mas praticamente dava para sentir a raiva pulsando de Alex em ondas, e isso me deixou tão tensa que não consegui raciocinar. Quando o sinal tocou, ele disparou da cadeira, sem esperar que eu guardasse as coisas na mochila. O resto da manhã foi tão terrível quanto a primeira aula, e, no almoço, eu estava desesperada por uma folga.

– Como você tá? – perguntou Cole enquanto saíamos da sala.

– Me sentindo uma merda – resmunguei, ajustando a alça da mochila para não escorregar do ombro. – Nunca mais vou deixar você me convencer a fazer alguma coisa idiota de novo.

– E se eu pagar seu almoço pra compensar?

Suspirei.

– Olha, Cole, é muito legal da sua parte, mas...

– Mas o quê?

– O Alex e eu estamos começando a nos dar bem. Ele passa o tempo com a Kim e gosta do resto do meu grupo de amigos, e meio que faz sentido, sabe?

Não sei exatamente quando decidi me distanciar de Cole, mas acho que teve algo a ver com a minha briga com Alex. Quando eu estava com ele, tudo era diferente. Ele não fazia eu me sentir aquela garota estranha e aventureira que surgia entre minhas rachaduras quando eu estava com Cole. Com Alex, eu me sentia confortável, não ansiosa. Calma, não inquieta.

– Então o que você tá dizendo?

– Não é exatamente segredo que vocês têm problemas um com o outro. Eu só acho que a gente deveria, sei lá... ficar de boa?

Era meia-verdade, mas eu não ia contar para Cole o verdadeiro motivo para manter a distância. A parte sobre como estar com ele era tão estimulante que me assustava.

– Ficar de boa? – repetiu ele como se não desse para me ouvir.

– É, faz sentido?

– Ah. Faz, sim.

– Legal, até mais tarde, eu acho.

– É, até.

Eu deveria ter perguntado para Cole como chegar até o laboratório de informática. Alex sempre me buscava depois da aula de Matemática e íamos para o refeitório juntos, mas hoje ele não apareceu. Provavelmente estava de mau humor e jogando *Gathering of Gods*, e eu realmente queria resolver nossa situação. Caso contrário, eu ficaria irritada comigo mesma por deixar um erro relacionado a bebida estragar nossa amizade.

Um professor tentou me apontar a direção certa, mas eu estava definitivamente perdida. Havia grandes portas duplas à minha frente, e eu tinha certeza de que não levavam ao laboratório de informática, mas as abri mesmo assim, sem saber mais o que fazer. A sala era enorme, com fileiras e mais fileiras de cadeiras de teatro vermelhas. O local estava escuro, a não ser por um holofote no palco, e percebi que devia ser o auditório. Eu estava prestes a me virar quando notei alguém andando de um lado para o outro lá embaixo.

– "Ó, fale de novo, anjo brilhante! Pois tu és tão glorioso para esta noite." – Era Danny, e ele estava lendo um roteiro que eu sabia de cor.

– "Estás sobre mim como um mensageiro alado do céu..." – Ele parou, deixando a linha inacabada enquanto puxava o cabelo, frustrado.

Pela forma como falou, sabia que ele tinha memorizado todas as palavras, então deve ter sido sua atuação que o perturbou.

– "Ó Romeu, Romeu, por que és tu Romeu?" – falei a próxima linha de Julieta, esperando inspirá-lo. A cabeça de Danny se virou em minha direção, e ele me encarou enquanto eu descia para a frente do palco. – "Renega o pai, despoja-te do nome. Ou então, se não quiseres, ao menos juras meu amor. E não mais serei uma Capuleto."

– "Continuo ouvindo-a mais um pouco" – Danny sussurrou a resposta de Romeu – "ou respondo a ti?"

Ele parecia sem fôlego – minha aparição repentina claramente foi uma surpresa.

Bati palmas, um sorriso enorme.

– *Romeu e Julieta*, hein?

– É, vai ser a peça de primavera deste ano. Não sabia que tinha gente aqui.

Ele desviou o olhar de mim, e aproveitei a oportunidade para analisar seu rosto. Ele possuía todas as belas características faciais dos Walter, mas de forma mais rústica devido à habitual barba que cobria seu rosto. Ele era tão bonito quanto Cole, mas de um jeito mais sutil – de modo que eu tinha que parar para notar. Era uma beleza silenciosa e suave.

– Desculpa, não quis interromper – falei, arrastando os pés. – Eu tava tentando chegar no laboratório de informática.

– Fica do outro lado do prédio.

– Imaginei – disse com um suspiro. – Então você é o protagonista masculino? Que legal.

Danny balançou a cabeça.

– Ainda não. O resultado dos testes sai na semana que vem.

– Ah, tenho certeza de que você vai conseguir – falei, subindo na plataforma. Me sentei na beirada e deixei meus pés balançarem para o lado. – Parece que você tem tudo pra arrasar.

– Não sei, não – disse ele, parecendo agoniado. – Tem alguma coisa errada. Tô com dificuldade pra entrar no personagem nessa parte... – Ele soltou um suspiro. – É o meu teste mais importante.

– É a sua preferida ou algo do tipo?

– Não, mas nossa professora de teatro disse que uma das amigas dela vai vir. É uma caça-talentos.

– Talvez você precise de alguém pra ler as falar com você – falei, tentando soar casual. Essa foi de longe a conversa mais longa que tive com Danny desde que fui morar com os Walter, e queria ver até onde poderia ir. – Posso ajudar, se quiser.

Danny parecia incerto, como se pensasse que eu preferiria nadar num tanque cheio de tubarões.

– Você faria isso? – perguntou ele.

– Bom, *Romeu e Julieta* não é meu Shakespeare favorito – disse, importunando-o. – Mas acho que posso dedicar um tempo nisso.

Levou um momento para Danny se acostumar comigo. A princípio, suas falas saíam desajeitadas. Porém, depois de repassar a famosa cena da sacada, ele esqueceu que eu estava ali. Ele se transformou em Romeu, e eu, em Julieta.

O sinal tocou, sinalizando o fim do horário de almoço, e Danny balançou a cabeça como se acordasse de um devaneio. Dava para ver por que era o presidente do clube de teatro. Danny não apenas representava o papel; ele mergulhava nele até acreditar que era o personagem.

– Foi bom, né? – perguntei, pulando do palco.

Danny me seguiu e me acompanhou até a porta do auditório.

– Foi. Você é bem boa. Já pensou em atuar?

– Jamais. – Dei risada. – Fico muito nervosa na frente de multidões. Não entendo como você consegue.

– Como assim?

– Sei lá… – falei, sem saber como verbalizar meus sentimentos. – Você é tão…

– Tímido? – disse ele, sem rodeios.

– É, isso.

– A maioria das pessoas acha que não sou amigável – disse Danny, enfiando a mão nos bolsos do jeans –, mas só tenho dificuldade em conversar com gente que não conheço.

– Eu também – comentei.

Danny me lançou um olhar.

– Não é verdade. Você fala com todo mundo.

– Não tenho muita escolha. Não conheço ninguém aqui – falei. Havia uma nota distinta de sofrimento em minha voz, então rapidamente mudei o assunto de volta para Danny. – Se tem tanta dificuldade em falar com as pessoas, como consegue ficar em pé na frente de tantas?

– É diferente.

– Como?

– Pra começar, não preciso interagir – explicou. – Mas também tem alguma coisa em interpretar um personagem, assumir uma roupagem diferente, que me dá aquela onda de confiança. É como se soubesse que a multidão não pode me julgar, porque só tô representando um papel. A pessoa que finjo ser não sou eu de verdade.

– Faz sentido, mas por que você se importa com o que os outros pensam?

Ele tinha feito parecer que todos o odiariam se o conhecessem de verdade.

Danny ergueu uma sobrancelha.

– Mas e você?

– Eu? – perguntei. – Como assim?

Sim, eu gostava de garantir que estava apresentável e ficava um pouco tensa com as notas, mas esses eram os ingredientes-chave para me tornar uma pessoa de sucesso. Não era como se evitasse conversar com as pessoas.

Por um momento, Danny sustentou meu olhar, me encarando como se estivesse tentando descobrir alguma coisa.

– Nada – disse ele, por fim, e desviou o olhar. Danny abriu a porta do auditório em uma fresta, e um feixe de luz inundou a sala escura como ouro derretido. – Enfim, obrigado por me ajudar hoje. Foi superlegal, mas preciso ir pra aula agora.

– Tudo bem – falei, confusa.

Por que de repente ele estava reprimido?

– A gente se vê em casa – disse Danny.

Ele saiu para o corredor, a porta se fechando atrás dele, e assim eu fiquei sozinha.

dez

ERA MANHÃ DE SÁBADO, e eu finalmente estava começando a sentir os efeitos do castigo.

– Como assim não posso ir? – gritou Cole.

Nathan e eu tínhamos acabado de voltar da corrida matinal e estávamos nos alongando no gramado da frente. Um segundo atrás, Cole saiu furioso da casa para encontrar seu pai carregando a caminhonete com suprimentos: barracas, sacos de dormir, uma caixa cheia de panelas e frigideiras para cozinhar no fogueira e outras coisas próprias para o ar livre.

– Não disse que você não pode ir – respondeu George, levantando os olhos do que estava fazendo.

Danny e Isaac, ocupados prendendo uma canoa no topo da van de Katherine, lançaram um olhar para Cole e riram em silêncio.

– Pai, não posso perder o acampamento – disse Cole, o tom inflexível. – A gente sempre vai… em família.

Se ele achava que jogar a carta sentimental ia funcionar, estava muito enganado.

George bufou.

– Cole, se você quiser ir, então vai. Estou te dando uma escolha, não entendi o problema.

O problema era que Cole não gostava de nenhuma das opções.

Quando cheguei em casa depois da escola na tarde de sexta-feira, descobri que Alex não havia me abandonado na hora do almoço. Ele tinha ido para casa, doente com algum tipo de gastroenterite, embora ainda não estivesse falando comigo. Os Walter iam para o acampamento anual, mas, como Alex estava doente, Katherine queria que alguém ficasse com ele. Se optássemos por não ir ao acampamento e ficássemos cuidando de Alex, seríamos liberados do castigo depois do fim de semana. Caso contrário, se decidíssemos viajar com eles, nosso castigo continuaria o mesmo: mais duas semanas de solidão.

Para mim, a escolha foi fácil. Eu odiava o ar livre, e a ideia de dormir do lado de fora com insetos e passando frio me fazia estremecer. Ao ficar em casa, evitaria isso e ainda sairia do castigo mais cedo. Cole, porém, estava irritadíssimo. O aniversário dele e de Danny seria em duas semanas, e ele não estava disposto a desistir da vida social, com ou sem o acampamento em família.

– Que saco – reclamou ele enquanto observávamos sua família sair da garagem com os dois carros lotados.

– Sinto muito – falei.

– Não sente, não – rebateu, desviando o olhar da janela. – Você nem queria ir.

Eu sabia que ele estava apenas descontando a frustração em mim, mas ainda assim isso me fez estremecer.

– Não é bem minha culpa.

– Talvez se não tivesse ficado tão bêbada... – sussurrou.

– Você nem *ouse* me culpar por isso – sibilei. – Independente de mim, você estava planejando matar aula.

– Dane-se – disse ele, saindo em disparada.

Quando ouvi a porta da frente bater, sabia que ele estava saindo para trabalhar em seu carro. Pelo resto do dia, nos evitamos. Alex ficou no quarto jogando *GoG* enquanto Cole ficou trancado na oficina. Tentei fazer algum dever de casa, mas não conseguia me concentrar. Em vez disso, acampei no sofá assistindo à reprise de uma novela em que minha mãe era viciada. Tentei encontrar a série policial do Danny, mas parecia só passar à noite.

Mais tarde, Cole foi fazer o jantar para si. Depois que sua pizza congelada ficou pronta, ele se sentou ao meu lado no sofá.

– Desculpa por ter te culpado. Eu tava bravo com o meu pai. – Então, enfiou meia fatia de pizza na boca. Algumas horas trabalhando no carro deviam ter clareado sua mente. Mas isso não significava que eu queria perdoá-lo. Cole tinha o péssimo hábito de descontar sua raiva em mim, e eu não gostava disso. Fiquei em silêncio. Ele terminou de mastigar e baixou o prato com um suspiro. – Eu fui um idiota, Jackie. O que mais você quer que eu diga?

Pensei por um momento.

– Me traz uma fatia de pepperoni. E aí a gente fica de boa.

Depois de comer, decidimos assistir a um filme. Enquanto Cole ligava a TV, Alex entrou na cozinha procurando algo para comer. Ele lançou um olhar para o último pedaço de pizza, desejoso, antes de abrir a despensa.

– Ei, Alex – disse Cole ao se sentar no sofá. – Quer ver um filme com a gente?

Olhei para cima, ansiosa para ouvir sua resposta, mas, quando Alex me pegou olhando para ele, fez uma careta.

– Tô meio ocupado sendo comido por trolls, mas valeu.

Após pegar um pacote de batatas frita, ele desapareceu no andar de cima.

Cole deu de ombros quando ouvimos uma porta bater.

– Problema dele. Esse filme é ótimo.

A ideia dele de um ótimo filme era um *slasher* chamado *O Olho de Jack*, e eu sabia que não conseguiria dormir mais tarde. Tentei dizer a ele que filmes de terror não eram para mim, mas ele me chamou de covarde até que concordei, relutante. E foi assim que acabei presa no sofá com o rosto enterrado no ombro de Cole Walter em uma noite de sábado enquanto tentava não gritar muito. A quantidade de sangue o fez rir, e ele continuou arriscando quem morreria em seguida ao passo que eu tentava me esconder atrás de um cobertor. Não ajudou muito que uma tempestade estivesse golpeando a casa do lado de fora.

Espiei por cima do cobertor.

– Não vai lá fora! – gritei para a garota burra que estava abrindo a porta da frente devagar.

– Tá com medo? – perguntou Cole, me cutucando de lado.

– Não – disse, mas minha voz estava trêmula, e eu sabia que soava pouco convincente.

A chuva batia na janela atrás de nós.

– Tá, sim – disse Cole, rindo.

Ele voltou sua atenção para a tela a tempo de ver a garota burra sair noite afora. Então a TV e as luzes se apagaram.

– Ai, meu Deus! Ele tá vindo atrás da gente – gritei, enterrando meu rosto no ombro mais próximo disponível, que por acaso era o de Cole.

– Não tá com medo, né? – perguntou ele.

– Hã, talvez um pouquinho?

– Fica tranquila. – Ele se levantou do sofá e, no processo, puxou minha proteção para longe: o cobertor fino que eu usava para me esconder. – A energia sempre acaba em tempestades fortes. Meu pai tá tentando arrumar isso há anos.

– Gente? – Ouvi Alex chamar.

Ele apareceu na cozinha, usando a luz do celular para se guiar pela casa escura.

– Aqui, Alex – disse Cole. – Vou ver se consigo fazer o gerador reserva funcionar. Você pode achar algumas velas, caso eu não consiga?

– Beleza – disse Alex enquanto Cole caminhava em direção à porta dos fundos.

– Gente, espera – pedi, pulando do sofá. – Não me deixem sozinha.

Alex fez uma pausa e olhou por cima do ombro, o que interpretei como um sinal para segui-lo. Quando o alcancei, ele se dirigiu para a porta do porão. Uma sensação ruim se formou em meu estômago.

– Alex? – chamei, tentando não soar nervosa.

– Oi?

– As velas não estão no porão, né?

– Estão.

– Acho que eu vou com o Cole.

– Tudo bem – disse Alex. – Mas, só pra você saber, o gerador reserva fica em um galpão lá fora.

– Então, vamos de porão – murmurei, e nos dirigimos ao nosso destino.

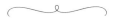

– A gente vai acabar igual à menina do filme que o Cole me fez assistir – falei para Alex enquanto descíamos até o porão.

– Ela morreu? – perguntou ele, continuando a descer os degraus.

– Bom, ainda não, mas certeza que ela vai.

– Então?

– Esse é meu ponto. A gente vai ser *tão* morto.

Alex parou na escada.

– Jackie, é só o porão. Você acha que tem monstro aqui embaixo?

– Não, mas… – Parei de falar.

– Você tem medo do escuro? – Alex terminou a frase para mim.

Soltei um suspiro.

– É, acho que sim.

Eu não costumava ter, mas, desde que os pesadelos começaram, não conseguia lidar bem com o escuro.

– Assim que pegarmos as velas, não vai ficar tão escuro, tá?

– Tá bom – murmurei, mas não me senti muito melhor.

Quando chegamos ao fundo, Alex agarrou minha mão e me puxou para a esquerda. Eu o segui atônita. Era a nossa primeira conversa real desde a briga, e por isso seu contato repentino foi ainda mais surpreendente. Abrimos caminho através de um labirinto de caixas de papelão, e, quando Alex parou de repente, esbarrei nele.

– Desculpa – murmurei.

– É a sala de trabalho do meu pai – explicou, segurando o celular para eu enxergar. Havia o contorno de uma porta aberta, e depois, nada. – Sempre tem velas aqui.

Alex entrou, e eu hesitei do lado de fora por um momento, mas só até ouvir um barulho terrível vindo de algum outro lugar do porão.

– Ei, Jackie, só cuidado pra não…

– Ai, meu Deus, o que é isso? – gritei antes de correr para dentro e bater a porta.

– … fechar a porta – terminou Alex.

– O quê? – gritei.

– Não fecha a porta – repetiu ele com um suspiro.

Ele sacudiu a maçaneta, mas a porta não se moveu.

– Estamos presos? – perguntei, horrorizada.

– Parece que sim – disse ele. – Pelo que eu me lembro, tá quebrada.

– O que a gente faz?

– Espera aí.

Ele se arrastou pela sala, abrindo e fechando armários até que o ouvi acender um fósforo. Uma vela ganhou vida, enchendo o cômodo de luz.

– Bem melhor – disse Alex.

– E agora, o que a gente faz?

– Vou mandar uma mensagem pro Cole vir nos tirar daqui – disse ele, andando pela pequena sala enquanto segurava o celular. – Merda. Não tem sinal.

Ele fechou o aparelho e o enfiou de volta no bolso.

– Deixei o meu lá em cima – falei, me sentindo culpada.

– Tudo bem, você não sabia.

– Então, o que a gente faz? – perguntei.

– Vamos ter que esperar o Cole nos achar, mas, enquanto isso...

Ele pegou um barril de madeira e o colocou no meio da sala. A vela foi colocada no centro, e Alex puxou duas cadeiras, fazendo uma mesa para nos sentarmos. Em seguida, foi até um armário e vasculhou as prateleiras.

– O que você tá fazendo? – perguntei, me sentando com cuidado na frágil cadeira dobrável.

– Procurando isso! – disse ele, sorrindo como se tivesse ganhado na loteria. Em suas mãos estava um velho baralho. Ele voltou para a mesa, tirando as cartas da caixinha de papelão enquanto caminhava. – Eu me sentava aqui e via meu pai consertar as coisas quando era mais novo. Quando ele ficava frustrado com alguma coisa que não conseguia arrumar, pegava esse baralho e me ensinava jogos de cartas.

– Então seu pai conserta coisas, mas nunca pensou em arrumar a fechadura?

– Ele tentou. – Alex se sentou, fazendo a luz das velas refletirem os ângulos de seu rosto. – Eu nunca disse que ele era bom, e o homem é muito teimoso para trocar a maçaneta, então, na maioria das vezes, acabamos jogando cartas.

– Isso é legal – falei, inclinando a cabeça para ver a imagem no verso das cartas. Parecia familiar: quando Alex as ergueu para eu examinar, o horizonte de Nova York estava estampado ali. A lembrança de casa foi tão inesperada que meu peito apertou. – Queria que meu pai tivesse me ensinado coisas assim quando era mais nova.

– Por que não ensinou? – perguntou Alex.

Agora, ele estava embaralhando as cartas, suas mãos se movendo de um lado para o outro enquanto misturava o baralho.

Segurei a borda do barril e tentei pensar na melhor maneira de responder. Sendo bem sincera, meu pai não tinha muito tempo quando eu estava crescendo. Sebastian Howard era um homem ocupado com muito trabalho e, sempre que voltava para casa, era apenas para se trancar no escritório. Desviei o olhar de Alex. Eu não queria mentir, mas a última coisa que eu precisava era dar aos Walter outro motivo para sentirem pena de mim.

Por fim, dei de ombros e disse:

– Não éramos uma família de jogos. A gente costumava ver filmes.

Alex se inclinou.

– Vou te ensinar uma coisa – falou.

Ele embaralhava rapidamente, explicando as regras. Pegando as cartas em mãos, percebi que elas eram mais antigas do que eu imaginei a princípio. Todas estavam dobradas e sujas. O ás de espadas estava grudento com o que parecia geleia de uva, e dava para sentir a sujeira em meus dedos.

Nas minhas primeiras rodadas, me concentrei em entender as regras e nada mais. Ocasionalmente, perguntava a Alex sobre um de seus movimentos, e ele respondia, mas, além das poucas palavras, jogávamos em silêncio. Ele venceu a primeira partida, mas a essa altura eu já havia entendido a estratégia e estava confiante de que poderia ganhar dele na próxima. Dessa vez, eu distribuí as cartas e, depois de organizar minha mão, perguntei para Alex o que estava me incomodando desde esta manhã.

– Você ainda tá bravo comigo? – perguntei enquanto ele pegava a carta do topo do baralho restante. Ele fez uma pausa e olhou para mim. – Porque, se está, agora é uma boa hora pra falar disso.

– Acho que não – respondeu. Então, depois de um longo momento: – Mas eu realmente queria saber o que a Mary falou.

– Isso é sobre você e eu, não sobre ela.

Antes que mais alguma coisa pudesse acontecer entre nós, ouvi um grito distante.

– Cadê vocês? – Era Cole em algum lugar do porão.

Alex correu para a porta trancada.

– Aqui – gritou ele.

Depois de alguns minutos procurando no escuro, Cole encontrou a chave que seu pai deixava em um gancho do lado de fora da sala de trabalho e destrancou a porta. Seu cabelo estava molhado da chuva e a camisa grudava nos ombros, revelando os músculos definidos por baixo, mas ele não tinha conseguido ligar a energia.

Para minha irritação, enquanto subíamos as escadas com algumas velas, Alex contou a Cole como eu havia nos trancado na sala de trabalho.

– Relaxa, Jackie – disse Cole, rindo de mim quando entramos na cozinha. – Vamos te proteger de todos os monstros assustadores.

– Ah, é? – falei, um pouco mal-humorada. – O que você vai fazer? Ficar de guarda do lado de fora do meu quarto a noite toda?

– Não. – Ele apontou para a sala. O chão estava coberto de sacos de dormir e pilhas de cobertores e travesseiros. – Achei que a gente podia dormir aqui, já que ainda tá sem luz.

Alex se virou para Cole, sorrindo de orelha a orelha.

– Boa ideia.

– Ótimo – falei, tentando manter a voz firme.

Em uma escala de torrada queimada a aquecimento global, era um desastre climático. Na minha cabeça, conseguia imaginar Heather derretendo no chão de alegria, mas, depois de um mês morando com os Walter, eu não era mais tão ingênua. Esses garotos só davam dor de cabeça.

No fim, consegui ficar com o sofá. Cole e Alex brigaram pela namoradeira, e não foi nenhuma surpresa quando Cole saiu vitorioso, deixando Alex se acomodar na poltrona reclinável.

Eu tinha acabado de arrumar os travesseiros quando Cole começou a desafivelar o cinto.

– O que você está fazendo? – sibilei e desviei o olhar.

– Eu durmo de cueca – disse ele, tirando a calça enquanto reprimia um sorriso. Em seguida, ele tirou a camisa, revelando seu abdômen *riscado*. – Pode ficar olhando – disse ele, se sentando no pequeno sofá. Ele se espreguiçou, as longas pernas balançando no apoio de braço. – Eu não ligo.

– Eu não estava olhando – rebati.

– É, Cole – disse Alex, que, depois de observar o irmão por alguns momentos, hesitante, decidiu arrancar a camisa também. – Nem toda garota é obcecada por você.

– Não é por nada, mas – começou Cole, remexendo-se nas almofadas –, a Jackie não tava olhando para o seu corpo magricela quando você tirou a camisa.

– Será que vocês podem calar a boca? – falei, grata pela escuridão, que escondia o rubor de meu rosto.

E, por algum motivo incrível, eles realmente me ouviram e ficaram em silêncio enquanto nos aconchegávamos nas camas improvisadas para passar a noite.

Meus músculos estavam cansados devido ao dia longo, e pensei que iria adormecer no mesmo instante, mas fiquei ali totalmente acordada, incapaz de fechar os olhos. Estava extremamente consciente da presença de Cole e Alex, um de cada lado. Estava tão tensa que, quando uma gota de água caiu na minha testa, quase gritei.

– Jackie – disse Alex, a voz sonolenta –, o que foi?

– Acho que tem goteira no teto – falei, segurando a mão no ar.

Certamente, depois de mais alguns segundos de espera com a palma da mão estendida, senti um respingo frio na pele.

– Vou pegar um balde – disse Alex.

Com um bocejo, ele saiu da poltrona e foi para a cozinha.

– Aqui, Jackie – disse Cole, se pondo de pé.

Ele pegou seu travesseiro e os cobertores do sofá.

– Não precisa se preocupar comigo – falei, estendendo meu cobertor no chão da sala. – Vou ficar bem.

Para a surpresa de ninguém, ele não ouviu, e logo se ajeitou ao meu lado no chão. Ele se jogou no chão, e eu praticamente sentia sua presença ali, o braço a centímetros do meu. *Será que você pode ir mais pra lá, por favor?* A pergunta ficou na ponta da minha língua, mas me recusei a dizer em voz alta, sem querer admitir que ele tinha um efeito sobre mim.

– O que aconteceu? – perguntou Alex, voltando da cozinha com uma bacia na mão.

– Eu não podia deixar a senhorita dormir sozinha no chão – respondeu Cole. – Não com todos aqueles psicopatas assassinos à solta.

– Caramba, Cole – falei, batendo nele com um travesseiro. – Não tem graça.

Tinha conseguido esquecer o filme até ele tocar no assunto outra vez. Agora eu nunca conseguiria dormir.

Alex fez uma pausa e olhou entre sua cama dessa noite e o tapete vazio do meu lado direito.

– Ah – disse ele.

Alex arrumou a bacia no sofá para pegar a goteira antes de voltar para a poltrona reclinável.

Do chão, eu tinha uma visão completa da tempestade furiosa através da janela. Não tinha muito para ver, mas, sempre que um raio piscava, esperava ver ali o olho de Jack, o assassino, com um cutelo. Disse para mim mesma fechar os olhos, mas não conseguia desviar o olhar enquanto meu peito martelava.

– Cole? – chamei por fim, minha voz esganiçada.

– Hum?

– Fecha as persianas, por favor?

Eu já não ligava se ele me zoasse.

– Claro – disse ele, levantando-se devagar.

Ele puxou a cordinha da cortina algumas vezes antes que a persiana se fechasse. Assim que cobriram a janela, não dava mais para ver do lado de fora, e finalmente soltei o ar que estava segurando.

– Sabe – disse Cole, se deitando –, acho que o único motivo pra você querer que eu me levantasse era pra ver meu abdômen perfeitamente tonificado de novo.

– Cole – Alex e eu dissemos ao mesmo tempo –, cala a boca.

Ele riu, mas depois o silêncio voltou a reinar. Estava tão quieto, na verdade, que dava para ouvir o pingo das gotas caindo na bacia no sofá. Ao meu lado, Cole já havia cochilado, um som ofegante escapando de seus lábios enquanto inspirava e expirava. As molas rangeram quando Alex se mexeu na poltrona reclinável, então vi sua silhueta se mexendo no escuro.

– O que foi? – sussurrei.

Ele largou o cobertor no chão.

– A poltrona é desconfortável – respondeu.

Pela forma como ficou parado, sem jeito, percebi que estava pedindo permissão para se deitar.

– Tudo bem – falei.

Isso pareceu ser o bastante, porque um segundo depois Alex estava se esticando ao meu lado, e não muito tempo mais tarde ele tinha apagado. Enquanto dormiam, os dois continuaram a se aproximar de mim, e, quando eu finalmente caí no sono, havia um braço ao redor da minha barriga e uma mão entrelaçada na minha.

O domingo passou rápido. Os meninos ligaram para Will de manhã, e ele veio arrumar a eletricidade. Assim que a luz voltou, Cole passou o pouco tempo que pôde assistindo a ESPN antes que seus pais chegassem. Alex tentou me convencer a jogar *GoG*, mas eu não queria quebrar as regras de Katherine e de George. Fiquei no meu quarto lendo até meu celular tocar.

– Sammy? – perguntei, após atender imediatamente quando vi o nome dela no identificador de chamadas.

– E aí, menina? – disse ela. – Quais são as novidades?

– Nada demais – falei, me afastando da mesa e indo para a cama. Desabei no edredom e troquei o celular de uma orelha para a outra. – Só fazendo um dever de casa de anatomia pra semana que vem.

– Aff, típico da Jackie – criticou Sammy. Eu praticamente conseguia vê-la sentada no tapete rosa felpudo de nosso dormitório, pintando as unhas dos pés. – Você está morando com um bando de gostosos e, em vez de encontrar o Cole e experimentar um pouco de anatomia real, tá dividindo o quarto com uma apostila, como se a sociedade tivesse te rejeitado.

– Não é como se eu nunca o visse. Quer dizer, a gente dormiu junto ontem.

– *Vocês o quê?*

– Tá, calma – falei, voltando atrás. – A frase saiu toda errada.

Mas Sammy já estava a toda no modo reclamação.

– Minha melhor amiga foi lá e se desvirginou e não pensou em me ligar, tipo… de manhã? Sério, você se mudou e *puf*! Não tenho notícias suas até cinco anos depois, e…

– Ai, meu Deus, não! – falei, gritando no celular.

– "Não" o quê? Não a parte dos cinco anos, porque, sinceramente, é o que tá começando a parecer. Daqui a pouco vou ter que te *stalkear* na internet pra ver se você ainda tá viva.

– Será que você pode parar de fazer tanto drama?

– Você tá de brincadeira? – disse ela, claramente chateada. – Essa situação toda é elegível para entrar em estado de drama por completo!

– Sammy – falei, baixando a voz para ninguém me ouvir. – Será que você pode acalmar? Eu não me desvirginei nem nada do tipo.

– Sexo, Jackie. Estamos falando de sexo!

– É. Eu sei do que a gente tá falando, e eu não fiz nada.

– Ah – disse ela após uma longa pausa. – Então *do que* você está falando?

– Quando eu disse "dormir", quis dizer que a gente adormeceu no mesmo espaço.

– Bom, é bem menos interessante. O sr. Elvis dorme comigo quando não consegue ficar confortável na caminha de cachorro, e aí ele solta uns punzinhos que deixam o quarto todo fedendo, mas não fico me gabando sobre isso.

– Eu não estou me gabando – falei. – E, sei lá, é que... parece importante pra mim. Não sei o que fazer com ele, Sammy.

– Não é uma questão do que você faz *em relação* a ele. É o que você faz *com* ele. Agarra aqueles braços fortes e viris que eu imagino que ele tem e mostra pra ele o que Nova York tem a oferecer.

– Tá, você consegue falar sério por um minuto? Eu estou realmente confusa. Tentei ignorar, mas aí ele faz alguma coisa fofa, tipo, sei lá, me leva pra um passeio na fazenda pra me animar, e eu simplesmente... ai! – Peguei meu travesseiro e o joguei do outro lado do quarto.

Sammy soltou um suspiro.

– Tudo bem, desculpa. Fiquei um pouco animada por finalmente falar com você.

– Só um pouco?

– Você quer conversar sobre seus problemas com o Cole ou não?

– Essa é a questão. Eu não quero ter um problema com o Cole. Só quero passar por esses próximos anos e voltar pra casa.

– Então nos próximos dois anos do Ensino Médio você não vai namorar?

– Sei lá.

– Jackie, só porque você vai embora em algum momento não quer dizer que você não possa conhecer pessoas.

– Não estou com medo de me apegar, Sammy... é só ele.

– Por quê?

– Porque ele é machista dos pés à cabeça. Quando chegamos na escola, é como se ele tivesse uma menina diferente pra beijar em cada aula. – Na verdade, isso era uma desculpa. A verdadeira razão pela qual estava assustada com o que estava acontecendo entre Cole e eu era muito difícil de admitir.

– Ok – disse Sammy, pensando em voz alta –, então ele é meio galinha. Mas dá pra dar um jeito. Você precisa focar na parte positiva. Aparentemente, ele pode ser fofo quando quer.

– Não é só isso. É... – Parei de falar, lutando para dizer o que estava pensando.

– É o quê?

– Como eu posso ter esses sentimentos? – perguntei, apertando os olhos. – Isso nem devia ser justo depois...

– Depois do quê? – rebateu ela. – Depois do acidente da sua família? Você nunca mais vai poder amar alguém por causa disso? – A raiva em sua voz me pegou desprevenida.

– Não, não foi o que eu quis dizer, mas... – Fiz uma pausa e respirei fundo. – Você não acha que é cedo demais?

– Meu Deus, Jackie, não! – Sammy soltou um suspiro, horrorizada. – Não é como se existissem regras detalhando a maneira certa de ficar de luto. Entrar num relacionamento pode ser uma coisa boa.

– Como?

– Pode te ajudar a melhorar – disse ela. – E, sei lá... seguir em frente?

Assenti e disse para Sammy:

– É, verdade.

Mas eu não acreditava. Por que ela estava agindo como se eu precisasse de ajuda? Eu estava aqui no Colorado, vivendo minha vida. Não precisava de um relacionamento para melhorar ou algo do tipo, e definitivamente não precisava de Cole.

Na segunda-feira, quando chegamos à escola, Danny e eu tivemos que esperar todos pegarem suas mochilas, porque as nossas estavam embaixo da pilha.

– Como foi o castigo? – perguntou Danny.

Foi a primeira coisa que ele me disse desde a nossa tarde no auditório. Ele não estava me ignorando – acenou para mim de manhã quando nos encontramos no corredor –, só tive que aceitar que Danny fazia o tipo caladão.

– Bom. – Fiquei surpresa por ele ter puxado papo comigo. Estávamos progredindo! – A luz acabou, mas fiz um monte de dever de casa – falei. Danny pendurou a mochila no ombro e assentiu. – Como foi o seu fim de semana? – perguntei, tentando manter a conversa fluindo enquanto caminhávamos até o prédio.

– Não gosto de acampar.

– Jura? – perguntei, e minha voz ficou aguda, revelando minha surpresa.

Achei que todos os irmãos Walter gostavam do ar livre. Afinal, cresceram na fazenda.

– Todos aqueles insetos assustadores e rastejantes me assustam – disse ele.

Pausei, pensando por um momento que ele estava falando sério.

– Brincadeira – disse ele de pronto, mas era difícil dizer, porque seu rosto estava muito sério. – Pelo menos a parte dos insetos. Sou mais do tipo de ficar dentro de casa.

– Você vive no meio do nada – apontei.

Ele deu de ombros.

– Minha turma de teatro fez uma viagem de campo pra Chicago no primeiro ano, e eu me senti em casa. Preferiria morar na cidade.

– É, tem alguma coisa nas pessoas, nas ruas cheias, na movimentação... que faz a gente se sentir vivo – comentei. Danny estava olhando para mim agora, com um olhar que não consegui decifrar, então continuei: – Se você gostou de Chicago, vai adorar Nova York.

– Nova York – repetiu devagar.

– É – falei. – É o melhor lugar do mundo.

– Eu consegui o papel – disse ele, mudando de assunto de repente. Pisquei.

– Ah, verdade – respondi, por fim, percebendo que ele estava falando de *Romeu e Julieta*. – Parabéns, Danny! Que ótima notícia.

– Obrigado – disse ele, e então se foi, desaparecendo no corredor lotado.

onze

AS DUAS SEMANAS SEGUINTES passaram rapidamente. Mas hoje foi diferente. Quando cheguei da escola, fui direto para a cozinha, que havia se transformado numa padaria desde que saímos de manhã. A sra. Walter estava tirando uma assadeira de cookies do forno – eu tinha sentido o cheiro da varanda – e outras quatro assadeiras inteiras dos biscoitos quentes e macios já estavam esfriando.

– Oi, Jackie – disse ela, pegando alguns cookies com a espátula. – Como foi seu dia?

– Foi bom – respondi automaticamente. – O cheiro está incrível. Pra que são?

– Obrigada, querida. – Ela colocou meia dúzia de cookies em um prato. – É a vez dos gêmeos levarem um lanche para o jogo de futebol amanhã. Falando nisso, você pode ver onde eles estão pra mim? Não os vejo há horas.

– Claro – falei. – Quais?

– Ah! – A sra. Walter riu. – O Zack e o Benny. Aqui, leva com você.

Ela me entregou o prato, e fui até a sala dos monstros, feliz por ter uma oferta de paz. Assim que cheguei ao topo da escada, Zack colocou a cabeça para fora.

– São cookies com gotas de chocolate? – perguntou ele.

– São – respondi, segurando o prato acima da cabeça, fora do alcance dele. Fiquei surpresa por ele não ter percebido antes: a casa inteira estava com cheiro de cookies. – Antes de pegar um, preciso saber cadê o Benny.

– Aqui – disse Zack, agarrando minha mão livre e me puxando para dentro do quarto. – Ele tá aqui com a Parker. Gente, a Jackie trouxe cookies!

Em uma questão de segundos, os três estavam ao meu redor, exigindo os doces, e me senti como uma nadadora arrastada para o mar aberto.

– Tá bom, tá bom! – falei, rindo de nervoso.

Depois de garantir um biscoito para mim, coloquei o prato na mesa e me afastei para minha própria segurança. Eles acabaram com tudo em questão de minutos, e quase me surpreendi por não terem comido o prato.

– Então, Jackie – disse Parker, lambendo os dedos até ficarem limpos. – Você sabe jogar Mario Kart ou é feminina demais pra videogames?

Os gêmeos já tinham ido embora, provavelmente para implorar à mãe por mais cookies, e decidi que essa era a oportunidade perfeita para me aproximar de Parker. Desde que me mudei, Parker deixou claro que não gostava de mim. Ela sempre fazia comentários sobre como eu era feminina, como se fosse algum tipo de crime, e uma vez ela derramou suco de propósito na minha saia favorita. Se conseguisse encontrar alguma coisa em comum entre nós, talvez desse para me conectar com ela. Eu não sabia muito sobre ser uma irmã mais velha, mas sempre adorava quando Lucy me deixava ganhar nos jogos.

– Acho que consigo – disse a ela, me jogando em um dos pufes. – Mas quero um controle sem chocolate.

Enquanto ela preparava nossa corrida, Parker tirou um tempo para me explicar o jogo, mostrando qual botão fazia o quê. Depois, quando Koopa ultrapassou a linha de chegada à frente da Princesa Peach, Parker socou o ar.

– Isso! – gritou ela, pulando de animação. – Ganhei mais uma!

– Nossa, você é boa mesmo – falei, tentando conter um sorriso.

– Na verdade, não – disse Parker, revirando os olhos para mim. – Só não dirijo igual uma garota.

– Parker? – chamou Alex, enfiando a cabeça no quarto. Quando ele a viu, disse: – Te achei. A mãe tá te chamando lá embaixo.

– Tá – respondeu ela, jogando o controle no chão. – Eu já tava mesmo entediada de ganhar sempre.

Nós dois a observamos ir embora, e, depois que ela bateu a porta, Alex se virou para mim.

– Ei, Jackie – disse ele. – O que você tá fazendo aqui?

– Tentando me enturmar. – Soltei um suspiro, torcendo o cabo do videogame no dedo. – Tá aí uma coisa em que eu claramente não sou boa. Acho que ela não gosta de mim.

Alex ponderou a respeito enquanto adentrava no quarto.

– Não é que ela não gosta de você – disse ele, sentando-se ao meu lado. – Ela só não tá acostumada a ter outra menina em casa.

– Achei que ela ficaria animada – falei, afundando de volta no pufe, desapontada. – Depois de ter que aturar tantos caras a vida toda, esperava que ela quisesse passar um tempo comigo.

– Se você não percebeu, a Parker não é muito feminina.

Ele pegou o controle que a irmã havia jogado no chão e limpou uma mancha de chocolate.

Lancei-lhe um olhar.

– Nisso eu reparei, mas queria que ela gostasse de mim. A gente meio que tá em minoria aqui.

– Bom, isso nunca vai mudar, independente do quão próximas vocês fiquem – disse ele. – Só deixa pra lá. Ela vai se acostumar com você com o passar do tempo.

– É, acho que sim.

– E se a gente jogar uma corrida rápida e você me mostrar o que sabe?

– Está bem – falei para ele, me endireitando. – Mas não pega leve.

– Eu nunca faria isso – disse ele, girando o controle na mão. – Quero acabar com você de forma justa.

– Boa sorte – desejei enquanto escolhíamos as personagens.

– Não vou precisar.

A testa dele estava franzida, concentrada na TV.

O jogo recomeçou ao som de giros e estrondos e, ao contrário da última vez, meu kart foi o primeiro a cruzar a linha de chegada.

Alex largou o controle.

– Inacreditável!

Pisquei para ele.

– Falei que você ia precisar de um pouco de sorte.

Ele estreitou os olhos, desconfiado das minhas novas habilidades de corrida, e perguntou:

– Mais uma?

– Se quiser perder outra vez...

– Você vai se ferrar – disse ele com um olhar determinado.

Para o azar de Alex, fui a campeã no Mario Kart. Nos trinta minutos seguintes, ganhei de todas as personagens com quem ele jogou. Era muito fácil: Lucy era obcecada pelo jogo quando éramos crianças, e jogávamos todos os dias depois da escola.

– Eu estava deixando a Parker ganhar pra ser legal – contei para Alex quando ele finalmente desistiu.

– Percebi – disse ele com o orgulho ferido.

– Você não pode falar isso pra ninguém.

– Quem disse?

– Eu. É informação confidencial.

– Importa tanto assim?

– Você não entende – tentei explicar. – Eu sou a rainha dos videogames. Ninguém ganha de mim, nunca.

Alex balançou a cabeça, incrédulo.

– Você foi destronado – falei, balançando as sobrancelhas para ele. – E fiz tudo isso com a Princesa Peach.

Como se estivesse atordoado, ele balançou a cabeça e olhou para mim. Por um segundo, pensei que estava bravo, mas então ele disse:

– Você sabe que é uma gracinha, né?

Então ele tapou a boca com a mão quando percebeu o que havia dito. Eu sorri.

– Você também não é nada mal.

Agora, Alex estava corando e desviou o olhar, os lábios apertados em uma pequena linha, claramente chateado consigo mesmo. Pensei que ele fosse embora, mas então respirou fundo e fez algo que nunca esperei que fizesse: ele me beijou.

No começo, foi lento e gentil, seus lábios eram macios. Levei um momento para reagir, mas, quando o fiz, passei os braços ao redor dele e enfiei os dedos em seu cabelo. Dava para ouvir meu coração batendo em meus ouvidos – eu estava beijando Alex! Não pensei em beijá-lo antes, porque ele sempre pareceu apenas um amigo, mas havia um sentimento quente em meu peito que floresceu, contorcendo-se em meus braços e pernas como uma videira, indicando o contrário.

Sammy tinha me contado histórias horríveis sobre beijos. Ela se referia a um ex-namorado como a Serpente. Ele gostava de sacudir a língua como um chicote, espetando a boca dela várias vezes quando se beijavam. Ela também disse que um namoradinho era tão desleixado que parecia dar uns amassos numa pêra madura. Desde então, fiquei apavorada com o meu primeiro beijo de verdade. E se a pessoa que estivesse beijando pensasse algo ruim de mim? Mas agora, durante o beijo, esses pensamentos se dissiparam. Com os lábios de Alex nos meus, sua mão segurando meu rosto, me senti bem.

Ele se afastou para me olhar, e vi que seus olhos azuis estavam cheios de dúvida. Eu lhe mostrei um sorriso tranquilizador, e um sorrisinho extravagante surgiu em seu rosto antes de ele me puxar para outro beijo. Este foi menos cuidadoso, mais ansioso. Passando o braço pelas minhas costas, ele me empurrou para dentro do pufe e pressionou seu corpo contra o meu.

– Ei, Jackie? – chamou Cole, abrindo a porta. – A Parker disse que você tava aqui...

Alex saltou para longe de mim, mas Cole já tinha visto.

Por um momento, ninguém disse nada.

Então, Alex se levantou.

– Posso sair se vocês precisarem conversar – disse ele, coçando a nuca, envergonhado.

– Não, relaxa – disse Cole categoricamente. – Deu pra ver que vocês dois tão ocupados.

Ele me lançou um último olhar antes de bater a porta.

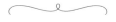

O café da manhã no dia seguinte foi interessante, para dizer o mínimo. Cole olhava para mim sobre sua tigela de cereal, tornando difícil me concentrar em espalhar geleia na torrada. Deixei a faca cair no chão, e uma porção de gosma de morango espirrou no linóleo.

– Tudo bem, Jackie? – perguntou Nathan, batendo o quadril no meu para chamar minha atenção.

Estávamos um ao lado do outro no balcão, eu com meu café da manhã e ele com uma embalagem de papel pardo, que estava preparando para guardar o almoço.

– Tudo, só um pouco cansada.

Era mentira, mas eu não contaria a verdade para ele com Cole por perto. O fato era que eu me sentia pressionada. Ontem à noite não consegui dormir nada, mas senti como se tivesse bebido um engradado inteiro dos energéticos de Alex. Não conseguia parar de pensar no meu beijo com ele e no que isso significava para a nossa amizade. E se Alex de repente ficasse estranho e não quisesse mais sair comigo? Não queria perder a amizade dele, sem falar que vê-lo todos os dias em casa seria estranho. Nosso amasso repentino de repente estava começando a parecer algo ruim.

– Então tá, só não esquece que depois da escola a minha mãe que vai pegar a gente.

– O quê? – perguntei, olhando para ele incisivamente. – Por quê?

Ele lançou um olhar rápido para Cole antes de se virar para mim e sussurrar:

– Compras de aniversário, lembra?

– Ah.

Depois do que aconteceu na noite anterior, eu tinha me esquecido completamente de que amanhã era aniversário do Cole e do Danny, e eu precisava comprar um presente para os dois. Porém, quando fomos para a escola, tive a sensação de que Cole não queria nada de mim, exceto distância. Normalmente, ele fazia questão de me oferecer carona com Nick, e minha resposta sempre era "não". Mas hoje ele passou direto por mim enquanto todos saíam pela porta da frente, sem se preocupar em sequer olhar na minha direção. Ele se foi antes mesmo que eu descesse os degraus da varanda, o Porsche preto de Nick serpenteando pela entrada.

O dia todo, durante as aulas, tentei pensar em algo bom para fazê-lo voltar a falar comigo, algo que resolveria o nosso problema. Mas, sendo bem sincera, o que eu poderia comprar que dissesse "desculpa por ter me visto beijando o seu irmão"? Quanto mais eu refletia, mais chateada eu ficava. Cole não tinha o direito de ficar bravo comigo. Não era como se estivéssemos namorando.

Além disso, quando saí para a luz do dia depois da minha última aula, me convenci de que eu não tinha tempo para lidar com Cole. Algo definitivamente estava acontecendo entre Alex e eu. Não conversamos sobre isso na aula de anatomia porque eu estava muito nervosa, mas ele me mostrou um sorriso enorme quando entrei na sala. Com sorte, significava que as coisas não haviam mudado entre nós e que poderíamos esquecer toda aquela história de beijos e voltar a ser amigos. Assim eu poderia fingir que nunca tinha acontecido.

– Oi, crianças – disse Katherine, abrindo a janela enquanto eu andava até a van. Olhando por cima do ombro, vi que Alex, Nathan e Lee estavam bem atrás de mim, as mochilas penduradas nos ombros.

– Se manca! – gritou Lee, me empurrando para fora de seu caminho antes de abrir a porta da frente e pular para dentro.

– Que bruto, Lee – repreendeu Katherine, mas seu sobrinho não estava ouvindo.

Ele já estava mexendo no rádio, passando pelas estações até encontrar algo de que gostasse.

– Tudo bem – tranquilizei Katherine, abrindo a porta de trás. – Por mim, tanto faz onde eu sento.

Alex e eu acabamos nos bancos do meio, enquanto Nathan ficou lá no fundo. Como de costume, Isaac não apareceu. Assim que colocamos o cinto de segurança, Katherine saiu do estacionamento da escola, virando na direção da rodovia. Era um percurso de quinze minutos até o shopping, e, quando todos saíram depois de estacionar, Katherine nos deu algumas instruções.

– Lembrem-se, crianças: o Zack e o Benny têm futebol hoje à noite, então temos que correr. Todo mundo precisa estar de volta em meia hora com os presentes ou vão voltar pra casa a pé. E, por favor – disse ela, com um suspiro –, nada de presentes inapropriados esse ano.

Lee foi embora antes de Katherine terminar de falar, e Alex saiu correndo para ter tempo de passar em sua loja de videogames favorita depois de escolher os presentes dos irmãos. Por não conhecer o shopping e ainda não saber o que comprar para Cole, fiquei com Nathan.

– Aqui – disse ele, entrando em uma loja de eletrônicos. Ele me guiou pelas fileiras de TVs, computadores e outros aparelhos como se soubesse exatamente aonde ia. E sabia. Paramos em frente a um elegante rádio controlado por voz.

– O Cole ficou de olho nisso o ano todo – disse Nathan. – Quer instalar no carro que tá restaurando. – Ele virou a etiqueta de preço. – Caramba. Achei que fosse entrar em promoção quando a nova versão fosse lançada.

– E se a gente comprar junto? – sugeri.

– Jackie, eu não consigo pagar nem a metade – confessou. – Além disso, ainda tenho que comprar alguma coisa para o Danny.

– Não se preocupa, Nathan – falei, pensando no cartão de crédito na carteira. – Paga o que você puder.

Ele balançou a cabeça.

– Não posso fazer isso, Jackie. Não é justo.

– Eu tenho mais do que o suficiente. – Como ele ainda não parecia convencido, acrescentei: – Aliás, você está me ajudando muito. Eu não fazia ideia do que comprar para o Cole quando chegamos aqui. Não posso ficar com todo o crédito.

– Certeza? – perguntou ele, olhando o preço outra vez.

Peguei a caixa da prateleira e assenti.

– Absoluta.

Na manhã seguinte, alguém bateu na minha porta antes que o alarme tocasse.

– Entra! – gritei, me sentando na cama.

– Bom dia, Jackie – disse Nathan, entrando.

Em suas mãos estava o presente que havíamos comprado para Cole, já embrulhado em papel de presente azul.

– Bom dia, Nathan. E aí? – perguntei.

– Só vim dizer que não vou correr hoje. Minha mãe sempre faz panquecas de mirtilo quando é aniversário de alguém, e vamos abrir os presentes.

– Presentes de manhã? – perguntei, pulando da cama.

– É – disse ele, franzindo a sobrancelha. – Ainda não arranjou nada para o Danny?

Ontem, depois que compramos o aparelho de som para Cole, Nathan comprou para Danny a primeira temporada de seu programa policial favorito, *Rastros de Sangue*, que reconheci pelas noites em que nós não conseguimos dormir. Mas o presente que eu queria dar para

Danny era algo que não podia comprar no shopping, e planejava comprar depois da escola.

– Não – falei, abrindo meu armário. – Tem alguma impressora que eu possa usar?

– Claro, no meu quarto – disse Nathan. – Vou descer pro café.

Corri pelo quarto, tirando o pijama e arrumando a mochila da escola. Então liguei o computador e esperei que ele se ativasse. Depois, peguei o cartão de crédito e comprei o presente de Danny antes de correr para o quarto de Nathan e imprimi-lo. Não deu tempo de fazer um cartão de aniversário, e eu não tinha papel de presente, então dobrei a folha ao meio e desci para a cozinha.

– Bom dia, Jackie – Katherine me cumprimentou assim que entrei.

Ela estava na frente do fogão, virando panquecas e orientando George a espremer suco de laranja fresco. Aparentemente, ele conseguia espirrar mais suco no balcão do que na jarra.

– Bom dia – respondi.

Danny e Cole já estavam sentados à mesa com uma pilha de presentes na frente. Parados ao lado deles estavam Zack e Benny, os dedos ansiosos para abrir os presentes.

– Feliz aniversário, gente – falei, mostrando um sorriso para os dois.

– Valeu, Jackie – disse Danny, e sorriu para mim pela primeira vez.

Cole apenas assentiu com a cabeça.

Quase todos já haviam sentado à mesa da cozinha, exceto Jack e Jordan, que estavam preparando as câmeras para filmar a abertura dos presentes. Fiquei surpresa ao ver Will encostado no balcão, e ainda mais ao ver uma garota de pé em seus braços, a cabeça apoiada em seu peito.

Me sentei ao lado de Nathan enquanto Katherine trazia um enorme prato de bacon para a mesa.

– É a Haley? – sussurrei no ouvido dele, lançando um olhar para a moça de cabelos pretos e olhos grandes e redondos.

– Isso, é a noiva do Will. Eles estudam juntos.

– Imaginei – respondi.

Desde que me mudei para a casa dos Walter, tinha ouvido muitas conversas sobre o casamento.

Quando todos já tinham se empanturrado com a comida maravilhosa da Katherine, os meninos desembrulharam os presentes. Cole foi primeiro, e quando chegou naquele que Nathan e eu demos, ergueu os olhos, maravilhado.

– Você comprou pra mim? – perguntou para Nathan, surpreso. – Faz anos que eu quero um.

– Comprei com a Jackie – disse Nathan, corrigindo Cole. – De nada.

Ao ouvir meu nome, Cole hesitou, mas então me deu um aceno de cabeça.

– Obrigado.

– Imagina.

Então foi a vez de Danny. Ele abriu todas as caixas, que eram principalmente roupas, exceto pelo cupom feito em casa para um *wet willy* grátis, cortesia de Jack e Jordan.

– O que é *wet willy*? – perguntei quando a maioria dos meninos riu da piada que eu claramente perdi.

Os lábios de Jack se curvaram em um sorriso maldoso.

– Deixa eu te mostrar. – Ele enfiou o dedo na boca e depois, tão rápido quanto um raio, o enfiou no meu ouvido.

– Ah, meu Deus, que nojo! – reclamei, empurrando Jack para longe.

Todos os garotos riram quando Katherine repreendeu o filho, e tentei tirar a saliva de Jack da orelha que ele agrediu.

– *Wet willy* – disse Isaac, mostrando um sorrisinho para mim. – Uma brincadeira em que um dedo babado entra no ouvido de uma vítima desavisada com direito a giro.

– Que nojento – falei. Em seguida, entreguei meu presente para Danny, ainda me encolhendo. – Juro que não é tão horrível assim.

– Jackie, você não precisava me dar nada – disse ele, mas pegou o pedaço de papel. Ele desdobrou, e fiquei de boca fechada enquanto seus olhos deslizavam pelas palavras. – Você tá falando sério? – perguntou Danny quando finalmente olhou para mim.

Assenti.

– Com certeza.

– Nossa – disse Danny, balançando a cabeça em espanto. – Muito obrigado, Jackie.

– O que é? – perguntou Cole, puxando o papel da mão de Danny. Quando leu, seu queixo caiu. – Uau.

– Vamos ver – disse Isaac, arrancando-o de Cole. E então: – Uma passagem de avião? – perguntou, olhando para mim.

– Bom, não exatamente. É um voucher pra uma passagem de avião. O Danny me disse que gosta da cidade e nunca foi pra Nova York, então acho que ele poderia ir comigo quando eu for pra casa no verão. Sabe, tipo ir em uns shows da Broadway e coisa assim.

Katherine arfou, surpresa.

– Jackie, querida – disse ela, estalando a língua –, é muito dinheiro pra um presente de aniversário.

– Mãe – disse Danny, lançando um olhar para ela.

– Não tem problema – eu disse.

– Certeza? – perguntou, mas ela sabia que dinheiro não faltava.

Assenti, então notei que todos estavam me encarando.

– Que foi? – perguntei.

– Meu aniversário é amanhã – disse Isaac.

– Mentiroso – acusou Jack, cruzando os braços.

Isaac deu uma cotovelada no primo, mas sorriu.

– Eu nunca minto, e é melhor você me dar um presente bom. Nada de dedo babado no ouvido, tá?

– Acho que a gente pode providenciar um pouco de água oxigenada no seu shampoo – disse Jordan. – Sempre achei que você ficaria bem loiro.

– Meninos – interrompeu Katherine, lançando-lhes um olhar de advertência.

– Ei, Jackie? – alguém falou, puxando a manga da minha blusa.

Olhei para baixo e encontrei Benny me olhando.

– Oi?

– Você pode me dar um cachorrinho no meu aniversário? – perguntou ele, e todos riram.

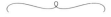

– Foi um presente tão legal – disse Alex para mim quando estávamos na aula.

– Obrigada – falei, baixinho.

O caminho até a escola tinha sido um pouco desconfortável. Pela primeira vez na vida, Danny não conseguia calar a boca. Ele não parava de falar como era incrível o presente que eu dei, e todos pareciam com inveja dele. Comecei a pensar se a passagem não foi um pouco demais.

– De verdade – sussurrou Alex, entusiasmado –, tirando o Xbox que a gente ganhou de Natal ano passado, esse foi o melhor presente que alguém já recebeu.

– Sério? – perguntei, me sentindo ainda mais culpada.

Não queria que a sra. Walter ficasse com raiva de mim por ter dado ao filho um presente melhor do que ela poderia pagar.

Alex assentiu.

– Ir de avião pra Nova York deve ser tão divertido.

Eu ri.

– O que tem de divertido em ir de avião?

– Não sei – disse Alex, me mostrando um sorrisinho. – Sempre imaginei que voar seria divertido.

Meu sorriso se esvaiu.

– Você nunca andou de avião?

– Não.

– Vocês não viajam nas férias? – perguntei.

– Claro, a gente acampa o tempo todo. Ah, e no ano passado meus pais guardaram dinheiro pra ir pra Flórida no aniversário de 21 anos de casamento, mas acabaram indo de carro.

Suas palavras fizeram eu me sentir extremamente mimada. Lá em Nova York, quando esfriava demais, minha mãe me levava pra tomar sol em Miami no fim de semana. Eu nunca considerei ir para a Flórida uma viagem de férias.

– Por quê? Pra onde sua família viajava nas férias? – perguntou Alex.

Por um segundo, não respondi. Não queria contar para Alex que eu já tinha viajado por toda a Europa, a América do Sul e até pela Ásia.

– Ah, você sabe, uns lugares aí – falei, dando de ombros.

– Qual é? Me conta – pediu Alex, me dando uma cotovelada. Quando não respondi, ele franziu a testa. – O que foi?

– Eu me sinto estranha. Não queria que isso fosse grande coisa. Parece que todo mundo ficou meio com inveja. – *E eu não sei mais como agir perto de você*, quis acrescentar, mas fiquei calada.

– Jackie – respondeu Alex, me lançando um olhar sério –, o que você fez pelo Danny foi muito gentil, e é claro, algumas pessoas devem ter ficado com inveja, mas não é algo ruim.

– Tem certeza? – perguntei, olhando para ele.

– Tenho – disse ele. – Mas agora eu também quero um presente legal de Natal.

Dei um sorrisinho.

– E o que você quer?

– Só um capacete do Darth Vader, a edição limitada de colecionador que vem com dois autógrafos.

– O que é isso?

– Coisa de nerd – disse ele, rindo. – E um dos souvenirs de *Star Wars* mais caros do mundo.

– Bom, parece que você vai ter que ser extremamente legal comigo.

– Que tal eu começar te levando em algum lugar divertido hoje à noite?

Meu coração quase explodiu no peito. Ele não queria dizer um encontro, né?

– Onde? – perguntei, por fim, evitando seus olhos.

Em vez de olhar para ele, me concentrei no caderno, abrindo uma página em branco e escrevendo a data no canto direito.

Ele fez uma pausa.

– Conheço uma pessoa que vai dar uma festa hoje – disse Alex, tentando soar casual. – A gente podia ir. – Quando ele viu a hesitação em meu rosto, acrescentou: – Tipo, como amigos.

Achei que ouvir essas últimas palavras me ajudaria a relaxar perto dele, mas, quando meu estômago revirou, percebi que talvez não fosse o que eu queria, afinal. E se eu precisasse dar uma chance a Alex?

Eu estava prestes a dizer que sim, eu iria, mas havia algo na forma como ele evitou meu olhar que me deixou desconfiada.

– De quem é a festa? – perguntei, por fim.

– Da Mary – respondeu Alex, depressa. – Mas achei que se você me contasse o que ela te disse, a gente podia resolver tudo.

Balancei a cabeça.

– Desculpa, Alex, mas não.

Talvez eu precisasse parar de pensar em todas as coisas ruins que aconteceriam se houvesse algo mais entre nós, talvez precisasse dar uma chance a ele, mas não faria isso na festa *dela*. Não depois do que ela me disse, como ela me machucou. Não havia nada que Alex pudesse fazer para me convencer a ir.

– Por favor, Jackie? Não entendo por que você tá dando tanta importância pra isso.

– Se eu te contar o que ela disse, você muda de assunto? – retruquei.

– Claro – disse ele, ansioso.

– Ela jogou a morte da minha família na minha cara.

– O quê? Por que ela faria isso?

– Pra me machucar – falei –, porque você é meu amigo.

doze

DEPOIS DA ESCOLA, KATHERINE tinha deixado a comida esperando por nós. Nos sentamos e comemos juntos, sem cobras por perto.

– Alguém me dá um pouco mais de leite? – perguntou Isaac, segurando um copo vazio.

George ergueu uma sobrancelha.

– O que aconteceu com as suas pernas? Ninguém aqui é seu garçom.

– Jackie? – chamou Benny. – Você tinha maçons pra te servir o jantar?

Isaac, que estava tentando beber do copo de Cole antes que ele percebesse, cuspiu leite na mesa inteira, rindo.

– Não, Benny – respondi. – Nós não tínhamos *garçons*.

– Ei! – reclamou Cole, percebendo seu copo vazio na mão de Isaac. – Esse leite era meu!

– E esse bolinho também – disse Isaac, enfiando metade na boca. – Hummm, gostoso.

Quando todos terminaram de comer e a mesa foi limpa, subi para fazer o dever de casa. A noite seria chata, já que a maioria dos garotos ia para a festa da Mary, mas, talvez, mais tarde eu pudesse assistir a um filme com Jack e Jordan.

O corredor estava barulhento com todo mundo se arrumando, e o cheiro de desodorante se infiltrou por baixo da minha porta. Por fim, toda a comoção desceu as escadas, e fui até a janela para ver os garotos entrarem na caminhonete e partirem. Com um suspiro, desabei na cama, ignorando o caderno de cálculo aberto na mesa. Mesmo que eu tenha feito essa escolha, uma pequena parte de mim se sentiu deixada de lado. Queria poder passar a noite com Alex e Nathan.

Pouco tempo depois que o pensamento passou pela minha cabeça, a porta do quarto se abriu.

– Levanta! – exigiu Cole, entrando no quarto.

– Hein?

O que ele estava fazendo aqui? Não tinha saído com os irmãos?

– A gente não tem a noite toda. – Ele me arrancou da cama e me arrastou até o guarda-roupa. Abrindo-o, começou a vasculhar minhas roupas. – Não. Não. Não – disse ele, empurrando os cabides para o lado depois de olhar. – Você não tem nada sexy?

– Que tal este? – perguntei, apontando para um dos meus vestidos preferidos.

– Você quer parecer um sofá? – perguntou ele, e passou para o lado. O vestido escorregou do cabide e caiu no chão.

– Esse é um Chanel! – Dei uma arfada e peguei a roupa.

– Temos um vencedor – disse ele, me ignorando. – Aqui, veste este.

O ar congelou em meus pulmões quando vi o que ele estava segurando: um vestidinho curto preto com uma fivela prateada na cintura. Não era meu. De alguma forma, uma das roupas de balada da minha irmã foi parar nas minhas coisas.

– Alô? Terra pra Jackie? – disse Cole, acenando em frente à minha cara.

– Não posso usar – falei, minha voz tensa. – Não é meu.

— Bom, tenho certeza de que não é do Isaac e nem do Danny, então deve ser seu.

— Era da minha irmã. Não sei como foi parar em uma das minhas caixas na mudança.

— Ah – disse Cole, deixando o braço cair. – Então você pode ir com essa roupa aí mesmo.

— Aonde a gente vai? – perguntei, embora já soubesse a resposta.

— Pra festa – respondeu ele, a voz afiada de diversão. – Você vai comigo.

E só precisou isso. Ali estava aquele sentimento de novo – o que me deixava ousada só porque Cole estava ao meu lado. Foi tão avassalador, irresistível até, que, mesmo atordoada, deixei que ele me guiasse para fora do quarto e me levasse até o carro.

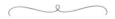

Quando o carro de Nick parou na rua sem saída de Mary Black, percebi que tinha me metido em outra situação. Eu não podia entrar – da última vez que me deixei levar e assumi riscos, as coisas não terminaram bem. A música da festa estava tão alta que dava para senti-la mesmo com as portas fechadas. Cruzei os braços, me recusando a tirar o cinto de segurança enquanto Cole colocava um chiclete na boca.

— Preciso te carregar pra dentro? – perguntou ele. – Porque eu juro que carrego.

Em vez de responder, olhei pelo para-brisa sem qualquer intenção de me mexer. Eu estava preparada para ficar sentada no carro a noite toda se fosse preciso. Não era só a casa de Mary, mas não queria que Alex pensasse que eu tinha negado seu convite para, no fim, aparecer com seu irmão.

Cole suspirou, puxou a maçaneta e saiu. Arrisquei um olhar rápido para ele e vi a brisa bagunçar seus cabelos claros. Quando ele se moveu para a frente do carro, abri um sorriso, pensando que havia desistido. Mas ele estava apenas parando para dizer algo a Nick. Eles apertaram as mãos, o que se transformou em um abraço masculino, um semiabraço que durou uma fração de segundo e terminou com um tapinha firme nas costas. O sorriso sumiu do meu rosto quando Cole deu a volta na lateral do carro e abriu minha porta.

– Sai, agora – disse ele com o rosto sério.

– Cole! – falei, ouvindo um gemido na minha voz. – Eu falei pro Alex que não vinha. Ele vai ficar chateado se eu aparecer agora.

– E eu com isso? – perguntou ele, estendendo a mão para soltar meu cinto de segurança. – Fala que você mudou de ideia.

– É sério, não tem graça.

Cole não respondeu. Em vez disso, me agarrou pela cintura, me puxou para fora do carro e me jogou por cima do ombro.

– Me bota no chão! – gritei quando ele chutou a porta para fechá-la.

Algumas pessoas que estavam na varanda olharam para nós. Cole estava rindo agora, e bati em suas costas com o punho enquanto ele se dirigia para a casa.

– Cole Walter, vou fazer questão que você tenha uma morte dolorosa se não me largar neste instante – exigi.

Recebemos mais olhares estranhos enquanto ele subia os degraus.

– Desculpa – disse Cole para duas pessoas na porta, com cervejas nas mãos. – Meu par tá querendo fugir de mim.

– Eu *não sou* seu par! – sibilei para ele.

Mas Cole já estava entrando, ignorando todos os meus protestos. Ao fechar a porta, ele finalmente me colocou no chão.

– Viu? – disse ele, gritando por cima da música e dando tapinhas na minha cabeça. – Não foi tão ruim, né?

– Você tá de brincadeira...? – comecei, mas alguém me cortou.

– Jackie? – Me virei a tempo de ver Alex emergindo da multidão. – Achei que você não vinha.

– Eu não ia vir, mas o chato do seu irmão...

– Convidei a Jackie pra festa – disse Cole, me interrompendo.

Ele passou o braço ao redor da minha cintura e sorriu para o irmão mais novo.

– O que você tá fazendo? – sussurrei, tentando empurrá-lo para longe. – Me solta. – Mas o aperto de Cole era forte, seus dedos cravados na minha pele.

– Você veio com ele? – perguntou Alex, o maxilar apertado.

– Alex, não foi assim... – tentei dizer.

Mas havia um nó apertado e cheio de ansiedade em meu estômago, e tive a sensação de que era tarde demais.

– Sério, Jackie – disse Cole, curvando-se para pressionar os lábios na minha testa. – Não precisa mentir sobre a gente. O Alex entende. Né, maninho?

E, naquele momento, o estrago estava feito. Alex ficou nos encarando, e dava para sentir a tensão saindo dele em ondas. Seus olhos escuros eram acusadores, e eu me senti arrepiar.

– E se eu pegar uma cerveja pra gente? – perguntou Cole. Sua boca se curvou num quase sorriso, mas não havia carinho por trás. – Já volto, tá?

Ele tirou o braço de mim, e foi como se tivesse extraído minha coluna, levando consigo cada grama de energia que eu tinha. Meus joelhos se dobraram, mas então minha mão se projetou e eu me apoiei na parede. Será que Cole acabara com tudo o que eu tinha com Alex – o que quer que fosse, amizade ou algo mais – em questão de minutos? Ele realmente poderia vencer assim tão fácil?

– Alex – comecei a dizer. Nem ferrando eu deixaria Cole escapar impune disso. – Você tem que me ouvir. Ele me arrastou até aqui. Eu não queria vir.

Com as narinas dilatadas, Alex deu uma bufada zombeteira.

– Você acha mesmo que vou acreditar nessa mentira de merda? Se você quer sair às escondidas com o Cole, pelo menos tenha a decência de me dizer.

– Tô dizendo a verdade – falei, tentando ignorar o pavor que se infiltrava em minhas veias e fazia o coração bater mais rápido a cada minuto.

– Sabe, eu acreditei em você da primeira vez – disse Alex, o cabelo claro caindo por cima dos olhos. Eu sabia que ele estava falando de quando cheguei em casa com Cole, completamente bêbada. – Você tá achando que vai me fazer de otário?

Tentando ordenar meus pensamentos confusos, dei um passo em direção a ele.

– Por favor. – Comecei a dizer, mas o resto das palavras sumiu na garganta, porque Alex já se misturava à multidão.

Olhei em sua direção, mas não consegui vê-lo, meus olhos vidrados.

– O que *ela* tá fazendo aqui? – Ouvi alguém dizer.

Voltei a mim com um sobressalto e vi Mary parada na base da escada, com uma bebida em mãos. Seu cabelo estava preso em um coque, fazendo parecer uma auréola dourada. A saia rosa que ela vestia só cobria a bunda, e os saltos deixavam suas pernas com um quilômetro de comprimento. Parecia que ela estava tendo um momento das garotas em seu quarto, porque havia um bando de amigas atrás dela na escada. Seus rostos mostravam escárnio enquanto olhavam em minha direção.

A essa altura, muitas pessoas estavam me observando, algumas já sussurrando. Desesperada, olhei ao redor esperando ver alguém que eu conhecesse – Nathan ou talvez Riley, até mesmo Isaac serviria –, mas não reconheci ninguém.

– Eu... – Tentei dizer alguma coisa, mas nada saiu.

A sala inteira estava olhando para mim, e minha garganta apertou quando vi mais pessoas começarem a sussurrar. Minha visão começou a escurecer, e dava para ouvir o sangue correndo em meus ouvidos. O pânico tomou conta de mim, me virei e saí da casa antes que Mary pudesse dizer mais alguma coisa.

Do lado de fora, passei pelas pessoas na varanda e corri. O ar frio da noite queimou minha garganta, e logo estava sem fôlego. Por algum motivo, o oxigênio não enchia meus pulmões, mas continuei forçando. Eu não sabia para onde estava indo, mas qualquer lugar era melhor do que aquele, que parecia me sufocar.

Quando cheguei ao final do bairro, vi a placa de boas-vindas: *West Walnut Hills te deseja as boas-vindas a Evansdale, Colorado!* Fiquei parada, as mãos apoiadas nos joelhos enquanto recuperava o fôlego. Lágrimas escorriam pelo meu rosto em rastros quentes, e eu sentia meus braços tremerem.

– Merda! – O ódio pulsava por meu corpo, e chutei uma pedrinha na rua. Ela saltou pelo asfaltou quando um vento forte começou a soprar com raiva, sentindo minha dor. – Eu odeio este lugar! – gritei. – Por que não posso ir pra casa?

Só o vento me respondeu.

Nathan era provavelmente o único dos irmãos Walter que não me odiava.

Quando ele me acordou na manhã seguinte para nossa corrida, fui pega completamente de surpresa. Depois do que aconteceu na noite anterior, eu esperava que todos me ignorassem, então planejei ficar na cama o dia todo. Eu ia dizer para Katherine que não estava me sentindo bem. Ela me buscou na festa ontem à noite quando liguei aos prantos, e, embora tivesse me perguntado repetidas vezes durante o trajeto para casa o que havia acontecido, me recusei a contar.

– O que você tá fazendo aqui? – resmunguei para Nathan, puxando as cobertas sobre a cabeça. – Não ouviu o que aconteceu ontem à noite?

– Claro que sim – disse ele, puxando as cobertas de volta. Ele vestia sua roupa de malhar, que consistia em short esportivo e regata, e estava saltando sobre os calcanhares, pronto para ir.

– Por que não está com raiva de mim?

– Não sou idiota, Jackie – disse ele, a voz cheia de diversão. – Conheço os meus irmãos o bastante pra somar dois mais dois quando ouvi as histórias. Você não fez nada de errado.

Envolvendo meus braços ao redor do peito, me abracei, me recusando a olhar para ele.

– Como eu vou resolver isso?

– Bom, você pode começar saindo da cama e indo correr comigo – respondeu.

Foi bom saber que pelo menos uma pessoa estava do meu lado. No entanto, eu não estava disposta, e no fim ele foi correr sem mim.

Como eu sobreviveria morando aqui? Foi difícil o suficiente no começo, quando cheguei, mas agora? O ano letivo estava quase acabando, e aí eu ficaria presa naquela fazenda idiota e isolada com um bando de garotos que não falariam comigo durante todo o verão.

Lancei um olhar para o relógio. A essa altura, já deveria ter havido a movimentação no corredor, de quando as pessoas acordam, mas a casa estava assustadoramente silenciosa. Com um gemido, chutei a coberta que ainda estava sobre mim e silenciosamente coloquei os pés no chão. Eu não queria fazer barulho. Estremecendo quando as tábuas do assoalho rangeram, rastejei até a minha porta e espiei lá fora. Todas as portas do corredor estavam fechadas. *Que estranho*, pensei, voltando para dentro.

Quando Katherine me colocou na cama ontem à noite, ela abriu minha janela para que o quarto não ficasse abafado. Foi assim que ouvi os berros lá embaixo. Do nada, um grito alarmante quebrou o silêncio da manhã. Corri até a janela para ver o que estava acontecendo, e vi Cole emergindo dos campos carregando alguma coisa nos braços. Ele estava vestido com as roupas de trabalho para fazer suas tarefas matinais.

– Isaac, me ajuda! – gritou Cole. Foi quando notei Isaac parado no deque, só de cueca, tentando fumar um cigarro matinal. – Aconteceu alguma coisa com o Nathan!

Ao ouvir o nome de Nathan, olhei para Cole, e o ar congelou em meus pulmões. Em seus braços estava a forma flácida de Nathan.

– Tia Katherine! – ouvi Isaac chamar lá dentro, a voz cheia de pânico. – Aconteceu alguma coisa com o Nate. Acho que a gente precisa chamar uma ambulância!

Comecei a me mexer sem pensar duas vezes. Vesti uma calça e uma camiseta antes de correr para fora do quarto. Na cozinha, Isaac estava ajudando Cole a levar Nathan pela porta dos fundos. A espera foi desesperadora, e quando a van branca acelerou na entrada da garagem, sirenes tocando e luzes piscando, todo mundo estava na cozinha.

– O que aconteceu? – perguntou Danny enquanto observávamos o paramédico carregar Nathan para a ambulância. – Ele está bem?

– Não sei – falei, a bile subindo pela garganta. – Ouvi uns gritos... o Cole estava com ele no colo... e, meu Deus!

Cambaleei de volta até uma das cadeiras da cozinha e deixei a cabeça cair entre os joelhos enquanto ofegava. Meus pensamentos rodopiavam, de volta ao dia do acidente da minha família, e agora tudo que eu conseguia ver eram seus rostos piscando, incluindo o de Nathan.

Isso não estava acontecendo. De novo não.

– Vem, Jackie – disse Danny, agarrando meu ombro e me sacudindo. – O Isaac já ligou a caminhonete. Vamos pro hospital.

Embora minha cabeça estivesse girando, não lutei e deixei que ele me empurrasse para fora de casa. Meus pensamentos estavam em um lugar diferente, a quilômetros de distância. Nem uma vez durante o trajeto até o hospital pensei em como eu deveria me sentir estranha sentada ao lado de Alex. Não importava. Tudo em que conseguia me concentrar era que poderia perder outra pessoa querida.

Ninguém sabia o que tinha acontecido. Tudo o que Cole disse foi que, no caminho até o celeiro hoje de manhã, encontrou Nathan inconsciente. Meu único palpite era que ele devia ter tropeçado enquanto corria e tinha batido a cabeça. Mas mesmo essa teoria parecia absurda.

Isaac pisou fundo e nos levou ao hospital quase mais rápido que a ambulância. Antes que ele estacionasse, as portas da caminhonete se abriram e todos saíram. Atravessamos o estacionamento e inundamos o saguão da frente, onde uma enfermeira assustada nos encaminhou para o pronto-socorro.

Depois de tanta correria e pânico, o tempo passou devagar na sala de espera. Ninguém deu um pio enquanto estávamos sentados nas cadeiras desconfortáveis, esperando ouvir notícias dos médicos sobre Nathan. Cole andava de um lado a outro na sala. Katherine chorava silenciosamente, a cabeça apoiada no ombro de George, e Isaac sacudia o pé com tanta força que fiquei surpresa por não ter feito um buraco no chão.

Por fim, um homem de jaleco branco apareceu.

– Katherine Walter? – perguntou ele, olhando por cima de sua prancheta.

Ela se levantou da cadeira.

– Sim? – perguntou, a voz embargada. – Sou eu.

Depois de se apresentar como dr. Goodman e passar por todas as amabilidades que ninguém dava bola, ele nos deu a notícia que esperávamos.

– Seu filho Nathan acordou e, ao que tudo indica, vai ficar bem – disse ele, mostrando um sorriso.

Todos deram um suspiro de alívio.

– Ah, graças a Deus – disse Katherine, levando a mão ao coração. – Posso ver meu filho?

Ele fez uma pausa.

– O Nathan está estável. – O médico começou a dizer. Pela forma como olhava para Katherine, sabia que ele tinha mais informações, mas estava escolhendo as palavras com cuidado. – Precisamos discutir uma coisa antes. Seu filho sofreu uma concussão grave. Ainda tenho que fazer mais alguns exames, mas nosso diagnóstico inicial é que o Nathan caiu e bateu a cabeça depois de uma convulsão – explicou o dr. Goodman.

– Convulsão? – ecoou George, espantado. – Como é possível?

O dr. Goodman explicou aos Walter que a convulsão de Nathan era resultado de atividade neuronal excessiva no cérebro, um distúrbio neurológico crônico comum conhecido com epilepsia. Ele também explicou que, embora cerca de cinquenta milhões de pessoas no mundo todo sofram de epilepsia, boa parte tem apenas uma convulsão na vida.

– Podemos, por favor, ver ele agora? – pediu Katherine assim que o dr. Goodman terminou de explicar a condição de Nathan.

– É claro – disse ele, olhando ao redor da sala de espera. Ao notar nosso enorme grupo, ele acrescentou: – Mas só a família.

Todos se levantaram e seguiram o médico. Eu os segui devagar, sem saber o que fazer. Será que eu teria permissão para ver Nathan? Enquanto observava todos desaparecerem em um quarto de hospital, decidi que não me importava com o que o médico diria. Mais uma pessoa não faria mal. Quando estava prestes a entrar, Lee saiu no corredor para me encarar.

– Aonde pensa que vai? – perguntou ele, a carranca usual em seu rosto.

– Vou ver o Nathan – falei com o máximo de determinação que consegui reunir.

– Não ouviu o médico? – perguntou ele. – É só a família.

– Lee, qual é – respondi, e deu para ouvir a mágoa em meu tom. – Eu moro com vocês. Eu também conto.

– Jackie – disse ele devagar, um brilho cruel nos olhos –, você pode viver com a gente pelo resto da sua vida que não faria a menor diferença. Você *nunca* vai ser da família.

Me afastei dele, deixando as palavras serem absorvidas. Ele estava certo. Meu lugar não era ali.

– Além disso – disse Lee, sibilando para mim –, por que você deveria fazer uma visita quando é sua culpa ele estar aqui?

– O quê? – guinchei, sem acreditar no que eu tinha ouvido.

Me virei para encará-lo, embora meus olhos estivessem começando a lacrimejar. Seu olhar estava fixo no meu, sua expressão era venenosa.

– Você me ouviu – disse ele, se demorando nas palavras. – Isso nunca teria acontecido se você tivesse ido correr com o Nathan. Mas você tava ocupada demais emburrada no seu quarto, né? Tudo porque o Alex não gosta mais de você.

Foi como se eu tivesse levado um tapa.

– Não – falei, balançando a cabeça, e dei um passo para trás, horrorizada.

Os lábios de Lee se curvaram em desgosto.

– Só vai embora, Jackie – disse ele.

E eu fui.

Este seria o último lugar em que alguém procuraria por mim. Não sabia como tinha parado aqui, mas Will sempre era legal quando o via. Ele alugou um pequeno apartamento de um quarto na cidade, apenas quinze minutos a pé do hospital.

Eu já tinha ido à casa dele uma vez, quando Katherine pediu para Cole e eu deixarmos uma caixa de convites que ela tinha endereçado para o casamento de Will e Haley, que estava próximo. Isso tinha sido mais de um mês antes, e eu estava com medo de ter me esquecido do caminho. Mas o complexo de apartamentos ficava bem na rua principal, e, quando o vi, deixei o ar nos pulmões escapar pelos meus lábios, aliviada.

Ninguém respondeu quando bati pela primeira vez. Tive medo de que ele não estivesse em casa, mas, quando bati de novo, Will abriu a porta, ainda meio adormecido.

– Jackie? – perguntou ele, os olhos semicerrados à luz do dia. Não estava com seu rabo de cavalo habitual, seu cabelo loiro caía pelos ombros. – O que você está fazendo aqui?

– Desculpa, Will. Não queria te acordar – falei, remexendo as mãos atrás das costas. – É só que, quando a gente se conheceu, você me disse que eu podia falar com você se precisasse de qualquer coisa.

– Ah. – Ele abriu a porta. – Pode entrar.

O interior do apartamento de Will era uma caverna. Havia apenas uma janela na sala principal, e as cortinas pretas estavam fechadas para manter o cômodo escuro.

– Fica à vontade – disse ele, fechando a porta que cortava a única fonte de luz do quarto.

Com cuidado, segui em direção ao que parecia ser o contorno de um sofá, e consegui chegar até lá batendo o dedo apenas uma vez.

– Quer um café? – perguntou Will.

Dava para ouvi-lo andar pela escuridão como um especialista, guiado pelos números do relógio digital do micro-ondas como um marinheiro com as constelações noturnas.

– Sim, por favor.

Will alcançou a pequena cozinha e acendeu a luz. Enquanto ele andava de um lado para o outro, ligando a cafeteira e pegando as canecas, inspecionei a sala ao meu redor. Além do sofá e da mesa em que bati o pé, a única outra mobília era uma cadeira reclinável que parecia prestes a desmoronar assim que alguém se sentasse nela. Havia também uma estante vazia, a não ser por uma pequena coleção de cactos minúsculos em vasos. Em comparação com os móveis antigos, a única coisa no quarto que parecia nova era a TV de tela plana pendurada bem na minha frente, na parede oposta.

– Creme, açúcar? – perguntou Will.

– Só creme.

Houve o tilintar distinto de uma colher mexendo, e a porta da geladeira bateu. Em seguida, Will saiu da cozinha com duas canecas fumegantes. Ele entregou uma para mim antes de se sentar na poltrona reclinável. Surpreendentemente, ela não se desfez.

– Então – disse Will. – O que aconteceu? – Ele ainda não havia começado a tomar o café, mas já parecia mais desperto.

Não adiantava fazer rodeios.

– O Nathan está no hospital – disse para ele do jeito mais calmo possível.

– O quê? – Ainda bem que Will já havia colocado o café na mesa, senão acho que ele teria deixado cair em seu colo. – Teve algum acidente na fazenda?

– Não exatamente – falei. – Ele teve uma convulsão. – Quando vi o pavor no rosto de Will, acrescentei: – Mas não precisa se preocupar. O médico disse que ele vai ficar bem.

Will estava balançando a cabeça, desacreditado.

– Mas como isso aconteceu?

Fiz uma pausa.

– Disseram que ele tem epilepsia.

– Mas… ele é tão novinho.

– Acho que idade não tem nada a ver com isso.

– Eu sei, é só que… – Ele parou de falar, enterrando a mão no rosto.

– Sinto muito, Will.

Ele ficou parado por tanto tempo que, quando de repente se levantou, fazendo a poltrona reclinável ranger em protesto, me assustei.

– Todo mundo ainda está no hospital? – perguntou ele.

– É, acho que sim.

– Está bem. – Ele pegou um par de chaves da mesa. – Preciso trocar de camiseta, e aí… espera – disse ele, parando para me encarar. – Por que você não está lá? Como você chegou aqui?

Vacilei com suas perguntas.

– E-eu vim andando.

– Por quê? – perguntou ele. Olhando para longe, não disse nada por um bom tempo. Nem a pau eu contaria para Will o que Lee havia me dito. – Jackie, você está bem?

Soltei um suspiro.

– Saí do hospital porque não consegui lidar com a ideia de o Nathan se machucar – contei. – Isso me lembrou do, do...

– Do acidente – Will terminou para mim em um sussurro.

– É.

Não era mentira. Quando Cole levou Nathan inconsciente para a cozinha, fui tomada pelo medo de perder alguém de quem eu gostava.

– Ai, meu Deus, Jackie. Eu sinto muito.

E então, comecei a chorar; grandes soluços faziam o peito apertar e a garganta doer. Eu estava chorando por causa de tantas coisas: do olhar vazio e indiferente que vi nos olhos de Cole na festa da Mary e do olhar arrasado de Alex quando me viu com seu irmão, do acidente de Nathan, das palavras cruéis de Lee, da perda da minha família e do meu lar. E eu estava chorando porque sabia que não deveria estar. Will acabara de descobrir que o irmão estava no hospital, mas ele se sentou ao meu lado, tentando me confortar.

– Shhh, vai ficar tudo bem, Jackie.

Mas eu não tinha certeza disso.

Devo ter chorado até dormir. Quando abri os olhos, senti lágrimas secas nas bochechas e o cabelo grudado na lateral do rosto. Meu pescoço estava duro por eu ter me deitado no sofá. Sabia que ainda estava na casa de Will, mas o apartamento estava escuro outra vez e não dava para ver nada.

– Will? – chamei, minha voz grogue.

– Ele foi pro hospital.

O abajur ao lado do sofá se acendeu para revelar Cole sentado na poltrona reclinável. Ele estava com olheiras, o cabelo espetado atrás, como se tivesse tentado dormir na poltrona, mas não conseguira ficar confortável.

– O que você tá fazendo aqui? – quis saber.

Vê-lo fez com que a tristeza se apossasse de mim novamente.

– O Will queria ver o Nathan, mas não queria te deixar sozinha, aí me ligou.

Me deitei no sofá para não ter que olhar para ele. Depois de adormecer, Will deve ter me coberto, e eu puxei o cobertor até o queixo para me proteger.

– Mas por que *você* está aqui? – perguntei, reformulando minha pergunta.

– Porque eu estava preocupado com você.

Forcei uma risada.

– Me poupe, você não precisa mentir.

– Por que eu mentiria?

– Cole, para de fingir que ontem à noite e *tudo* o que rolou na festa não aconteceu. Não estou com saco pra lidar com as suas merdas agora.

Ele suspirou.

– Eu sei.

– Que bom. Então você entendeu que eu quero ficar sozinha.

– Jackie, me escuta, por favor – disse ele, ignorando meu pedido. Sua voz era quase inaudível, quase como se ele estivesse sofrendo tanto quanto eu. Cerrei os dentes e o ignorei. – Vim pedir desculpas. E te levar pra casa.

Fiquei quieta, ponderando. Será que eu ainda podia chamar a casa dos Walter de minha? Ao longo das últimas semanas, a fazenda começou a parecer algo como meu lar, porém, depois do que aconteceu na festa e com Lee, eu sabia que não.

– Jackie, por favor, fala alguma coisa.

– Por que eu iria com você pra qualquer lugar? – disse em resposta. – Nas últimas duas vezes que fiz isso, as coisas não terminaram bem.

– Ok, eu sei que devo ter te magoado, mas…

– Deve? – retruquei, me sentando para encará-lo. Suas palavras colocaram combustível em meu sistema, como se alguém acendesse um fósforo em meu peito, e estreitei os olhos, tentando não explodir. – Perdi minha família, me mudei para o outro lado do país pra morar com estranhos e fui tratada como lixo por gente como você, e acha que *deve* ter me magoado?

Em vez de me atacar, como pensei que faria, Cole baixou a cabeça.

– Me desculpa – murmurou.

– O que você disse? – perguntei, colocando a mão na orelha. – Não deu pra te ouvir.

– Me desculpa. Eu fui um imbecil.

– Ah, um imbecil? – rebati. Se esse era o pedido de desculpas dele, ele estava indo mal. – Não pega tão pesado com você mesmo, Cole.

As narinas de Cole se dilataram.

– Olha, eu tô tentando me desculpar, tá legal? – Quando não respondi, ele respirou fundo. – Acho que eu tava com ciúmes – disse ele, por fim, olhando para o tapete felpudo.

– Ciúmes? – repeti.

– É. – Ele parecia hesitante, como se não tivesse certeza da resposta. Então, continuou: – Do Alex.

– Mas e a Erin, a Olivia e todas aquelas meninas?

– É só isso – disse Cole, os punhos cerrados de frustração. – Eu não gosto de nenhuma delas. Mas… Sei lá. Parece que meus amigos têm essa expectativa de quem eu sou e de como devo agir. E aí tem o Alex, e as coisas acontecem naturalmente pra ele.

Eu ri.

– As coisas acontecem naturalmente pro Alex, o nerd, mas pro famoso Cole não? – provoquei de um jeito amargo.

– É – disse ele, olhando diretamente para mim. – Quando se trata de relacionamentos, sim. Ele não precisa agir de um jeito diferente e as coisas rolam perfeitamente bem pra ele.

– Perfeitamente? – repeti. – Tipo com a Mary?

– Olha só – disse Cole, erguendo as mãos. – Eu sei que posso ser um babaca, mas juro que nunca faria algo assim com o Alex. Mary me disse que *ele* tinha dado um pé na bunda dela. Assim que eu descobri que tinha sido o contrário, falei pra ela se mandar.

Eu não sabia o que responder.

– Jackie. – Cole continuou a falar. – Eu não devia ter arrastado você e seus sentimentos pra isso, mas vi como você e o Alex tavam ficando próximos, e eu não queria… – Ele fez uma pausa, tentando pensar na melhor forma de expressar o que queria dizer. – Eu fui egoísta, e tava com medo de ficar…

– Sozinho? – terminei a frase para ele.

– É – respondeu Cole, assentindo. – Eu tava com medo de ficar sozinho.

– Bem-vindo à minha vida – disse para ele, com tristeza.

treze

COLE PASSOU MEIA HORA me persuadindo antes de me convencer a sair da casa de Will. Na volta para a fazenda, perguntei como Nathan estava.

– Bem – disse Cole, tirando os olhos da estrada para me olhar. – Tava perguntando de você.

Não respondi. Me senti culpada por não ter estado ao lado Nathan.

– Posso te levar pra ver ele amanhã, se quiser.

– Claro – falei, direta ao ponto, e depois disso Cole entendeu a mensagem de que eu não queria conversar.

Ainda estava furiosa com ele, mas não tinha mais energia para brigar. Quando a caminhonete finalmente estacionou na garagem dos Walter, abri a porta e saí em disparada.

– Espera, Jackie! – gritou Cole, mas eu já estava correndo em direção à casa.

Parte de mim queria ir para o quarto de Alex e Nathan. No último mês, o espaço meio bagunçado e meio limpo era onde eu passava a maior parte do tempo. Se tornou um tipo de retiro, um lugar onde me sentia confortável. E os pôsteres nas paredes eram tão familiares quanto o mural do meu quarto. Mas Alex estaria lá. Além disso, ele provavelmente ainda estava bravo comigo, e eu só queria ficar sozinha.

Na maioria das vezes, os Walter me deixavam em paz. Todos, exceto Katherine, voltaram do hospital na hora do almoço, mas a casa permaneceu calma. Ainda se recuperando do susto do acidente de Nathan, nenhuma das crianças estava incontrolável como sempre. Em certo ponto da tarde, Parker bateu na minha porta à procura de Jack e Jordan, mas nem se deu ao trabalho de me lançar um de seus característicos sorrisos de escárnio.

Não desci para a cozinha para almoçar ou jantar, mas às sete alguém bateu na porta. Alex a abriu com o ombro. Ele trazia uma bandeja com uma cumbuca de sopa de tomate e um queijo quente.

– Fome? – perguntou ele, apontando para a comida.

Embora estivesse surpresa em vê-lo, mal me movi na cama. Os acontecimentos do dia me deixaram mentalmente esgotada, e tudo o que consegui fazer foi dar de ombros. Meu estômago estava vazio, mas não porque eu precisava de comida.

– Bom, posso entrar?

– Pode, ué.

Alex atravessou o quarto com cuidado para não derramar a sopa e, depois de colocá-la na mesa, ele parou ao lado da cama com as mãos enfiadas nos bolsos. Sua boca se abriu como se fosse dizer algo, mas se fechou de novo quando ele mudou de ideia. Sabia que Alex estava procurando a forma certa de começar uma conversa, mas eu não o ajudaria. Continuei em silêncio, observando-o pacientemente.

Por fim, ele disse:

– Jackie, me desculpa mesmo.

Alex parecia tão esgotado quanto eu. Toda a cor habitual de seu rosto havia se esvaído, e por algum motivo isso fez com que eu acreditasse nele. Mas não fazia doer menos.

– Dois pedidos de desculpa em um dia? – perguntei, me referindo ao de Cole. – Que milagre aconteceu por aqui?

O sarcasmo saiu acidentalmente, mas foi justificado. Os dois estavam agindo como o médico e o monstro. Ontem me odiavam e agora queriam que eu os desculpasse.

Os ombros de Alex ficaram rígidos.

– O Nathan – respondeu.

– Jura? Não me diga.

Tive dificuldade em acreditar, considerando que ele tinha acabado de ter uma convulsão.

– Quando ele percebeu que você não tava no hospital, ficou bravo. Ele pediu pra falar comigo e com Cole a sós, e aí gritou com a gente – disse Alex. – Tipo, bem alto. Juro, uma das enfermeiras teve um ataque de pânico ao ouvir os gritos.

Era difícil imaginar Nathan na cama de hospital com um cateter no braço enquanto repreendia os irmãos mais velhos, mas o pensamento fez meus lábios se curvarem de satisfação.

– E o que o Nathan disse?

A essa altura, o rosto de Alex já estava vermelho-escuro.

– Que eu fui um completo idiota se pensei que você tava tentando me machucar – murmurou ele.

– Bem certeiro pra alguém que bateu a cabeça.

Nesse momento, eu já tinha passado da fase educada. Alex ter acreditado de bom grado na performance de Cole me perturbou outra vez. Ele achava mesmo que eu era tão cruel?

– Me desculpa. – Ele baixou a cabeça. – Sei que não é grande coisa como desculpas, mas fiquei chateado *de verdade* por você não ter ido à festa, e ainda por cima eu tava bebendo. E aí, do nada, você apareceu com ele e eu não consegui pensar direito.

– Sabe qual era a única coisa na minha mente quando Cole me arrastou pra festa? – A verdade estava saindo de meus lábios antes mesmo que pudesse pensar no que dizia para ele.

– Não – disse Alex, tímido. – O quê?

– O que o Alex vai pensar?

– Você tá tentando fazer eu me sentir pior?

– Não – respondi, suavizando o tom de voz. – Só queria que soubesse que eu estava.

– Estava o quê?

– *Pensando* em você.

A verdade é que, desde o nosso beijo, pensar em Alex fazia meu estômago revirar. A parte frustrante era que eu não conseguia descobrir o porquê. Não havia como negar que Alex era bonito – ele tinha um daqueles sorrisos adoráveis que faziam qualquer um sorrir de volta –, mas eu nunca senti meu corpo todo em chamas perto dele, como sentia quando estava próxima de certa pessoa. Ao mesmo tempo, Alex era atencioso e confiável. Era como se o conhecesse desde sempre; estar com ele era como estar em casa.

– Eu fui horrível – disse ele, balançando a cabeça como se não pudesse acreditar. Quando não respondi, ele me lançou um olhar. – Você acha que poderia me perdoar?

– Eu te perdoo, Alex. Entendo que você não estava tentando me tratar mal de propósito. Você me viu com o Cole e pensou que todo o rolo com a Mary estava acontecendo de novo.

Com isso, ele disse:

– Mas?

– Mas foi ontem. Ainda está doendo.

– Certo – respondeu Alex, mordendo o lábio. Ficamos em silêncio por um momento, então ele se animou. – Posso te compensar?

– Depende – respondi com o menor dos sorrisos. – Qual a proposta?

– Bom, quando a gente voltou do hospital, terminei de ler *Sonho de uma Noite de Verão*. Estava pensando se a gente poderia assistir a uma das adaptações.

Foi tão atencioso que me permiti dar um sorrisinho maior.

– Acho que não é má ideia – disse, fingindo indiferença.

– Ótimo, cadê seu notebook?

Encontramos uma versão do final dos anos 1990 para assistir e, em seguida, Alex se acomodou na minha cama. No final do filme, minha cabeça estava apoiada em seu peito.

– O que você achou? – perguntei quando os créditos começaram a rolar.

– Hãã? – Os dedos de Alex corriam pelo meu cabelo e, sempre que ele respirava, eu sentia seu peito subir e descer.

– Gostou?

– Sinceramente – disse ele, a mão descansando –, não prestei muita atenção.

– Como é? – Me sentei para poder olhá-lo. – Por que não?

– Porque outra coisa estava me distraindo – disse ele. Antes que eu pudesse perguntar o que era, ele continuou: – Podemos conversar sobre uma coisa?

Uma expressão preocupada cobriu seu rosto, mas sua mão se levantou para tocar meu cabelo, e ele prendeu a franja atrás da minha orelha. Senti os calos de seus dedos quando deslizaram sobre minha pele e estremeci. Parte de mim sabia o que ele ia dizer, e, quando balancei a cabeça, meu coração começou a bater forte no peito. O quarto estava tão silencioso que eu tinha certeza de que ele conseguia ouvir.

– Jackie. – Ele começou a falar, a voz séria, como se estivesse fazendo um discurso importante. Observei seus lábios se moverem quando ele disse meu nome. À luz do meu quarto, eles pareciam lisos e esculpidos, e me deixaram pensando naquele dia no pufe.

– Sei que vai ser uma pergunta idiota, mas preciso tentar mesmo assim. Na festa, quando eu te vi junto com o Cole, o motivo que me deixou tão bravo não foi por causa do lance da Mary. Eu fiquei bravo comigo mesmo por ter chegado atrasado. Achei que o Cole tinha me vencido.

– Não entendi a pergunta.

– Espera, já vou chegar lá. – Ele respirou fundo. – O que eu tô tentando dizer é que eu devia ter te perguntado isso no outro dia... você sabe. Depois que a gente jogou Mario Kart. – Ele fez outra pausa, o rosto ficando vermelho. Então, ele perguntou de uma vez: – Jackie, quer namorar comigo?

Ali estava ela, a pergunta que eu temia desde o nosso beijo porque não sabia como responder. Mas, ouvindo-a agora, de repente soube qual era a minha decisão. Havia algo tão reconfortante em estar com Alex. Ele era alguém com quem poderia baixar a guarda. Ontem à noite, na festa, pensei que tinha perdido isso, e agora não ia correr o risco de novo.

Então respondi com meus lábios.

No dia seguinte, tinha quase certeza de que Parker estava me perseguindo. Normalmente ela fazia um esforço para me evitar, às vezes até saía de um cômodo se eu entrasse, mas no café da manhã ela se sentou bem ao meu lado. Quando eu estava no banheiro alisando o cabelo, ela entrou e passou dez minutos escovando os dentes. Mais tarde naquele dia, abri a porta do quarto e a encontrei parada no corredor.

Cruzei os braços e ergui uma sobrancelha.

– O que você está fazendo, Parker?

Ela abriu um sorrisinho, e duas covinhas apareceram em suas bochechas.

– Esperando.

– O quê? – perguntei.

– A ira do Cole – foi a única resposta dela, e não tinha ideia do que ela queria dizer até que ouvi a briga. – Ah, cara – reclamou ela ao ouvir os gritos de raiva. – Eu esperava que ele virasse o Hulk pra cima de você, não do Alex.

Ela desceu as escadas correndo em direção às vozes, e eu a segui a passos rápidos, mas, quando chegamos à sala, George já estava separando Cole e Alex.

– O que deu em vocês dois? – quis saber, olhando para os filhos.

Ele estava apertando firme as duas camisetas, mantendo-os longe um do outro. Alex sangrava no lábio, mas estampava um sorriso presunçoso no rosto, enquanto Cole parecia prestes a explodir.

– Ele que começou – disse Alex. – Me deu um soco do nada. Não faço ideia do que eu fiz pra ele ficar tão irritado.

Pelo tom de satisfação na voz, eu sabia que Alex não estava contando toda a verdade.

– Bom? – perguntou George, virando-se para Cole. – É verdade?

– Ele tava sendo um babaca.

– E isso é motivo pra socar seu irmão? Caramba, Cole, não sei o que deu em você ultimamente – disse George, balançando a cabeça. – Se acontecer mais uma vez, você é que vai limpar as baias dos cavalos no próximo mês. Entendido?

Cole assentiu, e George soltou os garotos. Quando o pai se foi, Cole voltou a encarar Alex.

– Você tá se achando o cara, né? – sussurrou. – Mas pode anotar, você só levou a primeira rodada. Por experiência, nós dois sabemos que eu sempre ganho.

O sorriso no rosto de Alex vacilou, e vi algo brilhar em seus olhos.

– Gente? – chamei, hesitante, mas assim que Cole ouviu minha voz saiu da sala sem dizer mais nada.

– Viiiiixe – ouvi Lee dizer.

Virando-me, encontrei o resto dos meninos reunidos atrás de mim para assistir à cena.

– Nossa, que merda – disse Isaac com uma risadinha. – Por essa eu não esperava.

– Perdeu – disse Lee ao irmão. – Pode pagar.

Isaac enfiou a mão no bolso em busca da carteira. Sacou uma nota de vinte e bateu na mão do irmão. Danny estava parado ao lado dele, e notei que seu rosto geralmente inexpressivo estava coberto de surpresa. Isso me deu um mau pressentimento de que essa briga era de alguma forma culpa minha, e, enquanto o medo corria em minhas veias, fui até ele.

– O que acabou de acontecer? – sussurrei.

Danny balançou a cabeça, e pensei que não iria me contar, mas ele me agarrou pelo cotovelo e me puxou para o deque, onde não seríamos ouvidos. Danny me explicou que, na noite passada, Alex havia se gabado para todo mundo de eu ser a namorada dele, exceto para Cole. Era como se estivesse tentando instigar o irmão mais velho de propósito, e, quando Cole descobriu pela manhã, Alex recebeu a reação que estava procurando.

Cole ficou furioso e passou o resto do domingo na oficina, consertando o carro.

No dia seguinte, na escola, Alex não estava melhor. Quando a aula acabou e saímos juntos da sala de anatomia, ele me empurrou contra seu armário e me beijou com força, sua mão entrelaçada nas minhas costas para que pudesse me segurar contra si. No momento, pensei que ele estava sendo romântico, mas, ao se afastar, eu o peguei olhando por cima do meu ombro. Seguindo seu olhar, vi Mary parada com seu grupo de amigos, com olhar assassino.

A hora do almoço só me deu dor de cabeça. Riley, Heather e Skylar bombardearam Alex e eu com perguntas assim que nos sentamos. Eles nos interrogaram por trinta minutos inteiros, e, embora Alex não se importasse, eu queria que as notícias do nosso namoro diminuíssem para que as coisas pudessem voltar a ser como antes. Kim, a única com quem eu podia contar para agir normalmente, sequer apareceu.

Quando as aulas terminaram, eu estava tão exausta que tirei uma soneca, algo que nunca me permiti fazer. Dormi tanto que, na hora de ir para a cama, não consegui pegar no sono. Por isso, embora já passasse da meia-noite, me sentei na cama quando ouvi a batida na porta.

– Jackie, você ainda tá acordada? – sussurrou Alex, espiando pela fresta.

– Tô – respondi.

– Posso entrar?

– Claro, entra aí – falei. – O que foi?

Ele fechou a porta silenciosamente e foi até a minha cama na ponta dos pés. Olhei para o relógio. Já era meia-noite.

– Você tem roupa preta? – perguntou Alex.

– Em algum lugar do guarda-roupa – respondi, assentindo. – Por quê?

– Pega – disse ele, um sorriso brotando.

– Por quê? – quis saber, mas fui até o guarda-roupa mesmo assim.

Procurei entre algumas camisas de manga comprida até encontrar meu velho suéter dos Hawks com meu nome bordado no bolso.

– Todo mundo votou, e a gente decidiu que você pode participar da nossa tradiçãozinha de fim de ano.

– O que é? – perguntei, vestindo uma calça preta.

– A gente sempre joga papel higiênico na casa do diretor.

– Shhhh – sussurrou Isaac quando todos se amontoaram no quarto de Lee. Alex explicou que o quarto dos primos era o melhor para fugir por causa do carvalho gigante ao lado da janela.

– Beleza, todo mundo tá com seu rolo de papel higiênico? – perguntou Cole, olhando para todos, menos para mim.

– Sim – respondeu Danny, segurando um rolo. – Também peguei os descartáveis que a mãe ia usar na nossa festa de formatura pra encher o quintal de garfos.

– Maravilha! – disse Lee, batendo na mão do primo.

– Ei, Jackie, o que é isso na sua cara? – sussurrou Alex, olhando para mim.

– Pintura de guerra – respondi, tirando uma caneta delineadora preta do bolso. – Quer também?

– Pra ontem – disse ele, abrindo um sorrisinho.

Tirei a tampa com um estampido e lentamente comecei a desenhar duas linhas pretas, uma sob cada um dos olhos de Alex.

– Ei – disse Isaac, olhando para nós –, eu quero também.

– Ok – falei, sorrindo. – Mais alguém?

Todos fizeram que sim com a cabeça e esperaram que eu fizesse a pintura de guerra neles. A única pessoa que não queria era Cole.

– Isso é coisa de criança – disse ele quando perguntei se queria.

Magoada, enfiei o delineador de volta no bolso e me afastei dele.

– Certo, gente – disse Isaac, tentando preencher o silêncio desconfortável. – Vamos descer a árvore e entrar na caminhonete.

Danny assentiu e abriu a janela antes de sair e descer a árvore.

– Olha como ele desce – disse Alex, apontando para os lugares onde seu irmão colocava os pés e as mãos.

– Ok, próximo! – Danny meio gritou, meio sussurrou lá de baixo.

Cole saiu pela janela com rapidez, seguido por Lee e por Isaac.

– Preparada? – perguntou Alex enquanto eu subia no parapeito da janela.

Dava para sentir o ar frio da noite entrando, e abotoei o suéter pra me aquecer.

– Acho que sim – falei, nervosa.

– Não se preocupa. É fácil – disse ele. Balançando a cabeça, me levantei e saí pela janela. Em seguida, fiquei em pé e me agarrei a um galho com cuidado. – Tudo certo. Pode ir, continua – incentivou Alex.

Respirando fundo, deslizei para fora do parapeito da janela e me agarrei à árvore. Devagar, baixei o pé esquerdo no galho grosso abaixo dele.

– A gente não tem a noite toda – alguém resmungou lá de baixo. Parecia Cole.

– Não liga pra ele – sussurrou Alex. – Ele só tá sendo mala.

Alex me ajudou a descer da árvore, me dizendo onde colocar os pés. Quando eles finalmente atingiram a grama macia, fomos até onde o resto dos garotos estava.

– Demorou demais – disse Cole quando Alex jogou o saco de papel higiênico na parte de trás da caminhonete.

– Cala a boca, Cole – disse Alex, carrancudo.

– Vocês podem parar com isso um minuto? – pediu Isaac. – Depois vocês brigam, agora eu queria sair sem ser pego.

Cole e Alex se entreolharam, mas felizmente ficaram em silêncio.

– Precisamos empurrar a caminhonete até a estrada – disse Danny.

– Empurrar? – perguntei, surpresa.

Seria difícil.

– É, minha mãe escuta tudo – disse ele. – Se a gente quiser sair daqui, não dá pra ligar o motor até estar na estrada.

Os meninos todos se alinharam atrás da caminhonete vermelha.

– Beleza, gente. Um, dois, três! – instruiu Cole.

Todos empurraram, e demorou só alguns minutos para levarem o veículo até depois da longa entrada dos Walter.

– Uhu! – gritou Alex assim que a caminhonete alcançou a estrada. – Vamos nessa.

Todos subiram, Cole ligou a caminhonete, e então partimos em alta velocidade noite adentro.

– Certo. Isaac e Danny, vocês ficam com o quintal – disse Cole, jogando a mochila preta no chão.

Ele abriu o zíper com destreza e jogou dois rolos de papel higiênico para os garotos. Estávamos todos do lado de fora da casa de três andares do diretor McHale. Ela ficava a uma boa distância da estrada, e havia muitas árvores cobrindo-a, mas Cole estacionou a caminhonete um quarteirão antes, por precaução.

– É enorme – sussurrei para Alex, ao meu lado. – Tem tantas árvores.

Ele assentiu com um sorriso.

– É perfeita pra jogar papel higiênico.

– Vocês tão falando muito alto – sussurrou Cole, olhando para mim.

– Tá bom, sr. Chefão. Me dá algo pra fazer também – disse Alex.

Cole jogou uma caixa de garfos para ele.

– Alguém precisa espetar os garfos na grama – ordenou.

– Eu vou junto – comentei, me enganchando no braço de Alex. Não queria ficar sozinha com Cole e Lee.

– Acho melhor não – falou Cole, agarrando meu braço quando começamos a nos afastar. – Tenho o trabalho perfeito pra você.

Alguns minutos depois, fiquei olhando a sacada dos fundos.

– Mas nem ferrando eu faço isso – falei, cruzando os braços.

– A gente precisa de alguém leve – disse Cole. – Geralmente é a parte do Nathan, mas como ele tá temporariamente afastado…

– Ai, tá bom! – resmunguei, pegando o rolo da mão dele.

– Boa garota – disse ele, beliscando minha bochecha.

– Vai se lascar – falei antes de me virar e agarrar a treliça de rosas.

– Cuidado pra não quebrar – disse Cole enquanto eu testava meu peso na viga de madeira mais baixa.

Quando tive certeza de que não desmoronaria, peguei impulso. Era como subir uma escada.

– Ai! – gritei ao espetar o dedo em um espinho de rosa.

– Cala a boca! – sussurrou Cole lá de baixo. – Quer ser pega? Essa é a varanda do quarto deles.

– É, eu sei. Você já me disse umas cinquenta vezes – sussurrei, sugando a gotinha de sangue do dedo. – Teria sido melhor se você tivesse me dado luvas.

– Para de chorar feito um bebê e começa a escalar – disparou de volta para mim.

Cerrei os dentes, guardando minha resposta. Quando finalmente cheguei ao topo, me arrastei devagar pelo corrimão. A porta de vidro de correr da sacada estava coberta por uma cortina, mas meu coração disparou. Senti que todos dentro da casa podiam ver e ouvir meus movimentos. Então, rapidamente, comecei a jogar o papel higiênico em todos os cantos.

– Não esquece de enrolar o parapeito – ouvi Cole gritar.

– Tá, já sei – murmurei. Se Cole era tão exigente, deveria fazer ele mesmo.

– Jackie? Você me ouviu? O parapeito.

Olhando para baixo, mostrei-lhe uma saudação zombeteira.

Depois de embrulhar o parapeito, me afastei para admirar a obra. Ao fazer isso, tropecei no rolo extra de papel higiênico e cambaleei de costas em direção à porta da sacada. Retomei o equilíbrio enquanto meu coração saltava no peito. Prendi a respiração por um momento, esperando para ver se alguém me tinha me ouvido. O diretor McHale devia estar lá dentro agora, dormindo a alguns metros de distância.

Quando nada aconteceu, deixei o ar escapar dos pulmões, mas era cedo demais. Uma sirene preencheu o ar da noite, e meus olhos se arregalaram. A casa tinha um alarme contra roubo. O medo me enraizou onde estava.

– Que merda é essa, Cole? – gritou Lee. – O que ela tá fazendo lá em cima?

– Jackie! Se abaixa! – berrou Alex por cima da sirene.

Isso me ajudou a descongelar, e rapidamente pulei sobre o parapeito da varanda, em direção à treliça de rosas.

– Vai, mais rápido – alguém gritou.

Eu estava quase no chão quando ouvi um rasgo. A manga do meu suéter prendeu na treliça.

– Jackie, a gente precisa ir agora! – disse Isaac.

– Não dá. Tô presa! – lamentei, tentando puxar a manga.

– Quem está aí? – uma voz grave gritou da porta do quintal.

– É só tirar – disse Alex.

Tentei me desvencilhar, mas eu tremia demais. De repente, Cole estava do meu lado, e me separou do tecido.

– Vamos – disse ele, pulando para o chão.

– Mas o meu suéter – falei, me virando para a treliça de rosas. – Ainda tá preso.

– Deixa pra lá. Depois eu compro outro pra você.

Ele agarrou minha mão e me puxou para baixo das árvores.

– Crianças malditas! – alguém gritou noite afora.

Todos corremos o mais rápido que dava de volta para a caminhonete. Quando chegamos, eu estava sem ar.

– No que você tava pensando, hein? – exigiu Alex, empurrando Cole contra a caminhonete. – Você fez de propósito. Queria que ela fosse pega, né?

– Mas ela não foi! – retrucou Cole.

Havia um sorriso presunçoso nele.

– Ela nem deveria estar lá, pra começo de conversa! – gritou Alex. – Só porque você tá com ciúmes não quer dizer que...

– Espera! – interrompi a discussão. Dava para sentir meu coração afundando. – Então vocês não colocam papel higiênico na sacada?

– Não, caramba! – exclamou Isaac. – Isso é ridículo. A gente não quer ser pego.

Mas eu não estava mais ouvindo, não de verdade. Meus olhos estavam em Cole, observando a forma como ele reagiu. Sua testa se franziu como se achasse que todo mundo estava exagerando.

– Por que mentiu pra mim? – perguntei. Falei devagar para que a voz não falhasse.

Mas não importava – minha pergunta denunciava a traição. Se o diretor McHale tivesse me visto, podia ter sido o fim do meu sonho de Princeton e de tudo que viria depois. Cole sabia da importância que eu dava para a escola e para o meu futuro, mas ele propositalmente me colocou em risco. A raiva cresceu em meu peito, mas então percebi algo terrível. Esta noite, arrisquei meu futuro tanto quanto Cole. Ninguém me obrigou a subir na treliça. Eu escalei sozinha. O que deu em mim nos últimos tempos? Nunca na vida tinha sido tão imprudente.

Cole cruzou os braços.

– Foi só zoeira – disse ele. – Parem com isso, não morreu ninguém.

Ao meu lado, ouvi Danny ofegar. Não me virei para ver a reação dos outros – estava focada em Cole, buscando seu olhar frio para ver se ele queria dizer exatamente aquilo. Como podia ser tão insensível?

– Isso ultrapassou muito os limites – disparou Alex, quebrando o silêncio ao parar na minha frente para enfrentar Cole. – Pede desculpa pra Jackie.

– Ah, me esquece – disse Cole, dispensando o irmão com um gesto.

– *Pede desculpa* – repetiu Alex.

– E se eu não pedir? O que você vai fazer?

– Isso – falou Alex antes de dar um murro no nariz do irmão.

Cole cambaleou para trás, batendo na lateral da caminhonete. Alex foi para cima dele, mas Isaac reagiu rápido, correndo para segurar os braços antes que ele o socasse novamente. Cole tentou atacar Alex, mas Danny interveio, envolvendo os braços ao redor do irmão gêmeo para segurá-lo.

Eu devia ter previsto o soco. Demorou. Alex e Cole estavam brigando desde antes de eu chegar ao Colorado, mas fui o catalisador que instigou a guerra.

– Que merda! – rugiu Cole, tentando se livrar de Danny.

Levou um tempo para todos se acalmarem, principalmente Cole. Os meninos pareciam tão bravos com Cole quanto ele com a gente, e votaram para que ele voltasse para casa a pé. Felizmente, consegui convencê-los a mudar de ideia. Fiquei chateada com o que Cole disse, suas palavras foram um tapa na minha cara, mas sabia que as coisas iriam piorar se deixássemos que ele apodrecesse de raiva. Todos nos amontoamos de volta na caminhonete, Danny assumindo o volante. Cole se sentou no banco da frente, cuidando do ferimento, atacando qualquer um que tentasse falar com ele. Eu estava atrás, sentada o mais longe possível dele.

– Foi incrível – disse Isaac, com um sorrisinho. – Quer dizer, sério... a melhor parte da noite. Nunca vi o Cole levar um soco desses.

– É – concordou Danny. – Queria que a filmadora do Jack e do Jordan estivesse aqui.

– É melhor você calar a boca ou vai desejar nunca ter dito nada – resmungou Cole.

Todos riram, menos eu.

– Ei, Jackie, você tá bem? – sussurrou Alex em meu ouvido. Fiz que não com a cabeça. – O que aconteceu? Eu provavelmente não devia ter dado um soco no Cole, mas você não se sentiu nem um pouco melhor por isso?

– Meu suéter ficou lá – falei, tentando não chorar. Depois de entrar na caminhonete, não consegui parar de repassar a noite toda na cabeça.

– E daí? – disse Alex, dando de ombros. – É só um suéter.

Me virei para Alex com os olhos marejados.

– Meu nome tá escrito nele.

catorze

O SOL ENTRAVA PELAS minhas janelas de manhã, e eu rolei com um gemido. Cada parte do meu corpo estava dolorida, e só tinha dormido algumas horas.

Meu alarme despertou, mas deixei tocar enquanto tentava me lembrar do motivo de estar tão cansada. Quando vi meus sapatos cheios de lama no chão, as memórias voltaram, e bati no relógio com raiva. Sair da cama era a última coisa que eu queria, mas deixei meus pés descalços tocarem no chão frio e marchei até o banheiro.

Frustrada com Cole, comigo mesma e com todos os outros, apertei o tubo de pasta de dente com força demais, e a gosma azul se espalhou por todo lado, escorrendo pela ponta da escova.

– Droga – resmunguei, jogando o excesso de pasta de dente na pia.

Enquanto escovava os dentes, pensei no dia que estava por vir. Apostava que seria chamada até a diretoria em algum momento. Todas as secretárias me encarariam com olhares de desaprovação. Então seria levada à sala do diretor, onde ele estaria me esperando atrás de uma grande mesa de madeira com meu suéter preto na mão. Meu futuro já era.

Desculpa, mãe, pensei.

Com um suspiro, cuspi a pasta de dente e joguei rapidamente um pouco de água no rosto. Depois de pegar o robe, apaguei as luzes e voltei para o quarto. Ao entrar, arfei em surpresa. Jogado na ponta da minha cama estava o suéter.

Desci as escadas correndo e abracei Alex.

– Obrigada, obrigada, obrigada! – Dei um beijo na bochecha dele.

– De nada? – respondeu Alex, confuso.

– Você não faz ideia de como estou aliviada.

– Aliviada pelo quê, exatamente? – perguntou.

– Pelo suéter – respondi, segurando-o. – Não acredito que voltou lá pra pegar. – Alex me encarou sem dizer nada. – Você foi lá pegar, né?

– Bom, eu queria mesmo ter pensado em fazer isso – disse ele, parecendo desapontado com a própria resposta –, mas não, não fui eu.

Virei a cabeça para os outros meninos na cozinha. Meus olhos procuraram a resposta no rosto de Cole, mas ele ergueu as sobrancelhas, como se dissesse que recuperar minha roupa seria a última coisa que faria na via.

– Danny? – perguntei.

Ele levantou os olhos do jornal da manhã com um olhar de desculpas e balançou a cabeça negativamente.

– Você? – perguntei, me voltando para Isaac.

– Desculpa, Jackie – murmurou com a boca cheia de sucrilhos.

– Quem foi, então? – perguntei em voz alta.

– Isaac – disse Katherine, entrando na cozinha com uma caneca de café em mãos. – Você pode acordar seu irmão? Não acredito que ainda está dormindo.

– Claro, tia Katherine – disse ele, levantando-se e colocando a tigela de cereal na pia.

– Lee? – ponderei em voz alta.

– Não, trouxa – disse Isaac, revirando os olhos. – Meu outro irmão.

No trajeto de carro até a escola, os meninos conversaram sobre a festa de fim de ano que sempre davam. Eles planejavam fazer neste fim de semana, quando Katherine e George estivessem fora da cidade. Escutei em silêncio e observei Lee do meu lugar no banco de trás, tentando entender por que ele, de todas as pessoas, voltaria para pegar minha roupa. Lee era o único que não parecia animado com a festa. Talvez porque estava com o rosto pressionado contra a janela do lado do passageiro, meio adormecido.

– Pronto, galera – disse Isaac quando entramos no estacionamento.

Abri a porta com pressa e peguei a bolsa na carroceria.

– Pronta? – perguntou Alex depois de pegar a dele.

– Pode ir sem mim – falei, observando Lee desafivelar o cinto de segurança devagar. – Te encontro mais tarde. Preciso fazer uma coisa antes.

– Beleza – disse Alex antes de me dar um beijo na bochecha e caminhar para a escola.

Como eu esperava, Lee foi o último a sair do carro, de tão cansado que estava. Quando pegou sua mochila na parte de trás da caminhonete, os outros já haviam ido embora. Ele nem percebeu que eu estava encostada na carroceria enquanto jogava a bolsa no ombro.

– Lee – chamei quando ele começou a se afastar. Ele parou por um segundo, mas seguiu em frente. – Lee! – falei de novo. Quando não se virou, corri atrás dele e agarrei seu braço. – Eu sei que me ouviu. – Fiz ele se virar para mim.

Ele me encarou com um olhar vazio.

– E aí? – perguntei a ele, esperando que me desse a resposta da pergunta não feita.

– E aí o quê? – devolveu, tirando minha mão de seu ombro.

– Você sabe – falei.

– Não sei, não – disse ele antes de se virar e ir embora.

Fiquei parada no meu lugar por um momento, surpresa. Qual era a dele? Por que faria algo bom para mim e depois fingiria que não?

– Lee, por que você foi buscar meu suéter? – gritei. Minha pergunta o fez parar. Por um instante, ele ficou ali, de costas, então percebi que ele estava esperando que eu o alcançasse. – Por quê? – perguntei outra vez, agora ao lado dele. – Sei que não gosta de mim.

– Jackie – disse ele, olhando em minha direção. – Só finge que nunca aconteceu, tá?

O sinal tocou, anunciando que precisávamos entrar.

– Não – disse com severidade. – Quero saber por que você fez isso.

– A gente vai se atrasar pra primeira aula. – Ele começou a subir os degraus da frente.

– Eu não ligo – falei, surpresa comigo mesma. – E nem você.

– Tá bom – resmungou ele.

Lee me levou até os fundos da escola, em um conjunto de árvores que não podia ser visto de nenhuma das janelas do prédio.

– É parte do seu plano secreto pra me matar? – questionei, olhando ao redor. Estávamos completamente sozinhos.

Lee olhou por cima do ombro para me encarar.

– É aqui que eu venho quando não quero ir pra aula.

– Ah...

– Alguém já te contou sobre os meus pais? – perguntou ele.

– Seus pais?

– É, por que eu e o Isaac moramos com a minha tia e o meu tio.

– Não – respondi, sem saber para onde essa conversa estava indo.

Eu sempre quis saber o que aconteceu com os pais deles, mas, sinceramente, tinha muito medo de perguntar.

– Minha mãe foi embora logo depois que nasci – disse ele. – Eu nunca conheci ela. – Mantive a boca fechada, esperando-o continuar. – A partida dela deixou meu pai mal pra caramba. Ele é oficial do exército, e em vez de criar o Isaac e eu, nos largou com o irmão dele e foi pro exterior. A gente fica sem se ver por anos.

Levei a mão à boca para disfarçar a surpresa, mas Lee não estava olhando para mim. Seu olhar estava focado no céu. O que ele estava me contando era quase pior do que o caso da minha família. Mesmo que tivessem partido, pelo menos eu sabia que me amavam.

Ficamos em silêncio por um tempo, e o sol de quase verão aqueceu minha pele.

– Lee, sinto muito – disse, por fim.

– Quer saber? Você é provavelmente a primeira pessoa que realmente sente muito – disse ele.

– Sério?

– Ouvi tantas pessoas dizerem isso, e é sempre mentira. Elas não sabem como é não ter família.

Balancei a cabeça, assentindo.

– Mas sabe qual a pior parte? – falei para ele. – Quanto te olham diferente. Eu não sou mais a Jackie, filha dos Howard. Sou a Jackie, que perdeu os pais.

– Melhor do que Lee, o garoto com quem os pais não se importam.

– Por que você me odeia? – perguntei, por fim.

– Eu não te odeio. É só que... – Lee suspirou e passou a mão pelos cabelos cacheados, tentando encontrar as palavras certas. – Digamos que eu tenha complexo materno. Nunca conheci minha mãe, e a Katherine... é difícil pra ela prestar atenção em nós doze. E aí você apareceu, e minha tia se sentiu tão responsável que desistiu do ateliê. Eu senti como se você estivesse roubando o pouco tempo que eu tinha com ela.

– Não sei o que dizer.

– Não precisa dizer nada. Voltei e peguei seu suéter porque percebi que, diferente de mim, você não tem ninguém. – Eu podia dizer que ele estava lutando para encontrar as palavras certas. – Eu tava com ciúmes demais pra entender que você sentia tanta dor quanto eu. Fui idiota.

Com um suspiro, agarrei a mão de Lee. Por mais brava que estivesse com ele por tudo o que me fez passar, pelo menos estava me dizendo a verdade.

– É – concordei com ele. – Você foi idiota.

Lee abriu um sorriso.

Nathan nunca me deixou nervosa. Havia algo em nossa amizade – algo tão natural e fácil – que eu não tinha com nenhum dos outros irmãos Walter. Mas hoje, enquanto caminhava pelo corredor em direção ao quarto dele, tive que enxugar as mãos na parte de trás da saia e afastar a vontade de fugir.

Katherine o pegou no hospital depois que saímos para a escola e, quando chegamos em casa às quatro horas, todos os irmãos correram para vê-lo. Ele foi obrigado a ficar no hospital a semana toda, então a maioria dos garotos não o via desde sábado. Fiquei para trás, esperando pacientemente pela minha vez, para que pudéssemos conversar a sós.

Não nos falávamos desde a manhã em que ele teve a convulsão, e dava para sentir meu estômago revirando de ansiedade. O que Lee me disse no pronto-socorro ainda estava gravado no fundo da minha mente. Sim, na segunda-feira de manhã resolvemos nossas diferenças, mas não pude deixar de pensar no que podia ter acontecido. Se pelo menos eu tivesse saído da cama quando Nathan me chamou para correr, talvez não me sentisse tão culpada agora.

Do lado de fora do quarto, meus dedos estavam posicionados acima da porta, mas então, perdendo a coragem, deixei a mão cair de volta ao meu lado. Notas suaves de uma nova música estavam sendo tocadas no violão, e eu conseguia imaginar Nathan sentado na cama, os olhos fechados e o instrumento em mãos. Talvez pudesse voltar mais tarde, quando meu estômago não estivesse tão agitado.

– Ele tá lá dentro – alguém disse quando me virei para sair. – Você deveria ir falar com ele.

Sabendo quem era, respirei fundo antes de olhar para cima. Cole havia parado no meio do corredor, o rosto inexpressivo, como se usasse uma máscara. O hematoma no olho estava começando a desbotar para um verde-amarelado.

Foi a primeira frase que Cole falou comigo desde que Alex deu um soco nele, e uma chama de ressentimento dançou em meu peito. Na verdade, eu estava mais envergonhada de mim mesma do que com raiva. Não pude deixar de notar a forma como a camiseta de Cole se ajustava perfeitamente ao redor de seu bíceps e como, naquele momento, seus olhos pareciam mais azuis do que nunca.

Depois de tudo que ele fez, de como me magoou de propósito, eu ainda sentia aquela mesma vibração no peito, aquela que eu estava tentando descobrir o que era desde que cheguei ao Colorado. Era algum tipo de força invisível, como se ele fosse o sol, e eu, um pequeno planeta controlado por sua gravidade, que tudo consome. Que nome Heather tinha dado para isso? O efeito Cole.

– Ah, sim – falei, como se eu não soubesse.

Foi tudo o que consegui dizer, porque de repente senti vontade de chorar. Esse sentimento era tão injusto, tão indesejado.

A música de Nathan parou, e eu sabia que podia nos ouvir. A voz alta de Cole me delatou. No entanto, naquele momento, minha ansiedade em ver Nathan evaporou. Abri a porta sem bater e entrei. Qualquer coisa para ficar longe de Cole e da forma como ele estava fazendo eu me sentir. Com as mãos ao redor da maçaneta, me encostei na madeira e inspirei devagar, me acalmando.

– Jackie? – Ouvi Nathan chamar.

Meus olhos se abriram de uma vez. Ele estava sentado na cama, um olhar preocupado estampado no rosto. E então, enquanto eu o encarava, percebi que tinha sido completamente idiota da minha parte ficar nervosa.

– E aí, Nate? – respondi, a sensação de alívio resfriando minha pele corada.

– Você tá bem? – perguntou ele, juntando as sobrancelhas.

Depois de tomar fôlego mais uma vez para me acalmar, inspirando pela boca e expirando pelo nariz, respondi:

– Eu que te pergunto. – Me afastando da porta, endireitei a saia antes de ir em direção à cama. Quando me sentei, notei o curativo quadrado na testa, onde ele bateu a cabeça, e a olheira sob seus olhos. – Ah, Nathan – falei, afastando sua franja para ver melhor o ferimento.

– Eu tô bem – disse ele, se desvencilhando da minha mão.

Entendi a mensagem alta e clara: ele não queria conversar sobre o que tinha acontecido.

– Você deu um baita susto em todo mundo – falei mesmo assim. Ele precisava saber que, apesar de eu não ter ido visitá-lo no hospital, ainda estava preocupada, então acrescentei: – Ainda mais em mim.

Ele ficou quieto com a minha fala, seus lábios apertados em uma linha.

– Nathan? – perguntei. Minha voz falhou, revelando o retorno repentino do nervosismo.

Talvez ele estivesse *mesmo* bravo comigo.

Por fim, ele olhou para cima.

– Eu fiz alguma coisa que te deixou brava? – perguntou ele, um espelho completo dos meus próprios pensamentos.

– Quê? – falei, me ajeitando na cama para vê-lo melhor. – Não. Por que achou isso?

– Porque eu não te vejo desde… – Ele fez uma pausa. – Desde o que aconteceu.

Estendi a mão outra vez, agora pousando-a em seu braço.

– Meu Deus, me desculpa mesmo, Nathan. É só que… Eu não pude… – Parei por ali, sem saber como explicar. Me dei um segundo antes de dizer, devagar: – Quando a ambulância chegou, senti que estava acontecendo tudo de novo. Você sabe, perder alguém que eu gostava. Eu entrei em pânico.

– É, o Cole me disse que você foi pro apartamento do Will.

Ergui a cabeça de uma vez.

– Ele falou de mim?

Nathan assentiu.

– A gente conversou hoje – disse ele, colocando o violão no chão para poder se aproximar de mim. – Foi estranho – confessou, e, ao ver meu olhar perplexo, continuou: – Não a conversa, apesar de a gente não conversar muito. Foi como se… ele estivesse decepcionado com alguma coisa. Confuso, até.

– Confuso? Em relação a quê?

– Não sei bem. Ele foi cuidadoso com as palavras. Não diz muito sobre nada. Falando nisso... você sabe o que aconteceu com o olho dele? Nem isso ele quis contar.

– Não é segredo nenhum – falei, minhas bochechas corando. – O Alex socou ele.

As sobrancelhas de Nathan se ergueram na testa.

– Ele *o quê?*

– Pode acreditar – comentei, balançando a cabeça diante da lembrança da cena –, o Cole mereceu.

A risada de Nathan foi de completo deleite.

– Ah, não duvido, mas, cara... isso deve ter contribuído pra ele estar tão mal.

– Se com mal você quer dizer bravo, com certeza.

– Sei lá – disse Nathan, batendo o dedo no queixo. – Eu não diria que ele tá com raiva. É mais como se tivesse triste.

– Triste – repeti, tentando entender a ideia.

Por que Cole estaria triste?

– Ah, não – disse Alex para mim em voz baixa. – Isso não parece bom.

Na manhã seguinte, quando olhei pelo corredor da frente para a cozinha, não pude deixar de concordar. Katherine estava pairando sobre a mesa com um dedo pressionado na têmpora. Espalhado diante dela estava o que parecia ser um ano de contas e recibos antigos.

– Cuidado – comentou Isaac. Ele estava encostado no balcão, olhando a tia com cautela enquanto esperava um bule de café ficar pronto. Alex e eu entramos na cozinha sem ser sermos notados e paramos ao lado dele. – Ela tá uma fera.

– O que aconteceu? – perguntei, abrindo a geladeira para pegar o creme.

– A florista do casamento ligou hoje e disse que não recebeu o dinheiro – explicou ele, tirando duas canecas do armário acima de sua cabeça. – Ela tem certeza de que já enviou o cheque, então tá revirando tudo atrás do comprovante de pagamento.

– Isso não é nada bom – respondi.

Mas eu não estava apenas preocupada com a florista. Katherine e George deveriam sair no fim de semana: o aniversário de 22 anos de casados deles era amanhã, e ele tinha planejado uma fuga romântica para os dois. Mas o casamento de Will e Haley estava chegando, e Katherine parecia mais estressada do que nunca. Pelo olhar dela, dava para dizer que fazer um passeio era a última coisa em sua mente.

– Nem um pouco – concordou Isaac, derramando a bebida escura fumegante em duas canecas, uma para ele e outra para mim. – Se você quer creme, tá atrás do ketchup.

Seguindo suas instruções, localizei a garrafa atrás do tubo do condimento, ao lado do pote de picles. Depois de pegá-lo, deslizei o creme no balcão para Isaac.

– Pega um energético pra mim, por favor? – pediu Alex antes de eu fechar a porta.

Não era difícil encontrar uma daquelas latas neon brilhantes, e, franzindo o nariz, enrolei os dedos ao redor de sua forma favorita de cafeína. Ele abriu a lata e bebeu metade de um só gole. Sério, ele ia ter um ataque cardíaco aos vinte anos.

Quando fui fechar a geladeira, um ímã que segurava um pedaço de papel chamou minha atenção.

– Isaac, você disse que ela tá procurando um comprovante de pagamento?

– Algo do tipo – respondeu ele.

O garoto estava focado em colocar a quantidade perfeita de açúcar em sua bebida.

Após uma inspeção mais aprofundada, notei que alguém havia organizado uma série de ímãs de alfabeto em uma frase ofensiva. Dizia: *Cole arrombado*. Sob a letra M de um laranja forte havia um papel rosa, e embora a caligrafia cheia de curvas fosse difícil de ler, consegui distinguir a palavra *florista*. Afastando o ímã de plástico da geladeira, peguei o recibo e fui até a mesa.

– Katherine – chamei, estendendo o papel para ela –, é isso o que você está procurando?

A princípio, quando ela olhou para o papel em minha mão, pensei que fosse chorar. Em vez disso, ela me puxou para um abraço apertado.

– Querida, você salvou minha vida – disse ela.

Então, respirando fundo, pegou o celular e teclou um número.

– O que tá acontecendo? – perguntou Cole, percebendo a bagunça na mesa enquanto ele e Danny cambaleavam pela cozinha, meio adormecidos.

Nathan não estava muito atrás deles, um tufo de cabelo espetado na parte de trás da cabeça enquanto se espreguiçava.

– Crise da festa de casamento – respondeu Alex, esmagando a lata vazia de energético na mão. – Mas já passou.

– Não parece – disse Nathan, puxando uma banqueta e se jogando no balcão. – Ei, Isaac, me dá uma caneca?

– Desde quando você gosta de café? – perguntou Isaac, mas pegou uma terceira caneca mesmo assim.

– Não gosto, mas meus tampões de ouvido sumiram, e o Alex ficou acordado a noite inteira jogando aquele jogo irritante.

– Shhh – disse Alex, dando um tapa no braço do irmão enquanto olhava para Katherine.

Mas a mãe não percebeu enquanto andava pela cozinha, falando num tom exasperado.

– Tampões de ouvido? – perguntou Isaac. – Acho que o Zack estava com um par enfiado no nariz ontem.

– O quê? – disse Nathan, parecendo irritado. – Por que ele fez isso?

O primo deu de ombros.

– Como é que eu vou saber o que se passa no cérebro daquele menino? Ele é um esquisitinho.

– Está bem, certo, então. Obrigada. – Parecendo um pouco menos estressada, Katherine desligou o celular, apenas para ter seu momento de paz interrompido pela campainha. – Ah, estão adiantados! – exclamou, ajeitando o cabelo durante a corridinha até a porta da frente. Pouco tempo depois, ela apressou Will e Haley pela sala, os dois carregando malas. – Vocês são uns amores por terem vindo sendo que pedi tão em cima da hora – disse ela, e começou a varrer a pilha de papéis de cima da mesa para dentro de uma pasta.

– Mãe, não precisa se preocupar – respondeu Will, colocando suas coisas no chão. – É o mínimo que a gente pode fazer.

Naquele momento, Jack e Jordan entraram na cozinha e, ao ver Will, dispararam pelo chão.

– Will! Will! – gritaram os dois. – O que você tá fazendo aqui?

– Vou passar o fim de semana. A Haley e eu vamos ficar de olho em vocês, seus pestinhas, enquanto a mãe e o pai vão passear.

Cole, que estava tomando suco direto da garrafa, deixou um gole cair na camiseta.

– O quê? – perguntou ele, virando-se para a mãe. – Por que ele tem que vir? Eu tenho dezoito anos.

– Cole, você achou mesmo que eu te deixaria cuidando de tudo? – perguntou Katherine, meio distraída. Uma das gavetas da cozinha estava aberta, e ela vasculhava alguns papéis lá dentro. – Cadê? – Ela estava falando sozinha. – Eu juro que tinha colocado aqui.

– Meu amor – disse George, abrindo a porta dos fundos. Pelo suor brilhante de seu rosto, percebi que estava trabalhando na fazenda. – Você ainda está procurando o recibo da floricultura? Precisamos sair logo e você nem arrumou as malas.

– O quê? – perguntou Will, lançando um olhar para a mãe. – Você não tá pronta? Vai se arrumar.

– Will – disse Katherine, sem se dar ao trabalho de olhar para cima. – Acho que você não entende o tanto de coisa que ainda preciso fazer para o casamento. Faltam menos de duas semanas, e eu ainda não sei se vou ter tempo pra essa viagem.

Eu não duvidava. No último mês, Will tinha passado para ajudar nos preparativos, mas, como Katherine estava organizando o casamento em seu quintal, era ela quem ficava com a maior parte do trabalho.

– Então fala o que a gente tem que fazer – disse Will.

– Isso – concordou Haley um momento depois. – Adoraríamos ajudar.

– É muito gentil da parte de vocês, mas eu mesmo preciso cuidar de todas essas coisas.

– Kitty... – disse George, parecendo irritado. – Deixa as crianças ajudarem. A gente tá planejando essa viagem há um tempinho.

– E eu estou planejando esse casamento há 16 meses! Não deixarei ser uma catástrofe completa.

– Mãe – disse Will, indo até ela para lhe dar um abraço –, acho que você precisa relaxar.

Ela o afastou com um dar de ombros.

– Como vou relaxar quando tenho uma lista de um quilômetro de extensão de coisas pra fazer? – gritou ela, puxando os cabelos.

– Katherine – falei, tentando chamar sua atenção.

Ela voltou a vasculhar a gaveta, embora o que ela estivesse procurando não aparentasse estar lá na primeira vez que procurou.

– Estou muito ocupada – disse ela outra vez.

– Katherine! – falei, levantando a voz.

Todos olharam para mim, mas ignorei as expressões de surpresa, optando por me concentrar somente na sra. Walter. Ela estava entrando em pânico, um hábito que reconhecia da minha mãe, e precisava acalmá-la antes que ela desmoronasse. Ela virou a cabeça ao ouvir minha voz, e, como se estivesse atordoada, me olhou com a boca entreaberta.

– O que você tem que fazer? – perguntei para ela, a voz suave, mas direta.

– Perdão? – perguntou ela, sem entender.

Reformulei a pergunta.

– O que tem que ser feito pra você conseguir viajar em paz?

– Ah, bom, não sei se isso seria possível. O mapa das mesas precisa ser organizado, e os programas de cerimônia precisam ser digitados. Querida, não entendo por que você quer saber...

– Não – interrompi. – Continua falando.

– Está bem – disse ela, hesitante. – Ainda não consegui encontrar o... – Ela mergulhou em um catálogo mental de todas as coisas que tinha que fazer.

– Alguém me dá uma caneta – murmurei, estendendo a mão enquanto ela continuava a listar as tarefas.

Nathan reagiu, colocando a caneta esferográfica de seu bolso em minha mão. Agarrei o jornal da manhã e comecei a rabiscar uma lista na borda de uma matéria. Não estava tão bem organizada quanto uma das minhas listas de tarefas, mas seria o suficiente.

Quando percebeu o que eu estava fazendo, George dirigiu a esposa para uma das cadeiras da cozinha e a fez se sentar, mantendo as mãos firmemente sobre seus ombros. Então, ele disse a todos para se sentarem.

– Atenção, time – falei alguns minutos mais tarde, depois de ler tudo o que havia escrito. – Vai ser o seguinte. – Olhei de um irmão Walter para outro e me certifiquei de que estavam escutando. – Cole e Isaac, vocês são responsáveis pela jardinagem. Precisam aparar o gramado e as cercas vivas, e tirar as ervas daninhas do jardim o mais rápido possível. Jack e Jordan, como vocês são bons com edição, estão encarregados de fazer um vídeo com as fotos do Will e da Haley pra ficar passando na recepção. Nem pensem em dar uma de engraçadinhos, porque vou dar uma olhada quando terminarem. Danny, alguém precisa pegar o vestido da Haley na butique, e Nathan, quero que você ligue pra todos os fornecedores e confirme o horário de chegada de cada um.

Quando terminei de falar, todos me encararam.

– Vocês são surdos? Andem, temos trabalho a fazer.

Todos os garotos se levantaram.

– Incrível – disse Alex quando todos saíram da cozinha.

– Isso não foi nada – falei para ele.

Alex nunca tinha me visto em meus dias de glória, organizando um desfile de moda ou um evento de caridade da minha mãe.

– Tem mais alguma coisa pra eu fazer? – perguntou Katherine, parecendo incerta. – Posso escrever os nomes nas plaquinhas das…

– Sim, Katherine – disse, colocando-a em pé e a empurrando para fora da cozinha. – Vai fazer as malas. Você tem uma viagem pra aproveitar.

– Aposto que o Cole tá muito bravo agora – disse Alex mais tarde.

Estávamos no quarto dele, e eu estava aconchegada nos travesseiros da cama. Dava para sentir o cheiro do sabão que Katherine usava para lavar os lençóis misturado com o odor almiscarado de Alex. Meu livro de anatomia estava apoiado na minha frente, e deveríamos estar estudando. Porém, assim que Alex ouviu a porta da garagem se fechar, indicando que seus pais haviam saído, ele entrou no computador para jogar *GoG*.

– Por quê? – perguntei, folheando até o fim do capítulo para ver quantas páginas eu ainda teria que ler.

– A gente sempre dá uma festa de fim de ano. Era pra ser hoje à noite, mas, como o Will tá de babá, não sei se vai rolar.

– E as provas?

– O que tem? A gente tem as próximas duas semanas pra estudar.

– Tá. Então, o que ele vai fazer? – perguntei, embora a perspectiva de uma festa me deixasse nervosa.

Alex deu de ombros.

– Não sei, mas vai pensar em alguma coisa. Não tem como o Cole perder uma chance de se exibir.

Sendo assim, tentei voltar a estudar. Se fosse ter uma festa, eu sabia que Riley, Heather e o resto da galera iria querer vir, e eu não faria nada. Depois de passar dez minutos relendo o mesmo trecho, fechei o livro com um baque, incapaz de me concentrar com a música irritante que vinha do computador de Alex.

– Alex, você tem que jogar agora?

– Tenho – disse ele, me lançando um sorrisinho. De alguma forma, embora eu estivesse um pouco irritada, seu sorriso fez meu estômago revirar. Alex era fofo demais. – E, agora que você é minha namorada, devia começar a jogar *GoG* também.

Bufei.

– Por mim tudo bem você ser obcecado, mas jogos online não são minha praia.

– Mas pensa em como seria divertido. A gente poderia conquistar todo o continente de RuWariah junto.

– Você não deveria estar mais focado nos estudos? – Eu não fazia ideia do que era esse tal de RooWar, mas não tinha a menor vontade de conquistá-lo. – Duas semanas de estudo não é muita coisa.

Conhecendo Alex, ele só começaria a estudar no fim de semana antes da prova. Isso o deixaria sem tempo para se preparar adequadamente. O pensamento me dava náuseas.

– Jackie, para de se preocupar tanto.

– A gente só tem catorze dias – argumentei. – Qual é, Alex. Eu vi sua nota na última prova. Você vai precisar de pelo menos um nove na próxima pra poder pensar em tirar um B na matéria.

– Tudo bem. Um C já é suficiente.

Fiquei desconfortável com o que ele disse. Como podia não ligar em dar o melhor?

– Bom – falei, adotando uma abordagem diferente. – Precisamos começar a pensar pra quais faculdades vamos nos inscrever. Se quiser entrar em uma boa, vai precisar melhorar seu histórico.

– Não tem problema. Eu vou pra faculdade local, igual o Will.

– Mas você não quer ir pra um lugar com mais... prestígio?

– Tipo onde? Yale? Jackie, meus pais não conseguem pagar.

– Mas se você se esforçasse e tirasse notas altas...

– Eu sou *geek*, não CDF. Nenhuma faculdade vai me dar uma bolsa – disse ele. Três segundos depois: – Aff! Esses malditos sacerdotes mortos-vivos continuam aparecendo. – Seus dedos martelavam o teclado, os olhos grudados na tela.

Parei de falar. Não entendia como Alex podia se contentar com menos do que o melhor. Fechei meu livro, me desenrolei da cama e me levantei. Sim, morar com os Walter me ensinou a relaxar, mas isso não significava que deixaria minhas notas caírem.

– Ei, você tá bem? – perguntou ele, olhando por cima do ombro.

– Sim, estou – falei, abrindo caminho pelo carpete cheio de lixo. – Vou voltar para o meu quarto. Preciso mesmo terminar de ler esses capítulos hoje à noite.

Alex girou na cadeira do computador.

– Tem certeza de que tá tudo bem?

Mostrei-lhe o melhor sorriso que consegui.

– Só nervosa com as próximas duas semanas. Não precisa se preocupar.

– Bom, você vem pra festa?

Não se eu pudesse evitar, mas algo me dizia que isso não aconteceria.

– Claro – respondi.

– Maneiro. Te vejo lá, então.

Obviamente, quatro horas depois, eu estava vendo meus amigos se arrumarem para a festa.

– Hoje, a noite vai ser de matar, gente! – disse Riley, animada, soando mais vibrante que o normal.

Ela estava parada em frente ao pequeno espelho do meu quarto, tentando se maquiar. Como Alex previu, Cole tinha conseguido convencer Will a deixá-lo dar a festa. Pelo que ouvi, não foi muito difícil, considerando que Will era o criador original da festa de fim de ano dos Walter. Além disso, Cole lembrou Will quantas vezes ele acobertara o irmão mais velho quando estava no Ensino Médio e saía de casa no meio da noite.

– Você já ficou tão animada com alguma coisa na sua vida? – perguntou Heather, dramática como sempre. Ela estava vasculhando meu guarda-roupa à procura de algo para vestir. – Jackie, você tá pensando em vestir este ou eu posso usar?

Em suas mãos estava uma camisa que minha mãe me deu de um de seus desfiles de moda. As cores chamativas não faziam meu estilo, e, em casa, ela estava intocada no meu armário. Assim como o vestido da minha irmã, a peça de alguma forma veio de Nova York para o Colorado.

– Fica à vontade – falei com um aceno de cabeça. Depois, acrescentei: – Então, qual o lance dessa festa?

Minhas amigas estavam agindo como se tivessem sido convidadas para ir ao baile da Cinderela, mas era só mais uma festa.

Skylar levantou os olhos do celular.

– Às vezes eu esqueço que você não sabe de nada.

Quando saía com as garotas e Sky, sempre fazia perguntas. Eles sabiam muito mais sobre os Walter do que eu, e sobre garotos em geral também, o que era irônico, já que eu vivia com o que parecia ser um milhão deles.

– O lance é que somos seus amigos – disse Riley.

– E? – Eu ainda não tinha entendido.

– Você mora com os Walter – disse Heather.

– Sim. – Estava começando a me sentir frustrada. – Disso a gente já sabe.

– O que quer dizer que a gente vai receber convites pra festa VIP – explicou Skylar.

– Tem uma parte que é VIP? – perguntei, surpresa.

Conseguia imaginar Cole sendo exclusivo e só convidando um grupo seleto de amigos para a melhor festa, mas não parecia algo que o resto dos Walter faria.

– Todo mundo da escola foi convidado, então muita gente aparece. O quintal chega a ficar lotado. No ano passado, mal dava pra passar pelo deque de tão cheio. Não tem muito espaço pra todo mundo, então os meninos sempre convidam seus amigos pra um evento mais privado – contou Skylar.

– Minha irmã mais velha, a Dee, era amiga do Will quando tavam no Ensino Médio – acrescentou Heather. – Ela me contou algumas histórias insanas sobre como é incrível.

– E o que impede as pessoas de irem de penetra?

– Pelo que ela me disse, acho que vão pra outra parte da fazenda – explicou Heather enquanto vestia a blusa que emprestei.

– É na cachoeira – disse Kim, de repente. Como sempre, ela estava com um gibi colorido em mãos. – Os meninos usam carros quatro por quatro pra levar os convidados.

– Faz sentido – comentei, balançando a cabeça. Havia muito espaço na prainha pra um grupo pequeno de pessoas.

– Como você sabe? – perguntou Riley, dando uma voltinha, conferindo sua aparência no espelho.

– O Alex me levou no ano passado – disse ela timidamente.

– E você nunca pensou em contar pra gente? – Heather suspirou, insultada.

Kim deu de ombros e voltou a ler.

Uma batida na porta interrompeu a conversa antes que Heather e Riley pudessem atacar Kim com outra rodada de perguntas.

– Jackie? – chamou Alex, enfiando a cabeça para dentro do quarto.

– Oi? – respondi, olhando por cima do ombro em direção à porta.

– Ah, não sabia que vocês já tinham chegado – disse Alex, olhando para meus amigos.

– Mandei mensagem pra você – respondeu Kim, os olhos ainda grudados no gibi.

– Desculpa, deve ter passado batido. Eu tava me arrumando pra festa. Vim pegar a Jackie. Precisamos de ajuda com a decoração.

– A gente também ajuda! – disse Heather, voluntariando o grupo. – Qual o tema desse ano?

– Tem tema? – perguntei.

– Sim, a gente se reveza pra escolher um. Queria fazer uma festa à fantasia de super-heróis, mas minha ideia foi vetada – explicou. – Este ano a gente vai ter um luau. O Danny acabou de voltar da loja com um milhão de colares de cores diferentes, tochas tiki e uma palmeira inflável.

– Festa do biquíni! – Heather gargalhou.

– Isso aí – disse Alex, revirando os olhos. – Adivinha quem escolheu o tema deste ano?

Eu não precisava adivinhar.

quinze

A CLAREIRA ESTAVA ILUMINADA pelas tochas e pelas árvores decoradas com pisca-piscas. A água brilhava enquanto as chamas dançavam na superfície, e a música vibrante dava à cena toda uma sensação hipnótica. Quando as pessoas pulavam na lagoa, gotas de água se espalhavam pela superfície, fazendo parecer que estavam nadando em diamantes.

– Tá lindo – sussurrei.

– Obrigado – disse Danny, se sentando ao meu lado. – Fiquei a tarde toda trabalhando nisso. Tive que subornar o Jack e o Jordan pra subirem nas árvores e colocarem os pisca-piscas.

– Valeu a pena.

– Bom saber. Me custou duas semanas de mesada.

Riley, Heather e Skylar, que nunca tinham ido à cachoeira, rapidamente ficaram só com as roupas de banho. Como eu sabia que a água estaria gelada, decidi não nadar e, em vez disso, encontrei Alex e Kim conversando com um grupo de amigos na mesa de piquenique.

– Saudações, minha magnífica dama – disse um dos garotos quando me aproximei.

Seu cabelo era comprido e não via água havia algum tempo. Franjas gordurosas brilhavam à luz das tochas tiki.

Olhei para Alex em busca de orientação.

– Malcolm – disse Alex, me puxando para seu colo –, esta é a minha *namorada*, Jackie. – Ele fez questão de enfatizar a parte do "namorada". – Jackie, esse é o Malcolm e o resto da minha guilda.

Além de Malcolm, a guilda de *GoG* incluía outros dois garotos – um com braços esqueléticos e nariz longo e curvo, e o outro com o cabelo tingido em tom chocante de azul.

– É uma honra conhecer a bela donzela do nosso destemido líder – disse Malcolm, pegando minha mão e beijando-a.

– Cara, tá tentando me fazer passar vergonha? – perguntou Alex para o amigo, e Kim gargalhou.

– Podia ser pior – disse o garoto de cabelo azul. – Pelo menos ele não a cumprimentou em sindarin.

– Hã, prazer em te conhecer também – falei para Malcolm, puxando a mão para longe dele.

Eu não fazia ideia de que língua era sindarin, mas, enquanto limpava o resquício do beijo dele na parte de trás da minha calça, percebi que queria fugir dessa conversa. Talvez eu devesse ter ido nadar...

– Ah, a donzela fala, e em um tom tão agradável.

– Sério, cara – disse Alex, batendo no ombro do amigo. – Se você não parar, nunca mais ando em público com você.

– Quer cerveja? – perguntei para Alex ao desenroscar nossas pernas debaixo da mesa de piquenique, passando-as por cima do banco.

Eu não ia beber, não depois da última vez, mas, a essa altura, estava procurando qualquer desculpa para dar o fora.

– Seria perfeito.

Saí antes que Malcolm pudesse murmurar outra palavra desconfortável. O barril estava perto da borda da clareira, bem na linha das árvores. Quando finalmente cheguei no começo da fila, encontrei Nick abrindo a torneira.

– Oi – falei, tentando ser o mais breve o possível. Havia algo nele que me incomodava. Talvez por ele ser o melhor amigo de Cole, ou talvez porque na maioria das vezes ele era muito agressivo. – Duas, por favor.

– É só uma por pessoa – disse ele, empurrando uma única cerveja na minha direção. – Regras da casa.

– Considerando que eu moro aqui e você não – falei, colocando a mão livre no quadril –, quebrar as regras não deve ser um problema. E o segundo copo é pro Alex, que, caso você não saiba, também mora aqui.

As pessoas atrás de mim na fila também riram.

– Tá, que seja – disse ele.

O ar ficou tenso por um momento enquanto eu esperava Nick encher o segundo copo, e, assim que ele o entregou para mim, me afastei do barril sem agradecer.

– Ei, psiu!

Alguém me puxou para perto das árvores, espalhando cerveja por todo o meu braço.

– Cole? – disse quando me endireitei e o vi. – O que é que você está fazendo?

– Podemos conversar? – perguntou ele, apontando para trás com um aceno de cabeça.

– Vim pegar cerveja pro Alex e pra mim – falei.

– É importante.

– Legal, mas eu estou no meio de uma conversa interessante – menti, olhando para a mesa onde Alex e seus amigos estavam sentados.

– Com quem? Os esquisitões de *Dungeons and Dragons*?

– Você sempre tem que ser tão malvado?

– Você sempre tem que ser tão teimosa?

– Eu não sou.

– Só vai levar dez minutos. Isso é mesmo muito tempo?

Pensei em Malcolm, que estaria esperando à mesa quando eu voltasse.

– Cinco – resmunguei.

– Tá bom – disse Cole, pegando as cervejas da minha mão e jogando-as no chão. – Vamos lá.

– Ei! – reclamei, lançando um olhar para os copos agora vazios. – Fiquei na fila pra pegar a cerveja.

Mas Cole não estava ouvindo. Ele me puxava pelo mato, afastando os galhos das árvores no caminho.

– O que é tão importante pra gente precisar atravessar metade da floresta pra falar? – quis saber enquanto nos movíamos rapidamente por entre as árvores.

Me ignorando, ele continuou a abrir caminho pela vegetação até chegarmos a uma pequena clareira.

– Uau. – Foi tudo o que consegui dizer.

A luz da lua se derramava sobre as copas das árvores e sobre a pequena extensão de grama, banhando a área com uma linda luz branca. Todavia, não foi a luz da lua que me fez perder o fôlego. Havia centenas de pequenas flores brancas desabrochando por todos os lados. Eu sentia Cole me observando enquanto olhava para a vista ao meu redor.

– *Dicentra spectabilis* – disse ele.

– Quê?

– As flores. – Ele apontou com a cabeça. – O nome popular é coração-sangrento.

– São lindas – falei, embalando uma na palma da mão.

Elas realmente pareciam corações.

– A maioria é cor de rosa – comentou ele, segurando minha mão e me levando para uma pedra no meio da clareira. – Mas alguns tipos são brancas.

– Elas sempre se abrem à noite? – perguntei, dobrando as pernas ao me sentar.

Cole balançou a cabeça.

– Elas gostam de sombra, então normalmente se abrem perto do fim do dia. Essas aqui ainda não fecharam.

– Desde quando você se tornou um especialista em flores? – perguntei.

– Conheço muitos fatos aleatórias sobre plantas. Minha mãe ama jardinagem. Espera só ela começar a trabalhar no canteiro de flores no verão.

Ele estava sorrindo para mim, tentando chegar mais perto.

– Então, sobre o que você queria conversar? – perguntei, percebendo que os cinco minutos que eu tinha dado para ele já tinham acabado. Ele ficou quieto com a pergunta, desviando o olhar ao passo que eu tentava chamar sua atenção. – Cole, por que você me trouxe aqui? – exigi uma resposta.

Não queria participar dos jogos dele.

– Jackie... – Ele penteou o cabelo para trás com os dedos, o olhar arrependido, e eu sabia que estava tentando se desculpar pela noite em que fomos jogar papel higiênico na casa do diretor.

– Não – falei e me afastei dele. – Não, não. Você não pode fazer isso, Cole. Você não tem o direito.

– Você pode me ouvir?

– Por quê? – perguntei. – Tudo o que você me disse na casa do Will era mentira.

– Não é verdade!

– Como não? Você já fez esse discurso de merda sobre ser um idiota porque estava com ciúmes do Alex, mas, assim que chegamos em casa, o que você faz?

– Jackie, por favor...

– Não, Cole – disse de uma vez. – Já tô cansada das suas merdas. Você não merece uma segunda chance.

– E o Alex? Pra ele você deu uma segunda chance!

– Verdade, Cole. Dei mesmo. Mas a diferença entre vocês é que o que *você* fez... foi por maldade. E quer saber o que eu acho? Acho que você gosta de ser o babaca.

– Meu Deus, Jackie! – soltou ele. – O que você esperava depois que me abri pra você? Eu te conto meus sentimentos, aí você vira as costas e vai namorar meu irmão.

– Que sentimentos, Cole? Você nunca disse nada sobre seus sentimentos!

– Que eu gosto de você, Jackie! Eu não sabia que precisava soletrar, considerando tudo o que eu fiz por você.

– Ah, então agora você se importa comigo? Se você se importa, então por que tentou me ferrar daquele jeito?

– Porque você disse sim pro Alex! – gritou ele. E então, como se estivesse sem fôlego, baixou a cabeça. – Por que você disse sim?

Ele enterrou a cabeça nas mãos, e ficamos em silêncio por um bom tempo.

– Cole – chamei, por fim, quando uma brisa passou pela clareira, deixando meus braços arrepiados. Ele ergueu a cabeça devagar, até seus olhos encontrarem os meus. – Não consigo te entender. Em um minuto você tá pegando a equipe toda das líderes de torcida, e no outro tá com raiva de mim por namorar o Alex? Isso não é justo.

– Não foi assim que imaginei nossa conversa – disse ele, arrancando um pedaço de grama do chão.

Ele começou a despedaçar as longas folhas verdes em lascas minúsculas.

– Muitas coisas não acontecem como planejamos – respondi.

Depois de tudo o que passei, comecei a entender isso.

– Mas eu não *planejei* que acontecesse. – Ele moveu a mão para a frente e para trás no espaço entre nós, indicando algo mais. Eu sabia que Cole queria dizer ele, eu e as coisas entre nós, o que quer que fossem.

– Olha, Cole – falei. – Eu também não planejei, mas estou lidando como posso.

E foi aí que me ocorreu – a questão de Romeu e Julieta. Nunca imaginei Cole nem Alex em minha vida, assim como o mais famoso casal de Shakespeare nunca previu que se apaixonaria. Os irmãos Walter foram inesperados, mas eu estava agindo da mesma forma que Romeu e Julieta. Claro que o jeito deles não era convencional, mas e se fosse o melhor que pudessem fazer dadas as circunstâncias? Talvez eu não tivesse dado crédito o suficiente para eles.

Estive tentando enfiar meu mundo em uma caixa pequena e segura por muito tempo. Mas a vida não funcionava assim. Ela podia ganhar e perder rumos. Não dava para controlar tudo, porque nem tudo era para ser perfeito. Às vezes as coisas precisavam ser confusas.

Me levantei da pedra. Eu não conseguia controlar o fato de que Cole e Alex estavam na minha vida, tornando-a uma bagunça gigantesca. Mas poderia descomplicá-la de uma vez por toda. Diferente de Romeu e Julieta, eu escolheria o caminho mais fácil para me afastar do amor. Já tinha me decidido na noite em que disse sim para Alex. Agora, tinha que seguir adiante.

– Preciso voltar pra festa antes que alguém comece a se preocupar comigo – falei, por fim. – Você deveria ir também.

Cole não se mexeu enquanto eu saía da clareira. Ele só me deixou ir.

O quintal era um mar de copos descartáveis vermelhos, e eu precisava pegar todos eles.

Will acordou todo mundo cedinho, já que precisávamos apagar as evidências da festa antes de Katherine e George chegarem. Impressionado com a forma como assumi o controle durante o colapso de sua mãe, Will me encarregou de organizar a limpeza. Rapidamente listei as tarefas que precisavam ser feitas e distribuí para todo mundo. Pensei que tinha ficado com o pior trabalho, mas dava para ouvir Isaac reclamando do deque.

– É muito cedo pra essa merda – disse ele enquanto puxava a camisa por sobre a cabeça.

Ele tinha ficado responsável por limpar a piscina. Não estava só anuviada como também havia duas cadeiras do quintal submersas lá no fundo e um maiô amarrado na cesta de basquete que pairava sobre a água. Com um último resmungo, ele mergulhou, e os copos flutuando na superfície balançaram como boias.

Além de Isaac, Danny estava organizando a casa. Mesmo que os convidados tivessem ficado restritos ao quintal, de alguma forma a bagunça conseguiu se espalhar para dentro de casa. Will e Haley se certificavam de que o jardim da frente estivesse impecável e, por razões óbvias, mandei Cole limpar a cachoeira.

Após a nossa conversa na noite anterior, voltei para a festa e passei a noite conversando com Alex e seus amigos. Malcolm foi desagradável o tempo todo – dando em cima de mim e dizendo coisas estranhas – até que ficou tão chato que Alex o empurrou na água fria. Não reparei quando Cole se juntou aos seus amigos, mas acabei vendo onde estava, com uma cerveja na mão e o outro braço ao redor de Olivia. Ele manteve a distância, mas me peguei o observando do outro lado da prainha mais de uma vez.

A manhã foi tensa. Não havia muito tempo para tomar café da manhã, então começamos uma linha de montagem de torradas. Danny colocava o pão na torradeira. Quando pronto, passava para Isaac, que colocava em um prato de papel e entregava para Cole. Ele passava geleia na primeira fatia antes de deslizar o prato para mim, para que eu pudesse passar manteiga na outra. Para finalizar, Alex cortava os dois pedaços ao meio e os levava para a mesa da cozinha. Não sei como acabei espremida entre Cole e Alex, mas dava para sentir como Cole estava desconfortável.

Falei para ele limpar a cachoeira para não precisar vê-lo, mas, assim que Alex abriu a boca outra vez, desejei por um segundo tê-lo mandado para longe também.

– Desculpa mesmo por ontem à noite – disse ele pela milésima vez.

Ele estava a poucos metros de mim com um saco de lixo na mão.

– Alex – falei, arrancando um copo da grama brilhante, molhada com o orvalho da manhã. Coloquei-o no meu próprio saco e senti um cheiro de cerveja choca. – Quantas vezes vou ter que dizer? Para de pedir desculpa.

– Eu me sinto mal porque você teve que aturar o Malcolm ontem a noite inteira.

Sabia que ele estava preocupado que eu o estivesse julgando por causa do amigo, mas, sinceramente, não ligava que Malcolm fosse estranho. Contanto que não tivesse que sair com ele de novo, ficaria tudo bem. Eu estava ansiosa com a ideia de não conseguir limpar tudo a tempo, e, se Alex passasse tanto tempo limpando quanto se desculpando, talvez já tivéssemos terminado.

– Ele não é tão ruim – menti. – Vamos focar em terminar a faxina.

– Certeza? – perguntou Alex, e lancei um olhar mortal na direção dele. – Ok, já entendi! Mais limpeza, menos falação.

Foi um milagre, mas conseguimos cuidar da bagunça da festa antes que Katherine e George voltassem. Quando estacionaram na garagem, Nathan e eu já estávamos estudando para as provas. Não tínhamos nenhuma aula juntos, mas Nathan perguntou se podia estudar no meu quarto. Ele não estava conseguindo se concentrar sozinho, já que o Alex estava jogando uma partida rápida de *GoG* antes de os pais chegarem.

Uma brisa quase de verão entrou pela minha janela aberta, roçando na minha nuca e refrescando minha pele pegajosa. Frustrada com todas as datas diferentes que eu precisava saber para a prova de história, fechei os olhos e descansei a cabeça na parede. Tentei relaxar, mas era impossível com a música de Nathan. Ele estava com fones de ouvido, mas ainda dava para ouvir a batida pesada do rock. Não parecia a praia dele, mas sua cabeça balançava enquanto ele folheava um conjunto de cartões.

– Ei, Nathan? – falei, tentando chamar sua atenção. Não houve resposta. – Nathan! – gritei, e ele deu um pulo, e os cartões que segurava caíram no chão.

– Que foi? – perguntou ele, apertando o botão de pausa no fone.

Eu ri.

– Nada, só queria conversar. Como você se concentra com todo esse barulho?

– Ah – disse ele, se ajoelhando para pegar os cartões. – Não me importo, pra falar a verdade. Cresci com barulho demais aqui em casa.

– Então você só consegue estudar ouvindo músicas ensurdecedoras? – perguntei, pouco convencida.

Nathan deu de ombros.

– Se fica muito quieto, parece que tem alguma coisa errada.

– Saquei. Então, onde você estava ontem à noite? Não te vi na festa.

– Eu não pude ir. O Will precisava de alguém pra cuidar das crianças enquanto ele supervisionava a festa, e decidiu que eu era novo demais pra ir. O Lee foi no ano passado, quando estava no primeiro ano, mas o Cole tava no comando.

– Caramba – comentei, sabendo o quanto os garotos estavam animados pela festa. – Que merda.

Ele considerou por um momento.

– Na verdade, não. Não sou muito fã de festas.

– É, eu também não.

Assim que as palavras saíram de minha boca, percebi o quanto soaram hipócritas. Desde que me mudei para o Colorado, fui a mais festas no último mês e meio do que em toda a minha vida.

Nathan não devia ter prestado atenção, porque continuou falando:

– A única parte ruim foi tentar pegar no sono com todo o barulho lá fora e, claro, a guerra de comida.

– Guerra de comida? – perguntei.

– O Zack e o Benny discutiram sobre quem era melhor: o Duende Verde ou aquele alguma coisa Octopus. Esqueci o nome dele.

– Dr. Octopus – esclareci.

– É, esse aí. Bom, enfim, começaram a jogar pipoca um no outro. Quando acabou, pegaram refrigerante de uva. Demorou uma era pra pegar todos os grãos e ainda tive que usar o rodo.

Antes que eu pudesse responder, ouvi gritos no quintal.

– Pula, pula, cavalinho!

Me levantei e fui até a janela a tempo de ver Isaac disparar pelo deque com Parker agarrada às suas costas. Ela estava usando um chapéu de caubói e botas, e segurava uma pistola de água laranja na mão.

A porta se fechou novamente e, um segundo depois, Benny e Zack pularam os degraus, imitando o primo mais velho. Ambos usavam bermudas de praia e estavam com pinturas de guerra espalhadas pelo peito. Os gêmeos começaram a jogar balões de água no xerife e em seu cavalo.

– Dá a volta, cavalinho! – disse Parker, dando um tapa na bunda de Isaac para fazê-lo se mexer. – Precisamos parar esses bandidos!

Soltei um riso e empurrei a janela para cima a fim de me sentar no peitoril e assistir. Enquanto me acomodava, Zack se esquivou de um jato d'água de Parker. O chapéu de caubói que ele usava voou.

– Tempo! – gritou Benny para que seu parceiro pudesse pegar o capacete.

Parker não ligou.

– Ei, não é justo! – gritou Zack para a irmã. – Ele pediu tempo!

– Não dou ouvidos pra criminosos como você! – anunciou Parker.

Um segundo depois um balão de água explodiu em seu braço.

– Crianças! – chamou George, surgindo no deque. Ele não estava de frente para mim, mas, pelo tom de sua voz, dava para saber que franzia a testa. – Quando falei pra parar de usar o cachorro de cavalo, não quis dizer que era pra encher o saco do Isaac. Ele deveria estar me ajudando a consertar a pia da cozinha!

Os ombros de Isaac caíram, a diversão arruinada, e ele deixou Parker escorregar das costas.

– Ah, cara! – reclamou Parker, cruzando os braços. – Agora falta alguém no meu time.

– Ei, Jackie! – gritou Zack ao me ver na janela. – Quer brincar de Velho Oeste?

– Claro que ela quer – respondeu Parker, e, antes que eu pudesse intervir, ela me acertou com um jato de água fria com a pistola.

– Ei! – berrei. Ela riu e bombeou a arminha para outro ataque. – Não se atreva!

Parker puxou o gatilho novamente, jogando água na minha camiseta. Tentando sair do caminho, caí no chão com um baque alto.

– Gente – gritou Nathan de trás de mim –, tamos tentando estudar.

Quando me levantei do chão, a porta do quarto se abriu.

– O que aconteceu? Ouvi alguma coisa caindo! – Katherine estava ofegante na porta, um olhar preocupado vincando suas feições normalmente suaves. Seus olhos procuravam por Nathan, e quando ela o viu perfeitamente sentado em minha mesa, soltou um suspiro aliviado. – Graças a Deus – sussurrou.

– Tô legal, mãe.

Mas ele não parecia bem. Na verdade, Nathan parecia bravo.

– Desculpa. Achei que algo ruim tinha...

– Foi culpa minha, Katherine – interrompi. – Não queria incomodar, mas me atrapalhei toda.

Ela nos observou por um momento.

– Certeza? – perguntou, incerta.

– Está tudo bem – disse Nathan devagar.

Dava para ver que ele estava se segurando para não gritar.

Nesse momento, um balão voou pela janela. Ele explodiu nos meus pés, e a água se espalhou por toda parte. Um monte de gargalhadas se seguiu ao ataque.

– Crianças! – berrou Katherine. A risada parou. – O que eu disse sobre balões de água em casa? Podem entrar agora!

Ela desandou para fora do quarto, nos deixando no silêncio. Não sabia dizer se sua raiva era por causa das crianças ou do estresse de ter achado que Nathan tivesse sofrido outra convulsão. Fiquei imóvel até que Nathan finalmente soltou o ar que estava segurando.

– Quer que eu saia? – perguntei, embora estivéssemos no meu quarto.

Parecia que ele precisava ficar sozinho.

– Não! – vociferou, folheando os cartões. Então, suspirou e acrescentou: – Desculpa, Jackie. Não quis gritar com você. Só queria voltar a estudar.

– Está bem – falei, abrindo a apostila de novo. Mas, conforme os minutos passavam, não conseguia me concentrar nas palavras à minha frente. – Quer falar sobre isso? – perguntei, por fim.

– Eu tô bem – respondeu ele. – É só muito frustrante quando não posso ter privacidade. Minha mãe fica no meu pé o tempo todo. Fico imaginando que ainda vou pegar ela dormindo no chão do meu quarto.

– Ela está preocupada – falei, sem saber o que responder direito.

Eu não fazia a menor ideia do que ele estava passando. Devia ser difícil ter sempre alguém com você, nunca ser deixado sozinho.

– Eu sei. – Ele correu a mão pelo cabelo. – Mas só queria minha vida antiga de volta.

– Sei – murmurei, olhando para baixo.

Então, ficamos parados, perdidos em nossos próprios problemas.

A porta se abriu novamente.

– Ei, Jackie? – chamou Alex, sorrindo como uma criança animada.

– Que foi?

– Nada demais. Só queria saber se você quer ir no meu jogo de beisebol mais tarde. Vai ser o último da temporada.

Os cantos de sua boca se ergueram em um sorriso esperançoso. Como dizer não para aquele sorrisinho fofo?

– Eu adoraria, Alex – falei para ele, dando um tapinha ao meu lado na cama. – Mas você tem que me fazer um favor primeiro.

– Claro – disse Alex, entusiasmado.

– Preciso estudar pra prova de anatomia.

Enquanto eu lavava as mãos, assobiei uma melodia que Nathan ficou ouvindo. De alguma forma, consegui convencer Alex a revisar nossas anotações juntos, e, ao lado de Nathan, ficamos enfurnados no meu quarto nas duas últimas horas. Quando a atenção de Alex se dissipou, por fim, o acompanhei até o quarto e fiz uma pausa rápida para ir ao banheiro.

Fechei a torneira e ouvi uma risadinha.

– Quem tá aí? – questionei, e dei meia-volta. Alguém tentou segurar outra risada, e abri a cortina do chuveiro. – Benny! – gritei quando o vi encolhido na banheira. – O que você tá fazendo?

– Brincando de esconde-esconde. Minha mãe pegou os balões de água – explicou, com expressão decepcionada. Mas então ele sorriu e acrescentou: – Você sempre usa calcinha de bolinhas?

Contei até três na cabeça para conter a raiva.

– Benny – falei depois de respirar fundo várias vezes –, por que ficou quieto quando eu entrei?

– Porque é assim que se brinca de esconde-esconde – sussurrou ele, colocando um dedo sobre os lábios. – Tem que ficar em silêncio, dã.

– Mas eu precisava usar o banheiro – falei.

A porta se abriu. As pessoas desta casa realmente precisavam aprender a bater na porta.

– Achei! – gritou Zack.

– Ganhei? – perguntou o gêmeo, ansioso, e saiu da banheira.

– Não! – reclamou Parker, entrando no banheiro também. – O Zack trapaceou. Ele tava espiando quando me escondi!

– Não tava, não!

– Tava, sim!

– Você que se escondeu igual sua bunda! – disse Zack, empurrando a irmã.

– Não me escondi, não! – gritou Parker de volta.

– Ganhei! Ganhei! – cantarolou Benny enquanto dançava nos azulejos em comemoração.

– Gente! – falei, tentando acabar com a briga. – Que tal a gente começar do zero? Eu também brinco. Dessa vez, sem espiar.

Lancei um olhar de estou-falando-sério para Zack, e ele me mostrou um sorrisinho antes de correr de volta para o quarto e contar.

– Um. Dois. Três. – Ele começou a contar devagar. E então:
– Quatro-cinco-sete-dez!

Parker saiu correndo do banheiro, Zack atropelava a contagem até o sessenta, e, enquanto eu procurava um lugar para me esconder, percebi que havia ganhado uma pequena sombra.

– Benny, você não pode ficar me seguindo – falei para ele. – Estou tentando me esconder.

– Posso me esconder com você? – perguntou ele.

Seu lábio inferior se projetou em um beicinho quando olhou para mim com os olhos arregalados.

– Ah, tá bom – cedi, incapaz de dizer não para a carinha fofa. Abrindo o guarda-roupa, puxei algumas toalhas para abrir espaço na prateleira. – Você, vem cá – falei, erguendo Benny, ajudando-o a subir na prateleira.

Ele prendeu os joelhos no peito e eu o cobri com as toalhas. Então, entrei e fechei a porta, nos jogando na escuridão.

– Ele nunca vai me achar. – Benny soltou uma risadinha.

– Ei – sussurrei. – Achei que a regra era ficar quieto.

Nos escondemos na escuridão por apenas um minuto, e eu já estava começando a ficar impaciente. Embora eu tivesse acabado de sair do banheiro, minha bexiga se apertou. Era a única coisa que eu odiava em brincar de esconde-esconde: sempre dava vontade de fazer xixi. Quando eu não aguentava mais segurar, alguém abriu a porta.

Cole deu um pulo para trás, surpreso ao me ver.

– Jesus – gritou ele, quase deixando a toalha enrolada na cintura cair. Ele devia estar indo para o chuveiro. – Por que você tá agachada no guarda-roupa?

– Prontos ou não, lá vou eu! – gritou Zack de seu quarto, e senti Benny puxar minha camisa em pânico.

Droga, seríamos os primeiros a perder.

– Entra aqui – falei, agarrando o pulso de Cole e o puxando para dentro.

Mas não havia muito espaço. Com a porta fechada, dava para sentir as prateleiras empurrando minhas costas. E também tinha o fato de o corpo inteiro de Cole estar pressionado contra o meu.

– Mudou de ideia sobre namorar o Alex? – perguntou Cole.

Não dava para vê-lo no escuro, mas estávamos tão perto um do outro que eu conseguia sentir sua respiração em meu rosto.

– Quê?

– Bom, você acabou de me puxar pra um guarda-roupa e eu estou praticamente pelado. Presumi que você queria confessar seu amor eterno por mim e me dizer que cometeu um grande erro na festa aquela noite. E aí a gente podia usar toda essa paixão e esse fogo pra tran...

– Meu Deus, não! – Minhas bochechas queimaram. – Não mudei de ideia sobre nada. A gente tá brincando de esconde-esconde e você ia acabar com o meu esconderijo.

– Tá bom, beleza. Podemos pular a confissão e ir direto pra parte divertida.

– Cole – falei, pisando em seu pé. – Cala a boca!

– Caramba, mulher! Isso dói!

– Vocês podem só se beijar ou coisa do tipo? – reclamou Benny. – Pelo menos assim vão ficar quietos. Eu quero ganhar.

– Caramba, Benny? – exclamou Cole, o peito arfando contra o meu em surpresa. – Tem mais alguém escondido aqui também?

– Tem – falei. – A Carmen Sandiego e o Wally. Agora, por favor, cala a boca!

Cole me ouviu, por fim, e, embora estivesse de bico fechado, eu estava com medo de que meu coração nos denunciasse. Batia tão alto que a casa inteira devia estar ouvindo.

dezesseis

– "Ó CÉUS! TRISTES HORAS tardam passar. Não foi meu pai que partiu tão depressa?" – disse Danny, levando a mão ao coração. A outra estava segurando o texto.

– "Certamente. Mas que tristeza prolonga as horas de Romeu?" – disse Isaac com voz estrondosa, agitando as mãos descontroladamente.

– Ainda bem que você não está na peça – murmurei, balançando a cabeça, constrangida.

Danny, Isaac e eu estávamos sentados na arquibancada do jogo de beisebol de Alex, mas ele estava tão à esquerda do campo que mal dava para vê-lo.

– "Não ter aquilo que, tendo, faria com que fossem curtas" – recitou Danny.

Quando Isaac não respondeu por estar prestando atenção em um possível *home run*, Danny deu uma cotovelada em suas costelas.

– Ah, hã… "o amor"? – disse ele, lançando um olhar rápido para sua cópia da peça.

Danny estava forçando Isaac a passar o texto com ele para que eu pudesse assistir Alex jogar.

Danny soltou um suspiro, incorporando um Romeu apaixonado.

– "A falta dele."

Isaac se levantou entusiasmado quando a bola voou em direção ao primo no campo externo.

– Ele pegou? – perguntou depois de alguns segundos. – Não dá pra ver. O sol tá bem nos meus olhos.

– Hein? – respondi. Estava tentando assistir, mas a umidade deixava a cabeça pesada, e era difícil me concentrar.

– Esquece – resmungou Isaac, se sentando na arquibancada. – Você nem tá prestando atenção.

– Nem você – disse Danny, irritado. – A gente já devia ter terminado esse ato.

– Cara, você precisa mesmo repassar isso? Já teve o ensaio de figurino – reclamou Isaac. Quando Danny lançou um olhar para ele, Isaac suspirou e voltou o olhar para o texto. – "Do amor?"

– "A falta do amor daquela que amo." – Danny declamou a fala sem olhar para as folhas.

– Você tá fora! – gritou o árbitro para um jogador que tentou deslizar o pé na base.

– Isso! – comemorou Isaac, fixando a atenção de volta no campo. – Foram dois ou três?

– Dois, acho – respondi distraidamente, mas então o time de Alex começou a correr de volta para o banco de reservas.

Isaac revirou os olhos para mim.

– Você não é muito fã de beisebol, né?

– Ah, não é isso – falei, pressionando a mão em minha testa grudenta. – Amo os Yankees. É só que...

– Que ela não consegue parar de pensar no Cole. E você – disse Danny, cutucando o primo na altura do peito – fica se esquecendo de que deveria me ajudar a ensaiar. Caramba, Isaac, você é um Benvólio horrível.

– *Ei!* –Isaac e eu gritamos ao mesmo tempo.

– Não estou pensando no Cole – disse, me defendendo.

– E eu sou ótimo ator. Vencedor do Oscar, muito obrigado – disse Isaac, balançando o dedo freneticamente na cara de Danny.

– Isaac, se me lembro bem, foi você quem não conseguiu nem fazer o papel de árvore direito no recital de primavera sem estragar tudo.

– Isso foi no jardim de infância – murmurou Isaac, mas Danny não estava ouvindo.

– Jackie, eu sou quieto, mas não cego – disse ele para mim. – O olhar atordoado do seu rosto desde que vocês saíram do guarda-roupa diz outra coisa.

– Diz o quê? – questionou Isaac.

– Não foi nada disso – falei. – Juro.

Devido ao seu jeito tímido, Danny pode ter desenvolvido certa habilidade de percepção, mas dessa vez ele tinha entendido tudo errado.

– Com certeza, não – disse Isaac, irônico.

Certo, então talvez eu não estivesse dizendo a verdade. Sim, eu estava pensando no Cole, mas não da forma que eles imaginavam. E foi exatamente por isso que não consegui me concentrar no jogo de beisebol. Quando estávamos brincando de esconde-esconde, Zack demorou eras para nos encontrar. Ignorando os protestos de Benny, Cole ficou impaciente e abriu a porta do guarda-roupa. O chuveiro estava ligado, e ele não queria que a água quente acabasse. Danny, que estava procurando alguém para repassar as falas, nos viu sair do cômodo minúsculo. Fiquei preocupada caso tivesse entendido errado e contasse para todo mundo. O que Alex diria se descobrisse?

– Não tem nada acontecendo entre o Cole e eu – contestei. – Danny, você viu o Benny sair do guarda-roupa também. Fala isso pra ele.

– Por que é que ele tava lá com vocês? – perguntou Isaac. – Isso é nojento e com certeza é proibido pra menores. Coitadinho do Benny, vai ficar traumatizado pro resto da vida.

– A gente tava brincando de esconde-esconde – falei, começando a entrar em pânico. – Qual é, Danny, conta pra ele a verdade.

– Não sei, Jackie – disse ele, o rosto sério. – O Cole tava até sem camisa.

Isaac balançou o dedo para mim.

– Nossa, isso é meio errado. – Ele colocou a mão na minha perna e sorriu. – Por que eu não fui convidado?

– Meu Deus, seu nojento – falei, afastando-o.

– Você rasgou a camiseta dele com os dentes? – perguntou o garoto, balançando as sobrancelhas para cima e para baixo.

– Ele ia tomar banho, caramba! – explodi.

Algumas mães sentadas ao nosso redor viraram o rosto carrancudo para mim. Os dois garotos me observaram por um momento antes de caírem no riso.

– Nossa, é divertido ver seus malabarismos pra se explicar. – Isaac se engasgou de tanto rir, e dei um soco no ombro dele.

– Era só zoeira, Jackie – disse Danny, enxugando uma lágrima.

– Não gostei – resmunguei, cruzando os braços.

Encarei o jogo, me recusando a olhar em qualquer outra direção.

– Qual é, Jackie – disse Isaac, colocando a mão no meu braço. – Eu só tava brincando.

Mostrei a língua para ele e voltei a prestar atenção no jogo.

– Você vai me ignorar o dia todo? Porque posso ser muito irritante se quiser. – Isaac começou a cutucar minha bochecha repetidas vezes.

Afastei sua mão e respondi:

– Claro que pode. Agora fica quieto. É a vez do Alex.

Nós três ficamos em silêncio e assistimos a Alex acertar uma bola baixa. Ela voou por entre os dois jogadores dentro do campo, e ele chegou até a segunda base antes que conseguissem pegar a bola.

– Vai, Alex! – gritei, animada, pulando.

– Ai, Alex! – Isaac gritou com voz feminina. – Você é tão sexy que eu tava pegando seu irmão dentro do guarda-roupa!

Danny se engasgou com o ar enquanto tentava não rir. Eu me virei e bati no ombro de Isaac novamente.

– Caramba, Jackie! Você vai machucar minha pele delicada – reclamou ele, esfregando o ponto dolorido.

– Ótimo – falei e me sentei para assistir ao próximo rebatedor.

O celular de Danny tocou.

– Oi, pai – disse ao telefone. – Agora? – Fez uma pausa. – Tá, já, já chego lá. – Ele finalizou a ligação e se virou para nós. – Preciso pegar o Zack e o Benny no jogo de futebol.

Fiz biquinho com a notícia. Ainda faltavam quatro entradas. Danny nos levou até lá, então como voltaríamos para casa se ele fosse embora?

– Eu vou junto – disse Isaac, ficando em pé.

– Mas e o resto do jogo? – perguntei.

– Você pode ficar se quiser – sugeriu Isaac. – O Alex veio de bicicleta. Ele pode te levar na garupa.

– Você mandou muito bem hoje – falei para Alex quando ele me encontrou depois do jogo.

O time dele tinha vencido por três *runs*.

Ele me puxou para um abraço.

– Obrigado, Jackie. Fiquei muito feliz que você veio.

– Você está todo suado – reclamei, tentando me esquivar. Assim ele ia estragar minha camisa.

– Você não gosta, é? – perguntou ele com uma risada, fechando os braços com força nas minhas costas.

– Não! Alex, me solta – falei, mas cedi, rindo.

Nuvens haviam se formado perto do fim do jogo, cobrindo o sol quente, mas o ar ainda estava úmido, fazendo nossos corpos se grudarem.

– Cadê o resto do pessoal? – perguntou ele, soltando os braços.

– O Danny teve que buscar o Zack e o Benny. Queria ficar, então tomara que você possa me dar uma carona pra casa na bicicleta. Você não tá muito cansado, né?

– Um pouco – disse ele, passando o braço por cima do meu ombro. – Mas vai ser um prazer.

Chegamos na metade do caminho de casa quando começou a chover. Alex saiu da estrada e entrou em uma estrada de cascalho que levava a um caminho estreito e degradado quando um relâmpago cruzou o céu. Pulei da garupa da bicicleta e corri para debaixo de uma saliência a fim de me proteger da chuva. Peguei um elástico do pulso, tirei o cabelo molhado do rosto e o prendi num rabo de cavalo. Depois de encostar a bicicleta na parede de tijolos, Alex pegou o celular e ligou para casa. Conversou brevemente com alguém e então se sentou em uma velha mesa de piquenique coberta de grafites.

– Alguém vai vir buscar a gente – disse ele.

Assenti, olhando para um gramado à frente.

– Que lugar é esse? – perguntei.

Havia uma lanchonete fechada com tábuas e, além da construção, um gramado com uma grande parte plana e marrom. Parecia um lago seco.

– Era um rinque de patinação no gelo ao ar livre nos meses de inverno – explicou Alex, guiando meu olhar para o que devia ter sido a pista de gelo. Alex pegou a minha mão e esfregou minha pele suavemente com o polegar. – Já patinou no gelo?

Era uma pergunta inofensiva, mas ainda assim senti um golpe no coração.

– Já – falei devagar. – Minha família tinha uma tradição de ir ao rinque do Rockefeller Center no aniversário da minha mãe. Não lembro como começou, porque minha mãe não era muito boa, mas a gente ia todo ano.

Alex passou os braços ao redor da minha cintura e me puxou para perto.

– Desculpa, não quis te deixar triste.

– Tudo bem – falei para ele, descansando a cabeça em seu ombro. – É uma das melhores lembranças. Sabe aquelas que te deixam triste, mas você sorri ao mesmo tempo? Então.

Quase dava para imaginar minha família patinando atrás da grama seca enquanto eu encarava a campina, e a lembrança era tão cativante que levei um minuto para perceber que Alex não tinha respondido. Quando me virei para olhar, seus olhos estavam fixos em mim.

Na primeira vez em que Alex me beijou, foi tão inesperado que fez meu estômago pular de animação. Na época, não sabia o que pensar porque eu tinha muita adrenalina no corpo. Dessa vez, quando seus olhos se fecharam e ele se inclinou, eu sabia o que estava prestes a acontecer e pude sentir a batida constante do meu coração.

Tudo na forma como ele me beijava me lembrava especificamente dele. Primeiro, era lento, quase imperceptível, então, se eu o rejeitasse, ele ia se afastar e fingir que nunca tinha acontecido. Mas então, quando percebia que eu estava retribuindo o beijo, se tornava excitante e disperso. As mãos nunca ficavam em um lugar só. Primeiro, paravam no meu cabelo; depois, desciam pelos meus braços; e, por fim, agarravam minha cintura antes de todo o procedimento recomeçar. O beijo era meio molhado, mas não babado. Ao mesmo tempo, eu não tinha muitos comparativos, então, até onde eu sabia, Alex beijava bem.

Por mais estranho que parecesse, ele lembrava um filhote de cachorro. Isso era bom, né? Todo mundo gosta de cachorrinhos. Eu precisava respirar, parar e raciocinar, mas Alex me empurrou para a mesa de piquenique.

Quando eu estava ficando sem ar, uma buzina soou, e Alex pulou para trás rapidamente. Me levantei e arrumei a camisa, que tinha subido durante o beijo, tirando os vincos que tinha se formado. Alex me lançou um sorrisinho atrevido antes de pegar minha mão e me puxar para a beirada da saliência.

– Mais tarde a gente termina – sussurrou ele antes de sair na chuva e pegar a bicicleta.

A fim de me proteger do aguaceiro, levantei os braços acima da cabeça e corri para a caminhonete. Quando cheguei à porta do passageiro, puxei a maçaneta, mas estava trancada.

– Abre aí! – gritei por sobre a chuva, batendo o punho na janela. A chuva estava tão forte agora que eu nem conseguia ver quem estava dentro. Ouvi o clique distinto da fechadura e me joguei na caminhonete um segundo depois. – Meu Deus, lá fora tá horrível – falei, arrumando o cabelo.

A minha camisa colou na pele, e senti as migalhas dos biscoitos matinais de alguém grudarem na parte de trás da coxa.

Ninguém respondeu, e me virei no banco para encontrar Cole ao volante. Ele olhou pelo para-brisa com tanta raiva que fiquei com medo de que seu olhar abrisse um buraco no vidro e a tempestade lá de fora caísse dentro do carro.

– Tá tudo bem? – perguntei, mas eu tinha uma sensação de aperto no estômago.

Quando ele não respondeu, soube que tinha visto Alex e eu nos beijando.

Esperei em um silêncio constrangedor enquanto Alex jogava a bicicleta na caçamba da caminhonete. O ar-condicionado zumbia suavemente, secando minha pele úmida e deixando um rastro de arrepios. Dava para sentir a raiva saindo de Cole, então forcei minha concentração no rádio, repetindo a sequência de letras das músicas na cabeça. Mas era impossível ignorá-lo, e me peguei desejando ter sentado no banco de trás. Quando Alex finalmente entrou na caminhonete, Cole pisou no acelerador, dando ré no caminho de cascalho a toda velocidade.

– Nossa! – gritou Alex quando foi jogado para trás antes que pudesse afivelar o cinto de segurança ou até mesmo respirar. A caminhonete fez uma curva fechada à esquerda, de volta à estrada principal, e Alex foi jogado na direção da janela. – Que merda é essa?

– Cole, vai devagar – falei baixinho.

Ele estreitou os olhos para o irmão pelo retrovisor, mas desistiu.

O resto da viagem para casa foi silenciosa, e uma tensão desconfortável encheu o pequeno e confinado espaço. Não ajudou muito ter começado a tocar uma canção de amor no rádio, a melodia extremamente melosa. Após ouvir a letra cafona por trinta segundos, me inclinei e desliguei o rádio. Alex soltou um suspiro de alívio.

Quando chegamos à entrada da casa dos Walter, Cole estacionou no pé da colina. Lancei um olhar perplexo para ele enquanto o garoto arrancava a chave da ignição. Ficamos encharcados no caminho para a casa. Por que não estacionou no lugar de sempre, embaixo da cesta de basquete? Cole respondeu à minha pergunta não feita puxando um guarda-chuva e saindo da caminhonete. Ele bateu a porta, e Alex e eu ficamos sentados em silêncio, espantados, observando-o andar até a casa.

– Que deu nele? – quis saber Alex.

Franzindo a testa, contei para Alex minhas suspeitas desde que saímos do antigo rinque de patinação no gelo.

– Acho que ele viu a gente.

Alex balançou a cabeça.

– Jackie, mal dá pra ver pela janela agora com a chuva caindo tanto. Como é que ele teria visto?

Dei de ombros, sem saber o que responder. Mesmo se Cole não tivesse nos visto, ele com certeza estava bravo com alguma coisa.

– Então, o que a gente faz agora? Posso ligar de novo pra minha mãe e pedir pra alguém trazer um guarda-chuva – sugeriu.

Balancei a cabeça negativamente.

– Prefiro não dar essa satisfação pro Cole. É só água, e a gente já tá ensopado. Além disso, você tá fedendo. Um banho cairia bem.

– Mas meu celular.

– Deixa na caminhonete – falei, abrindo a porta. – Você não vai morrer sem ele.

Enquanto caminhávamos pela entrada em direção à casa, a chuva diminuiu. Risos encheram o ar quando nos aproximamos da varanda da frente, e olhei para cima para encontrar a maioria dos irmãos Walter sentados lá fora, debaixo da cobertura.

– O que eles tão fazendo? – perguntei para Alex.

– Curtindo a tempestade – respondeu. – Você nunca se sentou do lado de fora em uma chuva forte? É bem relaxante.

– Eu morava no último andar de um prédio – falei enquanto a água espirrava dentro dos meus sapatos.

Eu devia ter ficado descalça antes de sair do carro, mas o cascalho da entrada era pontudo e eu não queria cortar os pés.

– Ah, verdade – disse Alex. – Bom, a gente sempre faz isso.

– Aproveitando o clima? – perguntou Nathan quando alcançamos a casa.

Alex mostrou o dedo do meio, e todos começaram a rir ao passo que subíamos os degraus da frente.

– Jackie, tá com frio? – perguntou Isaac. – Os faróis estão acesos.

Resistindo à vontade de cruzar os braços, respondi:

– Na verdade, estou, sim. Talvez um abraço ajudasse a me esquentar.

Dei um passo na direção dele com os braços bem abertos. Isaac recuou muito rápido, não querendo se molhar, mas Alex o emboscou do outro lado.

– Cara, sério? – reclamou Isaac. – Agora eu tô todo molhado também.

– Ele me disse a mesma coisa outro dia – comentou Lee, fazendo todos os garotos rirem.

– Não *todo molhado* – respondeu Alex para Isaac. O garoto estava com manchas de água nas roupas, mas nada comparado a nós dois. – Deixa eu dar um jeito nisso.

Com um empurrão rápido, Isaac estava na chuva. Danny bateu na mão de Alex em comemoração quando Jack e Jordan saíram para a varanda.

– Por que ele tá lá fora? – perguntou Jack, limpando os óculos já embaçados na camiseta.

– A gente não gosta mais dele – disse Danny. – Teve uma votação e ele foi eliminado da nossa ilha.

– Jura? – perguntou Isaac lá fora, na chuva. – Quem vai passar o texto com você, então?

– Com certeza não vai ser você – disse Danny, revirando os olhos.

– Você é terrível.

Isaac deu um sorrisinho ao subir os degraus.

– "Ó Romeu, Romeu, por que és tu Romeu?" – gritou ele, se aproximando do primo.

– Pra trás – disse Danny, pulando de onde estava. – Não quero ficar ensopado.

– Que pena. – Isaac riu e o empurrou para fora da varanda.

Lee começou a rir.

– Ei, olha! O Romeu já era – disse ele, apontando o dedo para o primo. Em resposta, Danny o puxou para a chuva. – Que merda é essa? – exclamou Lee.

Benny, que estava parado ao meu lado em silêncio, bateu na minha mão.

– Jackie, posso sair na chuva também ou alguém precisa me empurrar?

Abri um sorriso.

– Se quiser brincar na chuva – falei para ele –, pode ir. Eu brinco com você. O primeiro a pular numa poça ganha? – perguntei.

Os olhos de Benny brilharam, e ele saiu da varanda com as galochas amarelas.

– Quer vir comigo? – perguntei para Alex, agarrando sua mão.

– Seria um prazer – disse ele, me mostrando um sorrisinho, e voltamos para a chuva.

A água fria parecia relaxante ao correr pelas minhas costas, e passei os dedos pelo cabelo encharcado, desgrudando esse peso do pescoço.

– Jackie! Ganhei de você! – gritou Benny.

– Ganhou, é? – respondi, indo na direção dele. – Bom, então adivinha? Tá com você – falei, dando uma batidinha no ombro dele.

Só levou um segundo para Benny começar a perseguir os irmãos mais velhos em um jogo de pega-pega.

– Sabe o que esse clima me lembra? – Jack perguntou para o irmão. – Aquele filme de piratas que a gente viu ontem à noite, que tem uma luta de espadas no meio da tempestade.

– Você tá pensando a mesma coisa que eu? – perguntou Jordan, pegando uma vassoura. Ele a balançou no rosto do irmão. – *En garde!*

Jack sorriu e pegou um graveto do canteiro de flores. Os dois começaram a duelar com espadas na varanda de madeira escorregadia, fingindo que era o convés de um navio pirata.

– Eu vou ser o capitão – disse Jack.

– Você usa óculos – observou o gêmeo. – O que significa que você é um perdedor. Capitães não são perdedores.

Com isso, ele empurrou o irmão para fora dos degraus com um golpe rápido da espada. Jack caiu em uma poça d'água e espalhou lama por todo lado. Quando se levantou, sua calça estava suja.

– Parece que você cagou nas calças – provocou Lee.

– Bom, parece que você cagou na sua cara – rebateu Jack.

Ele pegou um punhado de lama e jogou no primo, espalhando manchas marrons no rosto de Lee.

– Ah, nem ferrando – disse Lee, limpando a lama. Ele se abaixou e pegou um punhado. – Você vai se arrepender. – E arremessou a lama na direção de Jack, mas ele se abaixou e Lee acertou Nathan.

– Mas que…? – disse Nathan, confuso.

– Guerra de lama! – gritou Jordan, jogando um punhado pegajoso em Danny.

Todos aderiram à brincadeira rapidamente.

– Jackie! – gritou Alex, a lama escura escorrendo entre os dedos. – Vou te pegar!

– Por favor, não – falei, recuando devagar. – Essa camisa é tão legal. Você vai estragar ela.

Mas Alex avançou em minha direção com um sorriso maldoso. Me virei e corri na direção oposta. A água espirrou até os joelhos quando meus pés bateram na grama encharcada. Dava para sentir a alegria bombeando pelo corpo, e dei uma olhada rápida por cima do ombro para ver o quão perto Alex estava.

– Jackie, cuidado! – gritou Danny.

Me virei a tempo de ver Zack parado na minha frente. A cabeça estava erguida para cima, a língua esticada para pegar as gotas de chuva que caíam. Quase bati nele, mas consegui cravar os calcanhares no chão segundos antes de colidirmos. Alex, por outro lado, não reagiu tão rápido e esbarrou em mim. Nós dois tombamos, espalhando lama em todas as direções. Em cima de mim, Alex estremeceu.

– Que merda. Desculpa, Jackie – disse ele.

Escolhi não responder, só me deixei afundar. A lama havia espirrado em meu rosto, e sabia que a blusa também estava coberta por ela, completamente arruinada. Parte de mim sabia que deveria ficar com raiva porque era assim que eu geralmente reagia, mas algo sobre brincar na chuva era tão libertador que, pela primeira vez, não me importei.

– Bom – falei, por fim, cavando a terra com os dedos –, você vai ter que pagar.

Passei um punhado de lama em sua bochecha. Ele piscou, surpreso, e nós dois rimos.

– Fazia tempo que não me divertia assim – disse Alex.

Ele se abaixou e me deu um beijo na boca.

– Alerta de demonstração pública de afeto – gritou Isaac do outro lado do gramado, fazendo-nos olhar para cima. – Vocês são nojentos. A gente não precisa ver isso.

Alex revirou os olhos, e, ao se voltar para mim, eu sabia que ele iria ignorar Isaac e me beijar novamente.

– Ah, não. – Eu o empurrei para longe. Ele pareceu confuso por um momento, mas então me viu pegar um punhado de gosma marrom. – O Isaac tá pedindo – falei para ele.

– Bom... – disse Alex, com um enorme sorriso. Ele se levantou e estendeu a mão para mim. – Então ele vai ter o que merece.

Quando entramos no auditório da escola na segunda-feira à noite, as luzes começaram a diminuir. Estávamos atrasados, como sempre, porque tinha sido impossível arrancar Katherine da cozinha. Como ela era ótima cozinheira, tinha decidido preparar a comida da recepção em vez de pagar por um bufê que, segundo ela, não conseguiria fazer uma refeição tão boa quanto a dela. O resultado foi que, nos últimos três dias, houve um pequeno tornado na cozinha dos Walter enquanto Katherine corria para amassar pão, misturar molhos e picar diferentes raízes, vegetais e frutas.

Ocasionalmente, ela ficava sem um ingrediente ou percebia que tinha esquecido algum item da lista de compras. Então ela entrava em pânico até alguém pegar a caminhonete e correr ao mercado para comprar o que ela precisava. Faltavam duas semanas para o casamento, mas, com tantas pessoas para quem cozinhar, ela precisava começar cedo.

Quando era hora de sair para a peça de Danny, Katherine ainda estava na pia, convencida de que a cozinha não fora limpa. O que não era verdade; eu nunca tinha visto o lugar tão brilhante. George finalmente conseguiu tirar as luvas de borracha das mãos dela e arrastar a esposa até o carro, mas, assim que saímos da garagem, Jack e Jordan perceberam que tinham esquecido o tripé da câmera, de que precisavam para filmar a peça.

Cinco minutos depois, Nathan se lembrou de que tinha deixado o ferro ligado, e precisamos dar meia-volta outra vez. Quando Parker percebeu que estava com meias de cores diferentes, todos gemeram de frustração. Mas, dessa vez, George disse para ela aguentar essa, e seguimos até a escola.

Apenas a fileira bem no fundo do auditório estava com lugares vazios o suficiente para caber nosso grupo todo, mas tivemos que passar por uma família para chegar até o meio.

– Ai, esse é meu pé – sussurrou alguém quando as cortinas se abriram.

Eu me sentei, Alex de um lado, Nathan do outro.

– Levanta – sussurrou Cole para Nathan.

Nathan se inclinou e viu que Zack e Benny haviam se sentado do lado do Cole. Ele balançou a cabeça.

– Nem ferrando, mano. Não vou me sentar do lado desses monstrinhos.

Fiquei grata por isso. Desde a festa, Cole tinha mudado. Em vez de ser arrogante e desagradável, estava retraído e passava a maior parte do tempo na oficina. Como resultado, a dinâmica da casa dos Walter mudou drasticamente. Sem sua atitude extrovertida, que era a cola que unia os garotos e suas diferentes personalidades, tudo andava silencioso. Cada um fazia suas coisas – os dias de jogos de beisebol e as noites de filme estavam se dissipando.

Nas raras ocasiões em que encontrei Cole no corredor, ele abria um sorriso. No entanto, nunca era um sorriso verdadeiro, porque não chegava aos olhos. Quase sentia falta do sorrisinho presunçoso que geralmente estava estampado em seu rosto. Alex, por outro lado, se mostrava despreocupado e sem noção quando o irmão mais velho estava por perto. Ele flertava e ria, agindo como se a vida não pudesse estar melhor. Eu tentava diminuir o clima de casal feliz sempre que estávamos perto de Cole, mas Alex parecia pensar que, com o irmão controlado, não tinha problema.

Para mim, era uma luta ficar perto deles ao mesmo tempo, pois dava para ver tanta felicidade em um e tanta tristeza no outro. Ser o motivo de tudo isso fazia eu me sentir ainda pior. Eu não queria sentir a tensão estranha de me sentar entre os dois garotos durante a peça, porque queria focar a performance do Danny.

– Problema seu. Eu sou mais velho, então escolho onde vou sentar.

Quando Nathan riu, uma mulher sentada na nossa frente se virou para trás.

– Será que vocês podem ficar quietos, por favor?

Cole lançou um olhar para Nathan por mais um momento antes de mostrar o dedo do meio e se sentar no único lugar vazio, ao lado de Zack.

– Ei, Cole? – Ouvi Zack chamar. Ele manteve o dedo a um centímetro de distância da bochecha de Cole. – Não tô te encostando.

– Meninos! – sibilou Katherine para os gêmeos mais velhos. – Se não se comportarem, vão ficar sem sobremesa depois do jantar.

Eles não levaram o aviso da mãe a sério, porque, quando o primeiro ator subiu no palco, ouvi as risadinhas malignas nos gêmeos.

– Danny, você foi incrível! – exclamei, puxando-o para um abraço.

Ele se juntou a nós do lado de fora do auditório depois da peça, ainda vestido de Romeu.

– Uma atuação de partir o coração – disse Isaac, fingindo enxugar as lágrimas. – Me dá um autógrafo? – Danny revirou os olhos e deu um empurrão de leve no primo. Os dois riram. – Sério, cara – disse Isaac, parando de graça. – Foi ótimo.

– Valeu – respondeu Danny, assentindo.

Em um daqueles abraços idiotas de homens, eles deram tapinhas nas costas um do outro.

– Danny Walter? – perguntou uma mulher, se aproximando do nosso grupo.

– Sim? – Ele se virou para ela.

– Oi – disse a mulher, puxando um cartão de visita. Danny o pegou da mão estendida, os olhos ansiosos encarando as poucas palavras. – Meu nome é Jillian Rowley, e sou caça-talentos do Grupo Starlight. Somos uma companhia de teatro de Nova York, e gostaria de saber se você tem uns minutinhos.

– Hã, sim, com certeza!

A expressão de Danny permaneceu neutra, mas ele era muito bom em mascarar as emoções. A curta hesitação em sua fala disse tudo: ele estava em êxtase.

– Perfeito – disse Jillian, e o levou para longe do nosso grupo.

– O que foi isso? – perguntou Alex, se aproximando de nós.

Uma das irmãs de Kim estava na peça, e, depois que acabou, Alex tinha ido atrás da amiga para conversar sobre as últimas notícias do *GoG*.

– O Danny me falou que possivelmente teria uma caça-talentos na peça deste ano – expliquei. – Por isso ele estava tão ansioso nas audições. Queria ter certeza de que conseguiria o papel principal masculino caso ela aparecesse.

Ele não tinha dito isso, mas eu sabia que Danny acreditava que seu futuro dependia da atuação de hoje. Ele não tinha se inscrito na faculdade, não só porque os pais não conseguiriam pagar, mas também porque ele não queria. Seu sonho era ser ator, e mesmo que nenhuma oportunidade surgisse a partir dessa apresentação, ele se mudaria para Nova York e seguiria seu sonho. Ele só precisaria seguir pelo caminho mais difícil – trabalhando como garçom enquanto fazia testes para tudo e qualquer coisa.

– Jackie? – chamou Katherine.

Ela e George estavam com os pais da atriz que interpretou Julieta, e os outros três ainda estavam conversando.

– Oi? – perguntei, chegando ao lado dela.

– O que foi aquilo? – perguntou ela, acenando com a cabeça na direção de Danny e Jillian.

A mulher ainda estava falando, e ele assentia de um jeito ansioso a cada palavra.

– Ainda não tenho certeza – respondi. – Mas ela se apresentou como caça-talentos de uma companhia de teatro de Nova York.

Katherine ergueu uma sobrancelha.

– Olha só – disse ela, um lampejo de sorriso brincando em seu rosto. – Isso que é uma novidade interessante.

Dava para ver que ela estava emocionada, mas se segurou para o caso de as coisas não saírem como esperávamos.

– Eu ouvi algo sobre caça-talentos? – perguntou Cole, aparecendo ao lado da mãe.

Depois do fim da peça, ele recebeu a ordem de levar os mais novos ao banheiro. Agora, Zack, Benny e Parker estavam correndo um atrás do outro no saguão do auditório, entrando e saindo da multidão, mas Cole havia se cansado de ser babá.

– Parece que aquela mulher com o Danny é a caça-talentos – contou Katherine para ele.

– Que mulher? – perguntou Cole.

Todos nos viramos na direção de Danny e Jillian, mas ela havia sumido, e ele estava atravessando o auditório em nossa direção, sorrindo.

– Adivinhem? – disse ele.

– Ela quer que você seja o próximo grande ator de Hollywood, e você vai ficar tão famoso e tão rico que vai poder comprar uma casa pra mim? – perguntou Cole.

Todos lançamos um olhar para ele, mas Danny estava feliz demais para se importar.

– Me ofereceram uma vaga no acampamento de verão da companhia deles. Depois do programa, se tudo der certo, eu poderia participar das produções de Nova York no outono!

– Ah, querido – disse Katherine, puxando o filho para um abraço. – Estou tão orgulhosa de você.

– Parabéns, Danny! – falei, esperando a minha vez de abraçá-lo. – Isso é muito emocionante!

– Obrigado, Jackie. Eu te devo uma – disse ele, se afastando da mãe para me encarar. – Se não tivesse gastado aquele tempão passando o texto comigo, eu não sei se teria conseguido o papel.

– Não é verdade – falei para ele. – Mas vou aceitar sua gratidão mesmo assim.

– Então, quando esse acampamento começa? – perguntou Katherine. Danny hesitou.

– Esse é o problema. Eu teria que ir pra Nova York assim que as aulas acabassem. – Quando ele viu a testa franzida da mãe, acrescentou: – Afinal, sou adulto, e a companhia vai me dar hospedagem até eu encontrar um lugar pra morar.

– Certo, filho – disse Katherine. – Por que a gente não conversa mais tarde?

– Tá bom – disse Danny.

Não era a resposta que ele queria, mas ainda havia um sorriso enorme e animado nele.

– Mãe! Mãe! – gritaram Zack e Benny pouco antes de se chocarem contra as pernas da mãe. – A gente tá com fome.

– Vamos lá, clã Walter – disse ela, levantando a voz para que todos pudessem ouvi-la. – Direto para os carros. Temos um jantar de comemoração pra fazer.

dezessete

NA ÚLTIMA SEMANA de aula, fiquei trancada em meu quarto para focar os estudos. Quando finalmente chegou a hora das provas, elas passaram em um borrão com gabaritos, perguntas de verdadeiro e falso e redações. Depois disso, os Walter ficaram a primeira semana da nossa recém-descoberta liberdade à toa, as lembranças da escola já esquecidas, mas eu só conseguia pensar nas notas. Sabia que tinha ido bem em todas porque senti um alívio no final, mas precisava da confirmação visual antes de conseguir relaxar.

– Ei, gente, saca só – chamou Nathan.

Levantei os olhos do meu caderno de anatomia. Passei a última hora jogada na cama do Alex, conferindo minhas anotações para ter certeza de que não tinha errado nada na prova. Alex estava ocupado com uma missão do *GoG* enquanto Nathan aprendia sozinho uma música nova, mas agora o violão havia sumido e ele estava debruçado no notebook.

– Que foi? – perguntou Alex, mal desviando o olhar da tela.

– As notas saíram – respondeu Nathan.

– Ah! – Me arrastei da cama e fui até a mesa de Nathan. Ele deslizou o computador para mim, e rapidamente entrei na minha conta da escola. – Vai... – murmurei enquanto a tela carregava devagar.

Por fim, uma nova tela apareceu.

– Dez, dez, dez, dez, dez, dez – disse Nathan, lendo meus resultados.

– Que novidade – disse Alex, irônico.

– Nunca se sabe – falei. – No primeiro ano, tirei nove em história porque o professor disse que meu trabalho final estava muito longo. Foi horrível.

Alex revirou os olhos.

– Misericórdia – disse ele, mas não fiquei irritada.

Enfim era verão. Isso queria dizer que eu podia relaxar e talvez até viajar para Nova York. Os nós no meu pescoço e nas minhas costas se afrouxaram com o pensamento. Mas, antes que eu pudesse ir para casa, havia o casamento do Will e da Haley, e esta era a noite anterior ao grande dia.

Katherine passou a manhã toda fazendo cupcakes, que Haley pediu no lugar do bolo de casamento tradicional. Os duzentos e poucos bolinhos de chocolate individuais foram deixados para esfriar na mesa de jantar, e o cômodo foi estritamente proibido para evitar que qualquer um dos garotos comesse. O resto do dia foi dedicado a esfregar a cozinha enquanto Katherine ficava de olho na entrada da sala de jantar para garantir que ninguém entrasse.

A certa altura, ouvi Katherine gritar com Jack e Jordan. Dois segundos depois, houve o sinal de que ela estava se retirando: o barulho de pés nas escadas. Agora que a cozinha estava limpa e ela tinha terminado de cozinhar, o cômodo estava proibido. O jantar de ensaio seria em um restaurante italiano chique na cidade.

– Quer ver suas notas? – perguntei para Alex, me afastando do notebook para ele entrar em sua conta.

Ele fez uma careta e balançou a cabeça.

– Prefiro não estragar a diversão do fim de semana. Vejo na segunda de manhã.

– Gente – ouvi George gritar do fim da escada –, quero todo mundo pronto. Vamos sair em uma hora.

Era hora de comemorar.

Eu não sabia o que era mais preocupante: o fato de Parker estar sentada na minha cama com um saco de dormir aos pés ou de ela estar com um buquê de flores em mãos. Após o longo jantar de ensaio, durante o qual Zach furou Benny com um garfo e Jack e Jordan quase incendiaram a toalha da mesa, voltamos para a casa dos Walter para uma boa noite de sono.

– Hã, oi? – falei, sem saber o que ela estava fazendo no meu quarto.

– Já estava aqui, são pra você – disse ela, me jogando as flores.

Elas vieram a toda, mas consegui levantar a mão e pegar o buquê a tempo. As feições de Parker murcharam, como se esperasse que as flores me atingissem.

– Quem mandou? – perguntei, enfiando o nariz nas rosas. Elas eram lindas, com enormes pétalas vermelhas.

– Como é que eu vou saber? – retrucou Parker enquanto se acomodava na minha cama. – Independente de quem mandou, que dó. Rosas? Me poupe.

Deviam ser do Alex. Ele era tão fofo.

– Pra mim, elas são lindas – respondi, admirando-as.

Um bilhete caiu e voou para o chão. Me abaixei e agarrei-o antes que Parker pudesse ler o que dizia. Com sorte, Alex não havia escrito nada muito cafona nem inapropriado.

Jackie, estava escrito, *me desculpa por continuar estragando tudo e cometendo erros. A vida não veio com manual de instruções.* Não havia assinatura. Minha boca ficou seca, e eu rapidamente larguei as flores na cômoda.

– O que tá escrito no bilhete? – perguntou Parker, curiosa com minha mudança repentina de atitude.

Amassei o pedaço de papel e o joguei no lixo.

– Nada – respondi. – Então, o que você está fazendo no meu quarto?

Parker abriu a boca para responder, mas a porta do quarto se abriu.

– Jackie, ainda bem que você está aqui – disse Katherine.

Ela se arrastou para dentro do quarto segurando um colchão. Isaac apareceu do outro lado, resmungando algo sobre trabalho escravo. Assim que colocaram o colchão no espaço limitado, ele foi embora.

– Isaac – chamou Katherine –, lembra de trazer aqueles lençóis e travesseiros pra cá.

– Pode deixar, Sua Majestade – gritou ele do fim do corredor.

Katherine apertou os lábios, mas não disse mais nada.

– O que tá acontecendo?

– A Parker vai ficar no seu quarto nas próximas duas noites – explicou Katherine. – A vovó Green veio de Nova York e vai ficar hospedada no quarto dela.

No jantar de ensaio, conheci alguns parentes distantes da família Walter, inclusive a mãe de Katherine. Como Parker e eu éramos as únicas garotas, fazia sentido dividirmos o quarto pelo fim de semana para algum hóspede de fora da cidade ter um lugar para dormir. Só não tinha certeza se minha nova colega de quarto seria agressiva ou amigável.

– Claro – concordei, evitando o olhar de Parker. Dava para sentir a garota me observando, e eu não queria parecer ansiosa. – Quais os planos de amanhã?

– Quero todos de pé às sete horas, pra dar tempo de todo mundo ficar pronto. Como eu me conheço, provavelmente vai ter alguns toques finais pra dar, umas coisas que eu acabo esquecendo. Queria saber se você pode arrumar o cabelo da Parker amanhã. Com onze meninos, nunca fui muito boa em penteados.

– Não, mãe! – reclamou Parker, se intrometendo na conversa. – Não quero fazer o cabelo. Por que não posso usar igual sempre?

Katherine lançou um olhar para Parker. O penteado normal da filha geralmente carecia do uso de pente.

– Porque amanhã você tem que estar apresentável. Ainda mais porque vai entrar no casamento. – Ao dizer isso, uma pilha de roupas de cama voou pela porta aberta e caiu no chão com um baque. Katherine massageou as têmporas. – Obrigada, Isaac – gritou, revirando os olhos. – Se esforçou bastante.

– De boa, tia Katherine – gritou ele já no meio do corredor.

Katherine se virou quando ouvimos a porta do quarto dele bater, e Parker imediatamente começou a fazer beicinho.

– Eu nunca quis ser a florista – resmungou, chutando um dos travesseiros que Isaac jogou no chão. – É tão besta.

– Lembra, isso é pra deixar o seu irmão feliz – reforçou Katherine. Esse argumento pareceu vencer a discussão, mas Parker ainda resmungava e se jogou na cama, claramente infeliz. – Ótimo – disse a mãe com um breve aceno de cabeça. – Vocês deviam ir pra cama. Já está tarde, e amanhã vai ser um dia longo.

– Boa noite, Katherine – falei quando ela se moveu em direção à porta.

O jantar de ensaio me deixou esgotada, e não me importei de deitar cedo.

– Tenham bons sonhos – desejou Katherine para nós duas.

Quando Parker não respondeu, ela lançou um olhar para a filha.

– Boa noite – murmurou Parker.

Quando Katherine saiu, me virei para Parker para dizer a ela que não deixaria seu cabelo muito feminino para o casamento, mas a carranca em seu rosto me manteve quieta. Juntando meus produtos de higiene pessoal e meus pijamas, decidi me preparar para dormir e dar um tempo para ela se acalmar. Quando voltei, Parker tinha apagado as luzes e estava encolhida no colchão.

Fiquei acordada por um bom tempo, incapaz de adormecer. Dava para sentir que Parker também estava acordada, apesar de não se mexer nem um centímetro. Havia uma tensão no quarto que só podia ser causada por uma pessoa insone.

Por fim, ela soltou um suspiro.

– Não quero usar vestido – disse, a voz vinda da escuridão.

Queria dizer para ela que seria divertido, que o vestido certo podia fazer qualquer garota se sentir especial, mas era a primeira vez que ela se abria comigo, e não queria estragar tudo.

– Por que não?

– É coisa de menina.

– Mas você é menina – falei, escolhendo as palavras com cuidado.

– Eu sou uma Walter – explicou, como se significasse algo diferente.

– O que isso quer dizer? – perguntei. – Só porque você vive com um monte de meninos, tem que agir como um?

Ela ponderou por um momento, e deu para ver sua silhueta no escuro, torcendo o cobertor nas mãos enquanto pensava.

– É, tipo isso. Ser um dos caras me torna especial. Todo mundo na escola sabe quem eu sou: Parker Walter, a garota durona que tem onze irmãos e joga futebol americano e arrota mais alto do que qualquer menino do meu ano.

Eu ri.

– Mas e em casa?

– Como assim?

– Bom, se você é um dos caras, o que te torna diferente dos seus irmãos?

– Sei lá.

– Sinceramente, Parker, você tem o melhor dos dois mundos – falei, me sentando na cama. – Pode gostar de esportes e jogar videogame, e a maioria das pessoas não vai te julgar por isso. E também pode usar um vestido sem ninguém apontar o dedo pra você. Mas e se algum dos seus irmãos quisesse usar vestido? Você acha que as pessoas seriam legais como elas são com você?

Ela ficou quieta por um bom tempo.

– Nunca pensei por esse lado.

– Ser menina não te torna fraca, Parker. Te torna especial.

– Acho que posso usar vestido, mas só dessa vez – disse ela. – E você tem que prometer que não vai fazer cachos no meu cabelo.

– Tudo bem – falei. – Combinado.

A manhã de sábado não foi muito tranquila. Como a vida com os Walter era imprevisível, programei meu despertador para uma hora antes. Quase esperava que algum tipo de desastre acontecesse. É claro, a hora extra não era o bastante quando algo *de fato* acontecia. Eu estava parada na frente da torradeira esperando meu pão ficar pronto quando ouvi um grito.

– Katherine? – chamei, correndo para a sala de jantar. – O que foi?

– Os cupcakes – disse ela, cobrindo a boca com a mão, horrorizada. Ela estava em pé na ponta da mesa da sala de jantar e, por um momento, fiquei com medo de eles terem sumido. *Como os meninos podiam ter comido duzentos cupcakes?* Mas então ela se afastou, revelando todos os bolinhos assados. – Esqueci de decorar.

– Tudo bem – falei com calma. – Eu tenho tempo. Cadê a cobertura?

Ela desapareceu na cozinha e ouvi a geladeira abrir.

– ... sabia que algo desse tipo ia acontecer. Até falei para o George que tinha alguma coisa errada antes de a gente ir dormir, mas ele me ouviu? – Um instante depois, ela voltou, carregando um monte de utensílios. – A cobertura já está pronta – explicou Katherine. – Você só tem que decorar metade dos cupcakes de azul-petróleo e a outra metade de amarelo. Tem uns sacos de confeiteiro com bicos diferentes que você pode usar. Quando terminar, pode colocar granulado em cima.

E, fácil assim, eu tinha uma grande tarefa em mãos. Achei que seria fácil, mas nunca tinha decorado duzentos cupcakes. Demorou mais tempo do que eu imaginava. Estava na metade quando olhei para o relógio e entrei em pânico. Ainda tinha que tomar banho, me arrumar e fazer um penteado em Parker.

– Droga, droga, droga! – falei quando a cobertura do saco que eu estava usando acabou.

Colocar a cobertura nos sacos era a parte mais complicada e frustrante do trabalho.

– Jackie, tá tudo bem? – perguntou uma voz.

Levantei o olhar e encontrei Cole. O cabelo dele estava úmido do banho, e ele já estava com o terno. Quando se encostou na mesa, percebi que ele estava comendo um cupcake.

– Você pode parar com isso, por favor?

– Com o quê? – perguntou ele de boca cheia.

– Para de comer os cupcakes! São pro casamento.

– Desculpa – disse Cole depois de engolir.

Ele desviou o olhar, e me senti inundada pela culpa. Eu não devia ter descontado minha frustração. Nada disso era culpa dele.

– Olha, Cole, não quis descontar em você. Mas ainda tenho que me arrumar e ajudar a Parker, e isso tá demorando demais.

– Quer ajuda? – ofereceu um segundo depois, me pegando completamente desprevenida.

– Valeu, Cole, mas você já tá vestido. Não quero que suje o terno.

– Fica tranquila. – Ele começou a tirar o paletó. Em seguida, desabotoou a camisa, e não consegui me impedir de encará-lo. Em pouco tempo, ele estava só com a calça e a camiseta de baixo. – Beleza, patroa – disse ele, colocando as roupas de lado para não sujarem. – O que você quer que eu faça?

Levei um minuto para recuperar a compostura, mas logo soltei um suspiro de alívio.

– Aqui – falei, entregando a ele o saco de confeiteiro vazio. – Se você puder encher isso com a cobertura amarela e começar a decorar aquela fileira de lá, vai ser ótimo.

– Deixa comigo – disse ele, pegando o saco da minha mão. – E, aliás, tem cobertura no seu nariz.

– Saiu? – perguntei, tentando me limpar com as costas da mão.

– Aqui – disse Cole, dando um passo à frente. Ele levou o dedo até meu rosto e o esfregou. Então, enfiou o dedo na boca e chupou a cobertura. – Pronto.

Minhas bochechas ficaram rosadas, e voltei para a mesa a fim de esconder o constrangimento.

– Obrigada – agradeci e peguei um dos potes de granulado. – É bom a gente focar o trabalho.

– Com certeza.

Arrisquei um olhar rápido na direção de Cole. Ele já estava colocando a cobertura amarela no saco de confeiteiro, as mãos agindo rapidamente, mas em seu rosto estava estampado o clássico sorrisinho. Nós dois sabíamos que ele tinha conseguido me atingir.

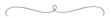

– Você tá de brincadeira? – reclamei para Nathan quando chegamos à nossa mesa. A plaquinha com meu nome estava entre dois garotos: Cole e Alex, para ser mais específica. Will e Haley já tinham dito "aceito" em uma cerimônia no jardim de flores de Katherine, e o coquetel tinha terminado pouco antes. Para o jantar, foram montadas duas tendas enormes no quintal, com espaço suficiente para acomodar todos os convidados do casamento.

– Vai ser uma noite divertida – disse Isaac.

Rolando os olhos, ele puxou a cadeira para trás. Lancei um olhar de reprovação para ele e me virei para Danny.

– Você se importa de trocar de lugar com o Cole? – pedi.

Danny se sentou rapidamente.

– Desculpa, Jackie – disse ele, parecendo arrependido. – Não posso.

– Por que não? – perguntei, ainda pairando atrás do meu lugar.

Era assim tão difícil pular uma cadeira?

– Bom, acontece que... – Ele parou, quase como se estivesse se sentindo desconfortável em terminar a frase.

Em seguida, Danny pegou o copo de água ao lado de seu prato e tomou um longo gole para não precisar responder.

– Ele não quer perder a aposta – disse Isaac com um sorrisinho ao desdobrar o guardanapo e colocá-lo no colo.

– Você apostou? – perguntei, me virando para encarar Danny.

Isaac era viciado em apostas, mas a maioria dos meninos sabia que não dava para ser indulgente com ele. Isso não fazia o tipo do Danny, então fiquei furiosa.

– Eu sei que não devia ter apostado – disse Danny, baixando a cabeça. – Mas se vou me mudar pra Nova York, preciso de um dinheiro extra.

Com um suspiro, puxei a cadeira para trás e me sentei.

– Por que você não disse nada? Eu teria ficado mais do que feliz em te ajudar.

Ele deu de ombros.

– Você não me deve nada.

– Aparentemente, ele parece dever pra mim – comentou Isaac. – Vou ganhar cem dólares nisso.

– Cem dólares? – perguntei, chocada. – O que é que vocês apostaram?

– Que o Cole e o Alex não conseguiriam terminar o jantar sem brigar por sua causa – explicou Isaac.

– Eu disse que não aguentariam cinco minutos – respondeu Danny, baixinho.

– Que maravilha. – Afundei em minha cadeira. – Maravilhoso.

– Pelo menos os dois vão ficar felizes – disse Nathan, tentando olhar pelo lado bom. – Bom, pelo menos por um tempinho.

Ele estava certo. Cole e Alex ficariam felizes quando vissem que se sentariam ao meu lado. No entanto, ficariam de saco cheio um do outro rapidinho. A pior parte é que eu estaria presa no fogo cruzado.

– Tá, mas e eu? – choraminguei.

Eu não merecia ser feliz também?

– O que tem você? – perguntou Alex, chegando atrás de mim.

Ele se inclinou e me deu um beijo na bochecha.

– Nada – resmunguei quando me beijou outra vez.

– Eca, credo. Na mesa de jantar não, por favor – disse Cole, aparecendo ao lado de Alex. Ele se sentou e soltou um grande arroto. – Mano, que fome.

– Que cavalheiro – falei, balançando a cabeça em desgosto.

– Ah, desculpa. Não sabia que eu estava na presença de uma senhorita – retrucou Cole.

– Ei! – disse Alex. – Para de ser babaca com a minha namorada.

– Era brincadeira, relaxa. E você tem que ficar chamando ela assim o tempo todo porque tá com medo de ela esquecer?

– Qual é, gente? – comentei, tentando parar a briga.

Mas não importava; todos sabiam o que ia acontecer. Já dava para ver a antecipação no rosto de Isaac, e os olhos de Danny grudados no relógio.

– O que você quer dizer com isso? – Alex quis saber, o rosto corando em um tom de vermelho.

– Nada – disse Cole, calmo. – Só tô dizendo que a Jackie é uma pessoa, não uma coisa.

– Gente! – implorei, olhando de um para o outro.

Cole parecia calmo e sob controle, mas, sob seu exterior suave, dava para ver que ele estava irritado. Alex, por outro lado, parecia um vulcão prestes a entrar em erupção. Inconscientemente, seus dedos envolveram o garfo que descansava no guardanapo e, ao apertar a fina tira de metal, a cor sumiu de seus dedos. Fiquei de olho no utensílio em sua mão, com medo do que poderia acontecer se ele surtasse.

– Cala a boca, Cole – disse Alex, baixinho.

– Calar a boca? – Cole riu. – Essa é boa. Vou me lembrar dessa. Aposto que sua namorada mal pode esperar pra você sair em defesa dela em uma briga.

– Gente, para com isso, por favor – supliquei.

Lancei um olhar rápido para a mesa principal. O sr. Walter se levantou com uma taça de champanhe na mão. Ele estava prestes a brindar aos noivos, e todas as possibilidades horríveis do que aconteceria caso Cole e Alex não se acalmassem giravam em minha cabeça. No pior dos casos, eles brigariam no meio do discurso do pai e arruinariam o casamento do Will e da Haley.

– Pelo menos eu tenho namorada – respondeu Alex, parecendo presunçoso.

Cole estreitou os olhos para o irmão, e eu desisti. Alex tinha oficialmente cutucado Cole com uma vara curta demais, e não tinha como parar nenhum deles agora.

– É um desafio? – sussurrou ele.

– Chupa! – sussurrou Danny para o primo com um sorriso no rosto.

– Foram exatamente três minutos. Quero meu dinheiro em espécie.

– Merda – disse Isaac, balançando a cabeça e puxando a carteira. – Tô numa sequência de derrotas ultimamente.

Alex não respondeu Cole, só mostrou o dedo.

– Beleza – disse Cole, mostrando um sorriso malicioso. – Mas não vem me culpar quando a sua mina estiver nos meus braços.

– Cole! – gritei com raiva antes de dar um chute forte na canela dele, mas ele não pareceu notar minha tentativa de machucá-lo.

Na verdade, ele e o irmão continuaram a se encarar.

– Bom – disse Nathan, se virando para Danny. – Um ótimo jeito de começar a recepção.

– É – disse Isaac, com um sorriso. – A gente nem chegou nas saladas ainda.

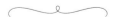

Ao longo do jantar, Alex e Cole ficaram cada vez mais irritantes.

– Jackie, quer que eu pegue alguma coisa pra você beber? – ofereceu Cole, se virando para mim.

– O que você está querendo, deixar ela bêbada? – rebateu Alex.

Desde a briga com o Cole, as linhas de expressão de Alex tinham ficado marcadas na testa, as sobrancelhas franzidas.

– Não, eu tava tentando ser legal – disse Cole, erguendo as mãos em defesa.

– Foi isso o que aconteceu da última vez que você pegou uma bebida pra ela? – perguntou ele, referindo-se à vez em que Cole e eu matamos aula.

– Gente, chega – falei pela milésima vez. Coloquei a mão na perna de Alex na tentativa de acalmá-lo. – Uma taça de vinho tinto seria legal – falei para Cole.

Se o resto da noite continuasse assim, eu precisaria de algo para me acalmar.

– Elegante – disse Isaac, levantando-se para ir com Cole. – Gostei.

– Algo pra você? – perguntou Cole para Danny.

– Pode ser uma cerveja, valeu.

Alex resmungou algo para si mesmo quando o irmão e o primo se afastaram, mas não me importava. Por mais que eu fosse contra beber depois da minha última experiência, precisava de alguma coisa para aliviar a dor de cabeça. Quando era mais nova, minha mãe sempre me deixava tomar um gole de seu vinho no jantar, e, surpreendentemente, descobri que gostava do sabor amargo.

Todos esperamos Cole e Isaac voltarem com as bebidas, e comemos a sobremesa em silêncio. Os cupcakes do casamento ficaram lindos com a ajuda de Cole, e Haley amou.

– Aqui está, minha doce dama – disse Cole, colocando a bebida na minha frente.

Alex lançou-lhe um olhar furioso, mas, antes que pudesse abrir a boca, Isaac colocou uma bebida na frente dele também.

– Pra mim? – perguntou Alex, surpreso. O primo assentiu. – Valeu, cara. O que é?

– Chá gelado com um negocinho extra – respondeu Isaac. – Toma cuidado. Vai subir bem rápido.

Observei Alex enquanto ele levava a bebida aos lábios e tomava um gole.

– Isso é bom – disse ele, animando-se. – Nem dá pra sentir o álcool!

A bebida deixou Alex menos agressivo com Cole, então Isaac continuou enchendo seu copo. Porém, Alex não deu ouvido ao aviso do primo e, duas horas depois, estava no banheiro vomitando. Depois de pegar outro copo de água para ele, desabei em uma cadeira da cozinha para esperar que ele terminasse. Quando o estômago dele estivesse vazio, eu o colocaria na cama para ele descansar um pouco.

Sentada, percebi o quanto estava cansada e o quanto o dia de hoje tinha sido péssimo. Eu estava ansiosa pelo casamento havia tanto tempo, e, apesar de ter sido tudo perfeito para Will e Haley, não foi para mim. Entre a crise dos cupcakes de manhã, os meninos brigando no jantar e Alex passando mal, o dia foi praticamente arruinado.

– E essa vai ser a última música da noite – ouvi o vocalista da banda anunciar.

– Droga – reclamei, pensando estar sozinha. – Nem consegui dançar uma música.

– A gente pode dar um jeito. – Cole abriu a porta de tela e entrou. – Jackie, vem dançar comigo – disse ele, estendendo a mão para mim.

Olhei para ele com relutância. Dançar com Cole podia causar mais drama no fim da noite, mas eu estava muito animada para a festa.

– Você precisa de um tempo – acrescentou ele.

– Não sei – ponderei, torcendo as mãos. – Eu devia cuidar dele – disse, apontando com a cabeça na direção de onde Alex estava.

– Ele já é grandinho, e você não é a mãe dele – argumentou Cole, me levantando. – É só uma música. Ele nem vai perceber que você saiu.

– Eu não... – comecei a dizer, mas Cole já estava me puxando pela porta dos fundos, e eu deixei.

Ele me levou até a pista de dança, onde uma música lenta começava a tocar. Casais estavam ao redor, balançando para a frente e para trás com a canção. Não sei se devia dançar uma lenta com ele, mas Cole tomou a decisão por mim, envolvendo seus braços na minha cintura.

– Sabe, você devia colocar as mãos nos meus ombros – avisou Cole. – Caso contrário, isso vai ficar bem estranho rapidinho.

– Eu não devia estar fazendo isso – falei, mas coloquei as mãos ao redor de seu pescoço mesmo assim.

– Provavelmente, não – disse ele suavemente. – Mas você quer.

– Cole, não começa de novo – implorei.

Sua franja quase branca estava mais longa do que na época em que nos conhecemos; agora, ela roçava o topo dos olhos, e seus lábios estavam parcialmente abertos, implorando para serem beijados. Ele era tão lindo que chegava a ser perfeito, e eu precisava desviar o olhar. Dava para sentir o sangue correndo em minhas veias.

– Por que não, Jackie? O que eu disse de errado?

– Por favor – pedi, desviando da pergunta. – Só quero dançar uma música.

– E eu só quero a resposta de uma pergunta.

– Por que isso importa, Cole? – perguntei e lancei um olhar afiado para ele.

Cole fechou os olhos por um instante, concentrado.

– Porque... – disse ele, abrindo os olhos outra vez. Eram de um azul deslumbrante. – Meu amor por você foi gradativo, e, antes que eu percebesse, estava louco por você.

Parei de dançar.

– Amor? – repeti a palavra, atônita.

– Me diz que você sente a mesma coisa, que você sente *alguma coisa*. – Neste momento, a voz dele falhou, mas ele continuou: – Eu só... preciso saber que não sou só eu.

– Meu Deus, Cole, não me bota em uma situação dessas. Não posso fazer isso!

– É claro que pode! – exclamou ele, afastando os braços de mim. – Eu reparei em como você olha pra mim quando acha que não tô vendo. Mas a questão é: eu sempre tô prestando atenção em você, Jackie. É como... como se você fosse a gravidade, e eu fosse só um pontinho no seu radar.

– Um pontinho no meu radar? – questionei. A ideia era ridícula. – Cole, é impossível não reparar em você.

– Então quer dizer que...?

– Não – respondi, me afastando dele. – Não vou dizer. Já cansei disso. Da gente.

– Sempre que tento resolver as coisas entre a gente, você foge – disse Cole, agarrando meu pulso e me girando de volta para ele. – Por que fica me evitando?

– Porque sim! – gritei, por fim. – Eu gosto de você, mesmo que não faça sentido, e odeio não conseguir controlar meus sentimentos.

Eu não me permitiria amar Cole da mesma forma que ele disse que me amava. Se eu o fizesse, eu poderia destruir nosso amor pela culpa que sentia por causa da minha família.

Cole deixou a mão cair, perplexo, mas eu já estava dando meia-volta. Precisava ir embora antes que ele se recuperasse da minha confissão.

Mas quando meu olhar pousou na varanda dos fundos, percebi que alguém nos observava. Alex estava parado nos degraus, uma expressão ilegível em seu rosto.

– Tá feliz agora? – perguntei para Cole e lancei-lhe um último olhar antes de abrir caminho pela multidão.

– Jackie, o que você tá fazendo aqui?

Devagar, ergui a cabeça dos joelhos e enxuguei uma lágrima. A cabeça de Danny apareceu no alçapão da casa da árvore.

– Me escondendo do mundo – resmunguei. Danny deu um sorriso triste e subiu em meu esconderijo. – Como você me achou?

– Sem querer ofender, Jackie, eu não chamaria isso de se esconder. Dava pra ouvir você chorando em um raio de um quilômetro e meio.

Depois da conversa com Cole, aquela em que confessei meus sentimentos por ele e Alex ouviu, precisei me afastar de todos. Queria ir para algum lugar onde ninguém me veria, e apenas Alex costumava vir na casa da árvore. Ele era a última pessoa que viria procurar por mim.

– Sabe, meu irmão tá te procurando – avisou Danny, se sentando ao meu lado.

– Não quero falar com o Cole – disse, melancólica.

Danny ficou quieto por um momento e passou o braço em volta do meu ombro.

– Jackie – sussurrou –, você não devia se sentir mal.

– Não – falei, limpando o catarro do nariz. – Eu não devia ter dançado com o Cole.

– Você não pode controlar seus sentimentos por ele – disse Danny, como se não fosse um grande segredo que eu gostava do Cole.

Fiquei quieta por um tempo enquanto pensava na resposta.

– Mas o que isso diz sobre mim? Minha família inteira acabou de morrer, e eu só consigo pensar nele.

Admitir a verdade em voz alta para Danny fez com que eu me sentisse horrível de novo e voltei a chorar.

– Jackie... – chamou Danny suavemente ao me puxar para um abraço. – Tá tudo bem. Não precisa chorar.

– Não, não tá nada bem – berrei ao passo que mais e mais lágrimas começavam a escorrer de meus olhos. – Eu sou horrível. Minha mãe... Acho que ela nunca vai ficar orgulhosa de mim.

– Não sei bem o que sua mãe tem a ver com isso – disse Danny –, mas como ela não ficaria feliz por você? Com o Cole, você encontrou alguém que te ajudou a tirar a dor de perder ela.

Eu não fazia ideia do que responder para Danny, então dei outra desculpa.

– Jura? Depois de tudo o que ele fez comigo?

– Eu sei que não parece, mas meu irmão é uma boa pessoa. A gente pode ser completamente diferente, mas ainda somos gêmeos, e o Cole me conta tudo. Ele ficou arrasado quando o Alex parou de falar com ele depois de todo aquele lance com a Mary. E era verdade... O Cole não fazia ideia de que ela tinha dado um pé na bunda do Alex por causa dele.

– Danny, por que você tá me contando essa história?

Isso não tinha nada a ver com os conflitos que estavam na minha cabeça.

– Sei lá. Só tô tentando explicar – disse ele. – É claro que o Cole é cafajeste, mas ele nunca foi ruim. E aí você entrou na jogada, e a briga dele e do Alex virou uma guerra, e Cole ficou muito agressivo. – Quando Danny viu a minha expressão, acrescentou depressa: – Você não podia ter feito nada, Jackie. Não foi culpa sua.

– Você estava querendo me animar? Porque não deu certo.

– Só quero dizer que eu sei que o Cole te machucou, mas não acho que foi de propósito.

– Você acredita mesmo? E a noite que a gente foi jogar papel higiênico na casa do diretor ou quando ele me arrastou pra festa da Mary?

– A raiva dele sempre foi dirigida ao Alex, não a você.

– Não é o que parece.

– Olha, Jackie, ele tem um jeito péssimo de demonstrar, mas se importa com você. Nunca vi o Cole lutar tanto por algo na vida. Nem pela bolsa de estudos de futebol.

Por um bom tempo, não falei nada.

– Sabe, você está tornando tudo mais difícil – eu disse.

– Você tem que conversar com ele.

– Não importa que eu goste dele. Ainda estou muito brava, e não acho que consigo aguentar ver o Cole agora.

– Não o Cole, o Alex.

– Até parece. Ele não vai falar comigo.

– *Ele* que tá procurando você – disse Danny. – Não o Cole.

– Por que o Alex iria me procurar?

– Ele não é tão desligado quanto parece.

Fiquei quieta por um minuto inteiro enquanto absorvia suas palavras. Ele queria dizer que Alex sabia o tempo todo que eu gostava do Cole? Será que eu sabia?

– Ei, Danny? – disse, por fim.

– Que foi?

– Vou garantir que chegue ao acampamento em Nova York, você querendo minha ajuda ou não.

– Sobre isso... – Danny começou a falar, coçando a nuca. – Sei que não é a melhor hora, mas conversei com a minha mãe hoje à noite. Não foi exatamente como planejei te contar, mas ela disse que você podia vir comigo se quisesse.

– Quê? – perguntei, surpresa. – A Katherine disse que eu podia voltar a morar em Nova York?

– Bom, sim. Agora eu tenho dezoito, e ela sabe o quanto você realmente quer voltar pra casa. Seria só pelo resto do verão, já que você teria que voltar pra cá por causa da escola, mas seu tio Richard concordou que podíamos morar no seu apartamento. Se tiver tudo bem pra você, é claro.

Por um momento, fiquei tão animada que mal consegui me conter. Eu poderia ir para casa e, ainda por cima, morar com um dos melhores amigos que fiz no Colorado. Mas então pensei em todos os outros amigos incríveis que fiz aqui. Como seria sem as corridas diárias com Nathan, ou as personalidades divertidas de Riley e Heather? Como me sentiria sem Alex e Cole?

– Danny, eu adoraria ir pra Nova York e morar com você. Você sabe que eu quero ficar lá. Acho que tenho que decidir se essa é a melhor coisa pra mim agora.

– Entendo completamente, Jackie. Leva o tempo que precisar pra decidir. Não quero que se sinta inclinada a escolher errado.

dezoito

NA MANHÃ SEGUINTE, A CASA estava silenciosa, já que todos estavam se recuperando das festividades da noite anterior. Fiquei enfiada no quarto, tentando descobrir o que fazer. Eu estava em dúvida a respeito da proposta de Danny. Mais do que tudo, eu queria ir para casa, mas e as pessoas que eu aprendi a amar aqui no Colorado?

Uma batida na porta me tirou de meus pensamentos.

– Entra – gritei.

Alex abriu a porta, e eu podia dizer pela forma como apertou os olhos para a luz forte do meu quarto que ainda estava de ressaca.

– Ei – disse ele, a voz tensa. – Podemos conversar?

– Hã, sim. Senta.

Isso não soou bem, mas me ajeitei no colchão para abrir espaço.

Assentindo, Alex se arrastou em minha direção. Ao se sentar, as molas gemeram, tornando o silêncio do quarto ainda mais evidente.

– Então – comecei a dizer quando Alex não abriu a boca. – Sobre ontem à noite…

– Jackie, me desculpa.

– Não queria que você ouvisse aquilo, mas… calma, quê?

– Eu fui tão injusto com você – disse ele. Não entendia o que Alex estava tentando dizer, então esperei que continuasse. – Depois de todo o lance com a Mary e o Cole, eu tava muito magoado. Acho que no fundo eu sabia que o Cole não sabia que a Mary tinha me dado um chute na bunda, mas foi bom demais ter um motivo pra ficar com raiva dele.

– Por que você iria querer ficar bravo com o seu irmão?

– Eu tava com ciúmes. As pessoas sempre comparam a gente, mas ele é tão melhor do que eu em tudo.

– Não é verdade, Alex. Você é bom em videogames e beisebol, sem falar que é um amigo muito melhor do que ele.

– Isso não importava naquela época.

– Que época?

– Quando você chegou.

– Do que você tá falando?

– Qual é, Jackie? – disse Alex como se eu estivesse sendo burra. – Você é linda. Como um cara não repararia em você? Com o Cole por perto, eu sabia que não tinha chance. – Ele olhou para mim. – Mas aí você tava na minha sala de anatomia, então a gente tinha alguma coisa em comum, algum assunto pra falar. Eu tinha uma desculpa pra passar o tempo com você, o que fez eu sentir que tinha uma chance, no fim das contas. O que me deixou ainda mais surpreso foi que você o dispensou como se ele não fosse nada. Isso me ajudou a me sentir melhor e a esquecer.

– Esquecer? – perguntei, embora eu soubesse exatamente do que ele estava falando.

– Da Mary – explicou. Alex fez uma pausa breve e fechou os olhos. Era evidente que ele estava sofrendo e tendo dificuldade em pronunciar as palavras. – Foi no fim de semana que minha família foi acampar – disse ele, continuando a história. – A vez em que você, eu e o Cole dormimos no chão da sala durante a tempestade? Foi quando eu percebi que teria que brigar com ele por sua causa. Eu queria ganhar do Cole, sentir que eu tinha conseguido algo que ele não tinha. E queria provar pra Mary que já tinha superado ela.

Nenhum de nós falou qualquer coisa enquanto as palavras de Alex flutuavam pelo ar silencioso. Eu não sabia como reagir à confissão, mas então percebi que o que ele disse devia ter me machucado. Mas não machucou. Tudo o que senti foi… alívio. Alex tornou minha vida com os Walter muito mais fácil – minha âncora enquanto eu me acostumava com a tempestade. Ele foi meu conforto, meu primeiro beijo de verdade, mas ainda mais importante: foi meu amigo.

Levei um momento para organizar os pensamentos, e, nesse tempo, Alex entrou em pânico.

– Bom, o que você tá sentindo? Ódio imenso de mim?

– Alex, eu nunca te odiaria.

– Então o quê?

Hesitei, tomando um tempo para examinar seu rosto. Pelo brilho alarmado em seus olhos, percebi que ele sabia o que eu estava prestes a dizer.

– Você não superou a Mary, né? – perguntei.

– Jackie, por favor, não me faz responder essa pergunta. Eu gosto muito, muito mesmo de você. Sei que deixei meus problemas com o Cole ficarem entre a gente, mas…

– Alex, calma – falei, interrompendo-o. – Preciso confessar uma coisa pra você também. – Não era apenas algo que eu precisava dizer para ele, mas também um fato que eu mesma tinha que reconhecer. – Sei que ouviu o Cole e eu conversando ontem à noite no casamento, mas a história não era só aquela. Quando cheguei aqui, minha determinação era provar que eu estava bem mesmo depois de perder minha família. Eu tinha essa percepção torta na cabeça de que eu precisava ser perfeita, assim minha mãe ficaria orgulhosa de mim. E aí eu conheci o Cole e sabia que ele seria um problema, imprevisível. Ele poderia estragar tudo pelo que eu estava lutando, mas você era seguro. Comecei a namorar você pra que não tivesse que lidar com ele. Sei lá, talvez eu ainda esteja confusa por causa da minha mãe, mas tenho certeza de que o que eu fiz com você foi errado.

Alex respirou fundo.

– Esse é o seu jeito de dizer que tá terminando comigo?

– Eu… Eu acho que sim.

Ficamos quietos por um tempinho.

Por fim, Alex disse uma coisa. Não foi um protesto nem palavras de ódio, foi só uma declaração.

– O Jack e o Jordan ouviram o Danny e minha mãe conversando ontem à noite. Eles disseram que você vai embora com ele na semana que vem.

Foi aí que entendi o que ele estava perguntando. Ele queria saber se eu ia fugir dele.

– Não decidi ainda, mas nunca pensei em ir embora por causa do que aconteceu entre a gente. É só que eu sinto muita saudade de casa, mas não quero deixar vocês pra trás.

– Jura que não foi por minha causa? – perguntou ele, estendendo o dedo para eu jurar de dedinho.

– Juro.

Ele assentiu em compreensão.

– Bom, então acho que você devia ir.

– Quê?

A princípio, pensei que ele estava dizendo por rancor, mas depois Alex segurou minha mão e olhou para mim.

– Você precisa disso, Jackie – disse ele. Seu rosto era suave, mas insistente enquanto tentava me convencer. – Vai pra casa. Resolve seus problemas. E aí, quando você melhorar, volta pra gente.

Alex não podia estar mais certo. Era hora de voltar para casa e enfrentar meu passado.

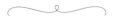

Era para ser a festa de formatura do Cole e do Danny, mas Cole não apareceu. George estava fazendo hambúrgueres e cachorros-quentes na grelha. Katherine fez três travessas de salada de batata, e Nathan cortou uma enorme porção de frutas frescas. Havia uma centena de pessoas da nossa escola na piscina, sendo a maioria delas conhecidas de Cole, mas alguns membros do clube de teatro apareceram para parabenizar Danny também.

– Jackie? – chamou Nathan. – Você sabe onde o Cole tá? Tem outro cheque pra ele.

– Faz um tempo que não vejo o Cole – respondi, pegando o envelope da mão de Nathan. Katherine me encarregou de tomar conta dos presentes porque não queria que o dinheiro desaparecesse. – Posso procurar ele, se quiser.

– Claro, avisa que ele tá perdendo toda a diversão.

Dentro da casa, coloquei o cartão em cima da geladeira, onde os mais novos não conseguiriam pegar, e fui atrás de Cole. Não demorou muito para encontrá-lo, já que ele estava no primeiro lugar onde procurei: na oficina.

As portas geralmente ficavam bem fechadas, mesmo enquanto ele trabalhava. Hoje, por outro lado, estavam escancaradas, deixando a luz do fim da tarde colorir o pequeno espaço em um tom de dourado.

– Não sei se você sabia – comecei a dizer, avançando até o carro –, mas tá rolando uma festa. Muita gente veio te ver.

Cole levantou os olhos do trabalho, surpreso, como se não esperasse que alguém viesse procurá-lo.

– Ah – disse ele quando me viu. – Oi, Jackie.

– Perdeu a hora? – perguntei.

Olhando ao redor, percebi que a bancada parecia mais arrumada do que o normal. A maioria das ferramentas e peças do carro sobressalentes estavam guardadas na estante.

– Não – disse Cole, fechando o capô do carro. – Só queria terminar de instalar essa última parte.

– Então está pronto pra andar?

– É, acho que sim.

Algo na forma como ele respondeu soou triste, quase como se ele não quisesse que o carro estivesse pronto. Com um suspiro, ele tirou o pano do bolso e limpou as mãos.

– Ei – chamei, indo em sua direção. – Você está bem?

– Tô, sim.

– Não parece.

Olhando para o carro, Cole respirou fundo.

– Não sei o que fazer agora que terminei de restaurar o carro. Fiquei trabalhando nisso por tanto tempo.

Durante o momento de silêncio que passou entre nós, ouvi risos da festa.

– Quer dizer, desde que você quebrou a perna no jogo de futebol americano no ano passado? – perguntei, por fim.

Cole levantou a cabeça de uma vez.

– Como você…?

– O Nathan me disse.

Ele ficou quieto por um instante.

– Ele disse mais alguma coisa?

– Falou algo sobre como você ficou diferente depois disso.

Dessa vez, ele ficou quieto por um tempo maior, quase como se precisasse reunir cada grama de energia.

– Quando não fui jogar futebol este ano – começou a explicar –, a maioria das pessoas achou que eu não me importava mais porque tinha perdido a bolsa. Acho que comecei a agir desse jeito também, matando aula, indo pra festas, ficando com garotas.

– E o verdadeiro motivo?

– Pra ser sincero, eu tava com medo de não ser igual antes. Me senti... sei lá. Quebrado, eu acho?

– Então isso tomou o lugar do futebol? – perguntei, apontando para o carro.

Cole assentiu.

– Não dá pra dar um jeito em mim, mas consegui arrumar isso.

Assenti devagar. Não tinha como concordar com Cole porque eu não achava que ele estava quebrado, mas entendi como se sentia.

– Quer saber, Cole? Estou com o pressentimento de que você vai ficar bem.

Em vez de responder, ele mudou de assunto.

– Vou me mudar pro apartamento antigo do Will. Agora ele vai morar com a Haley.

– Por quê?

– É mais perto do trabalho. Tenho que juntar dinheiro no verão se quiser pagar a faculdade.

Cole podia ter perdido a bolsa de estudos de futebol, mas ainda planejava ir para a mesma faculdade: a Universidade do Colorado, em Boulder.

— Bom, quando você arrumar tudo, me leva lá pra conhecer — falei, com um sorriso.

— Se você quiser.

— É claro! Agora, que tal parar de se lamentar e vir pra festa? Quero comer um hambúrguer antes que acabe.

— Vai lá. — Ele estava me encarando, o olhar em seu rosto inescrutável. — Daqui a pouco eu vou. Só preciso fazer mais uma coisa.

Os dias seguintes se passaram rapidamente. Danny e eu iríamos para o aeroporto à tarde, e passei a maior parte da manhã conferindo se todos os meus pertences estavam nas malas. Quando olhei ao redor do quarto uma última vez, notei a calça jeans velha de Katherine que Cole me deu pendurada no encosto da cadeira. Ela não estava na minha lista de coisas para levar, mas peguei a peça e a enfiei na mala mesmo assim. Queria levar um pouco do Colorado de volta para Nova York comigo.

Katherine estava com os olhos marejados quando desci com as malas, e sabia que era difícil para ela ver Danny e George carregarem a traseira da caminhonete. Ela estava perdendo três de nós no intervalo de duas semanas. Durante a festa de formatura, Cole havia carregado o carro e se mudado de casa, deixando só um bilhete no balcão da cozinha explicando aonde foi. Quando fiquei sabendo que ele tinha ido embora, senti que a culpa era minha. Ele tinha mencionado que ia embora quando estávamos na oficina, e eu devia saber que ele estava tentando se despedir de mim, mas não percebi que estava planejando ir naquele instante. Liguei para ele duas vezes, mas nas duas caiu direto na caixa postal.

– Antes de você ir, quero te mostrar uma coisa – disse Katherine.

Ela andava agindo de um jeito misterioso nos últimos dois dias.

– Você terminou o mur… – Isaac começou a dizer.

– Não fala! – intrometeu-se Nathan antes que Isaac pudesse estragar a surpresa.

– Por aqui, Jackie. Você tem que ver.

Katherine nos conduziu pela lateral da casa até o celeiro, todos seguindo atrás de nós.

– Não olha – mandou Katherine, fechando meus olhos com as mãos.

– Tá bom. – Soltei um riso, um pouco incerta a respeito do que estava acontecendo.

Alguém abriu a porta barulhenta do celeiro e me guiou para dentro.

Parker soltou um suspiro, alguém bateu palmas, e ouvi Jack e Jordan discutindo sobre quem estava mais bonito. Me contorci para ver por que todos estavam tão animados.

– Ok – disse Katherine, tirando as mãos. – Abre os olhos.

Minhas pálpebras se abriram rapidamente, e pisquei algumas vezes para ver se o que eu estava olhando era real.

– Ai, meu Deus, Katherine! – Me emocionei, andando para a frente, perplexa. – Isso é… Nem tenho palavras pra descrever!

– Não encostem – avisou ela para Zack e Benny. – Ainda está molhado, e obrigada, Jackie. Fiquei trabalhando duro nisso desde que você decidiu ir embora com o Danny.

Uma parede do celeiro estava coberta por um mural espetacular. No meio estavam Katherine e George, cercados por seus filhos. Os gêmeos mais novos foram pintados brigando no chão, Nathan com um violão em mãos, e Lee com o skate. Então notei a garota com dois braços a envolvendo. Eu estava na pintura, e Cole e Alex sorriam ao meu lado, um na direita e o outro na esquerda. Na parte de cima do mural, na letra cursiva de Katherine, as palavras *Minha Família*.

Foi então que o significado por trás disso realmente me atingiu.

– Katherine, essa... essa é a melhor surpresa que alguém já fez pra mim – falei, mal conseguindo articular as palavras.

Minhas mãos tremiam quando a puxei para um abraço. Não havia nada que eu pudesse dizer para realmente mostrar o que isso – ter uma família outra vez – significava para mim.

– Fico feliz por você ter gostado, querida – sussurrou ela de forma suave.

Era quase como se ela entendesse o que se passava pela minha cabeça.

– A gente precisa ir – disse Danny, olhando para o relógio.

Ele ficou a manhã inteira muito ansioso, e eu sabia que estava com medo de perder o voo.

Todos foram até a entrada da casa para nos despedirmos.

– Vou sentir saudade da minha parceira de corrida – disse Nathan para mim, me envolvendo em um abraço.

– Não tanto quanto eu – respondi, enterrando meu rosto em seu ombro. – Mas em setembro estou de volta. Nem a pau eu te deixaria pra sempre.

Me afastei para conseguir dar uma olhada nele. Precisava olhar para cima. Nathan estava muito mais alto do que eu agora e podia usar minha cabeça como apoio de braço. Ele só tinha que crescer mais alguns centímetros para alcançar Danny.

– Beleza, galera – disse George, abrindo a porta da caminhonete. – A gente precisa pegar a estrada.

Depois de receber um abraço de cada um, incluindo um segundo da Katherine, Danny e eu subimos na caminhonete.

– Volto pro jantar – avisou George.

Prendi o cinto de segurança e concentrei a atenção nas pessoas maravilhosas à minha frente ao passo que o carro ganhava vida. Cada uma delas foi importante para me ajudar durante uma época difícil, e nunca queria me esquecer disso. Olhando para além de seus rostos tristes apesar de sorridentes, encontrei a janela do meu quarto no canto da casa dos Walter. Se eu apertasse os olhos, dava para distinguir as cores vivas nas paredes.

Como se o clima sentisse o humor deprimido de todo mundo, o céu começou a se encher de nuvens. Danny e eu acenamos da janela da caminhonete, e senti na minha pele a névoa de uma chuva que se aproximava. Quando a caminhonete saiu da garagem, já estava chovendo.

Estendendo a mão para trás, Danny encontrou a minha mão e a esfregou suavemente, de forma reconfortante. Descansei a cabeça na janela e olhei para o tempo melancólico. Deixar o Colorado não era difícil só para mim; eu sabia que Danny também estava triste. Embora estivesse animado com as oportunidades que o programa de teatro lhe oferecia, ele estava deixando a família para trás.

– Que que é isso? – exclamou George do banco da frente.

Meus olhos se arregalaram. Esticando o pescoço para espiar da janela, vi um carro vindo em nossa direção, tão rápido que chegava a ser perigoso. Uma buzina soou quando o carro parou do nosso lado. Era o Buick Grand National recém-restaurado.

– É o Cole! – disse Danny, as sobrancelhas se erguendo de surpresa.

– Verdade – comentou George, parecendo confuso. – O que ele está fazendo?

Meu celular tocou, e tive que desviar os olhos da estrada para encontrá-lo na bolsa.

– Alô? – atendi, a voz trepidante.

– Jackie, sou eu. Fala pro meu pai parar o carro, por favor.

– Sr. Walter? – chamei, segurando o celular longe da boca. – O senhor pode parar o carro rapidinho? Prometo que não vou demorar.

– Tudo bem – concordou –, mas tem que ser rápido. A Katherine me mataria se vocês perdessem o voo.

– Eu sei. Muito obrigada – disse enquanto ele reduzia a velocidade do carro e estacionava no cascalho ao lado da estrada.

Cole parou atrás de nós. Escancarei a porta e pulei para fora do veículo, na chuva.

– Achei que você não ia se despedir – falei, me jogando em seus braços.

– Eu sei. Me desculpa – respondeu ele, me abraçando forte. – Eu tava com medo. Não quero dizer adeus pra você.

– Não é pra sempre.

– Mas parece – explicou. Mordendo a língua, tentei conter a onda de sentimentos dentro de mim. – Queria que as coisas tivessem dado certo entre a gente. – Ele soava arrependido. – É como se nunca fosse a hora certa.

– Quem sabe? – falei. Ergui as mãos, segurando seu rosto com meus dedos frios. – Talvez seja no futuro.

Sim, eu estava deixando o Colorado. Vir aqui me ajudou a esquecer uma parte da dor de perder minha família, mas eu precisava parar de fugir. Voltar para Nova York seria um processo agonizante de me recompor, mas enfrentá-lo me tornaria uma pessoa mais forte. Talvez aí, quando eu voltasse, fosse a hora perfeita.

Cole ergueu a cabeça para olhar o céu escuro acima de nós, e eu não sabia dizer se era uma gota de chuva ou uma lágrima que escorria por seu rosto.

– Ok.

A buzina da caminhonete soou, sinalizando que nosso tempo havia acabado.

– Adeus, Cole – sussurrei, aninhando meu rosto entre seu ombro e pescoço.

– Espera! – gritou ele quando comecei a me afastar. – Só um beijo, Jackie. Um beijo de verdade, para você ter algo em que pensar quando chegar em casa.

Encontrei os olhos de Cole antes de fechar os meus. Seus lábios quentes pressionados nos meus enquanto a chuva fria e entorpecente caía sobre nós. Minhas mãos agarraram seus ombros com força enquanto ele emaranhava os dedos em meu cabelo molhado. Nossas roupas pesadas e ensopadas se penduravam em nossos corpos, tornando o abraço ainda mais apertado.

E foi só um beijo. Assim que os lábios dele tocaram os meus, foi como se tivessem sumido, embora provavelmente o beijo tenha durado uns bons cinco segundos.

– Obrigado – sussurrou Cole, a testa pressionada na minha.

Meu coração estava me implorando para encontrar seus lábios outra vez e nunca mais deixar se afastarem, mas a buzina tocou novamente e minha cabeça me fez recuar.

– Adeus, Jackie – gritou Cole quando me virei na direção da caminhonete.

– Até daqui três meses – respondi, olhando para trás, por cima do ombro. Sem despedidas. Não era um adeus. Ele assentiu e me mostrou um sorrisinho.

Assim, me concentrei na caminhonete e não olhei para trás. Era hora de ir para casa.

JÁ SE PERGUNTOU O QUE
OS GAROTOS WALTER ACHARAM
DA CHEGADA DE JACKIE?

VIRE A PÁGINA PARA
MAIS UM CONTEÚDO DE

Minha vida com os garotos Walter

LEIA UM CAPÍTULO BÔNUS
NA PERSPECTIVA DE COLE!

– PAI, QUANDO A mãe vai voltar? – perguntou Jordan melancolicamente, olhando a misteriosa caçarola colocada no meio da mesa.

Todos conseguíamos simpatizar com o pensamento dele.

– Uma pergunta melhor: que que é essa coisa? – disse Isaac, apontando para o que deveria ser nosso jantar.

Meu pai teve a ousadia de parecer ofendido.

– É o escondidinho de atum da sua tia.

– Não é, não – comentou Alex, com uma carranca.

– Todos sabemos que não sou tão talentoso na cozinha quando a mãe de vocês – respondeu ele, as pontas das orelhas ficando vermelhas.

Esse era o eufemismo do ano. Todo mundo estava sofrendo com a comida horrorosa dele nas duas últimas semanas. Sinceramente, era um milagre ninguém ter tido intoxicação alimentar e aquele fogão não ter explodido.

– Bom – disse meu pai, limpando a garganta. – Tenho certeza de que o gosto está melhor do que a aparência.

A resposta dele não inspirou nenhuma confiança, então todos se viraram para Parker. Ela era resistente, um depósito de comida. Se ela não conseguisse engolir a gororoba do meu pai, ninguém nem se daria ao trabalho de tentar.

Parker abriu um sorrisinho.

– Manda.

Peguei a concha e enfiei na caçarola. A camada superior estava mais dura do que concreto, e a parte de baixo era mingau puro. Quando coloquei uma pequena porção em seu prato, ela balançou, e senti um arrepio coletivo percorrer a cozinha. Isaac sussurrou alguma coisa no ouvido de Alex enquanto Parker pegava um pedaço no garfo e o levava à boca. Um instante depois, quando Parker se contorceu de desgosto, Isaac fez careta e puxou a carteira.

– Tá – disse Danny, empurrando a cadeira para trás com um suspiro. – O que vocês querem? – Ele abriu a gaveta de tralhas onde guardávamos uma coleção de cardápios para pedir comida. – Pizza? Comida indiana? Aquele restaurante tailandês novo parece bom.

Todos falávamos ao mesmo tempo, mas meu pai bateu com o punho na mesa para chamar a atenção antes que o barulho aumentasse.

– Beleza, pessoal. Prestem atenção!

– Por favor, não faça a gente comer isso, tio George – gemeu Lee. – Tenho certeza de que você deu duro pra cozinhar, mas, sem ofensas, parece que colocou um animal atropelado no liquidificador.

– É, e depois jogou todo o resultado na vasilha e assou no inferno – acrescentou Alex.

Meu pai levantou uma sobrancelha.

– Vocês dois já terminaram? – Quando assentiram, George continuou: – Ótimo, porque não era isso o que eu ia dizer. Podemos pedir comida, mas uma coisa de cada vez. Tem algo muito importante que precisamos discutir como família.

Seu jeito sério fez minha boca ficar seca. Desde que minha mãe recebeu aquela ligação no mês passado, a atmosfera de casa ficou estranha. Primeiro, minha mãe e meu pai começaram a discutir em sussurros, e o Lee jurou que os ouviu falar sobre uma mulher chamada Jackie. Pouco tempo depois, minha mãe fez as malas e foi para Nova York. Para deixar tudo ainda mais estranho, meu pai colocou um colchão de solteiro no ateliê da minha mãe ontem à tarde.

Apesar de saber que meus pais se amavam, não conseguia evitar que meus pensamentos chegassem à pior conclusão possível.

– Vocês vão se separar? – perguntei, direto ao ponto.

Ao meu lado, Danny respirou fundo.

– O quê? – exclamou meu pai, recuando. – Por que é que você pensou nisso?

Dei de ombros.

– Vocês estão agindo estranho nos últimos tempos, e aí a mãe foi embora sem qualquer explicação. O que esperava que a gente pensasse?

– Crianças – disse ele, olhando para nós. – Sua mãe e eu nos amamos muito. Não vamos nos separar.

– Então o que tá rolando? – perguntou Alex, as sobrancelhas franzidas.

Era óbvio pela expressão nos olhos do resto da família que a questão do divórcio tinha gerado estresse em todos.

– É... complicado. Alguém aqui se lembra do velório em que a mãe de vocês foi recentemente?

Como poderíamos esquecer? Uma amiga de infância da nossa mãe, Angeline Howard, morreu em um acidente de carro em janeiro. O velório foi em Nova York, onde minha mãe cresceu, mas não tinha dinheiro para todos irmos de avião, então só ela e Will foram, já que Angeline era a madrinha dele. Três meses se passaram desde o acidente, mas a lembrança de minha mãe soluçando e caindo de joelhos ao receber a notícia ainda estava gravada em meu cérebro. Só de pensar nisso, estremeci.

– Da família Howard? – perguntou Nathan no tom calmo e sombrio que todos usavam quando o assunto era trazido à tona.

Caramba, verdade: o marido e a filha morreram no acidente também.

– Sim, deles. – Meu pai esfregou a mão no rosto. – Uma das filhas não estava no acidente.

– Então a família inteira dela morreu? – Isaac balançou a cabeça, os olhos arregalados. – Que merda.

– Olha a boca – retrucou meu pai, a repreensão misturada com acidez maior do que o normal. Então, dois segundos depois, acrescentou: – Desculpa, Isaac. Fui mais grosso do que eu pretendia. Toda essa situação tem sido bem estressante pra sua tia e pra mim.

Todos ficaram em silêncio depois. Com base nos olhares hesitantes que um lançava para o outro ao redor da mesa, ninguém teve coragem de perguntar o que estávamos pensando. Acho que dependia de mim. Pra variar.

– Não quero parecer insensível, porque sinto muito mesmo pela menina, mas o que exatamente ela tem a ver com a gente? – perguntei.

– O nome dela é Jackie. Ela está morando com o tio desde o acidente, mas não está sendo o ideal, já que ele viaja muito a trabalho.

Meu pai fez uma pausa, olhando para as mãos, e observei enquanto ele girava a aliança de casamento no dedo.

– Pai? – incentivou Jack.

Ele soltou um suspiro. Por fim, disse:

– Já que o tio da Jackie não consegue proporcionar uma vida familiar estável pra ela, nos oferecemos pra cuidar dela. A mãe de vocês está em Nova York agora mesmo ajudando a empacotar os pertences da Jackie.

A mesa inteira ficou imóvel. Ninguém deu um pio. Olhamos uns para os outros – olhos arregalados, mandíbulas abertas – para termos certeza de que ouvimos certo. Minha mãe iria trazer uma garota aleatória para morar com a gente?

Soltei um riso nervoso.

– É uma piada, né?

Os lábios de meu pai se curvaram.

– Nada nessa situação é uma piada, Cole. – Ele me encarou com um olhar frio antes de lançá-lo ao redor da cozinha. – A Jackie e a mãe de vocês vão chegar no domingo. Espero que se comportem da melhor forma possível, entenderam?

Um coro de "sim, senhor!" soou ao redor da mesa da cozinha, mas eu estava atordoado demais para responder. Minha mente fervilhava em um milhão de pensamentos, mas havia um vencedor em destaque: *que merda é essa?*

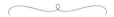

Mais tarde naquela noite, Danny, Isaac, Alex e eu nos retiramos para o nosso lugar no celeiro para podermos conversar em segredo sobre a bomba nuclear que meu pai tinha jogado na gente. Ainda estávamos absorvendo a notícia, e nosso silêncio foi quebrado apenas pelo suave relinchar dos cavalos enquanto subíamos a escada. Desabei em um dos sofás desgastados com um suspiro enquanto Danny e Alex ocupavam os lugares no outro móvel. Isaac se sentou na beira do celeiro. Ele enfiou as pernas pelo corrimão, deixando-as penduradas na borda, e pegou um maço de cigarros.

Antes que acendesse, lancei um olhar de desprezo para ele.

– Não aqui.

– Desculpa. – Ele enfiou os cigarros de volta no bolso e passou a mão no cabelo escuro. – É só que hoje foi um choque. O que seus pais tão pensando?

– E quem é que sabe? – respondi, esfregando a testa. Com o canto do olho, notei uma bola de beisebol presa embaixo da mesa de centro.

Depois de pegá-la, me recostei nas almofadas puídas e joguei-a no ar.
– A última coisa de que a gente precisa aqui é de outra pessoa ocupando espaço.

– Tenha mais empatia – disse Danny, baixinho. – A família da menina acabou de morrer.

– Isso é supertrágico e tal, mas você acha mesmo que nossa casa é o melhor lugar pra ela? – questionei, arremessando, pegando e jogando a bola para o alto de novo. – A mãe e o pai mal têm tempo pra todos nós, e agora vão trazer uma mina que deve estar toda zoada? Isso aqui é uma fazenda de cavalos, não um consultório de psiquiatra.

Danny não respondeu, mas eu conhecia meu irmão gêmeo bem o bastante para notar como a mandíbula dele tremia quando estava irritado.

Alex se virou para mim.

– Como você acha que ela é?

Foi a primeira declaração não agressiva que ele dirigiu a mim desde que a namorada dele, Mary, terminou com ele, e pisquei, surpreso.

– Gostosa, eu espero – disse Isaac, um sorriso na voz.

– Triste – respondi, recuperando a compostura. Eu tinha que admitir, pensar em como a vida podia ser uma merda colocava meus problemas com Alex e com o futebol em perspectiva. – Quer dizer, dá pra imaginar?

– Pois é, acho que você tem razão – disse Alex, assentindo em concordância. – Nem consigo pensar em como seria perder a família inteira. Esse tipo de coisa deve acabar com a pessoa.

Isaac bufou.

– Alex, acho que você não precisa se preocupar com isso.

– Nunca se sabe. Duvido que essa tal de Jackie pensou que algum dia a família dela fosse morrer num acidente de carro.

– Tá, mas a nossa família nem cabe num carro – apontou Isaac. – Tem gente demais. Tirando no Dia de Ação de Graças, qual foi a última vez que todo mundo ficou no mesmo lugar por mais de uma hora? Precisaria de um apocalipse pra matar todo mundo.

– Ou um peru envenenado – respondeu Danny, um vislumbre de sorriso repuxando seus lábios.

Enquanto os três ficavam zoando, me perdi em pensamentos. Como seria ter uma garota em casa que não fosse minha mãe ou minha irmã? Meu pai nem falou quantos anos a Jackie tinha. Quanto mais eu pensava nela, mais irritado ficava. A gente teria que dividir um quarto com ela? Como as coisas já estavam, quase não havia tempo nem água quente para todo mundo tomar banho de manhã, e garotas não demoram horas para ficarem prontas? Além disso, e se ninguém se desse bem com ela? Eu sabia que não era culpa da Jackie, mas como nossa mãe e nosso pai puderam fazer isso com a gente?

Sem querer, joguei a bola de beisebol para o alto com mais força do que o necessário, e ela atingiu uma das vigas de suporte do teto e caiu no chão com um estrondo. Meus irmãos e meu primo olharam para mim.

Danny arqueou uma sobrancelha.

– Tudo bem por aí?

– Sei lá. – Me sentei no chão e estralei os dedos. – Vocês não tão bravos que a mãe e o pai não perguntaram pra gente se podiam trazer essa garota?

– Eles são pais – respondeu Isaac, em um dar de ombros pela metade. – Não precisam da nossa permissão.

– Eu sei, mas essa decisão afeta a vida de todo mundo.

– A da Jackie também – observou Alex, e Danny assentiu em concordância. – Aposto que não vai ser fácil pra ela se mudar para o outro lado do país e morar com um monte de estranhos. A gente vai ter que fazer um esforço pra ser legal.

– Não vou ser malvado com ela, mas não esperem que eu faça cookies nem organize um comitê de boas-vindas – falei, zombando, e, surpreendentemente, todos concordaram.

Nenhum de nós sabia o que esperar de Jackie Howard, mas tudo o que podíamos fazer era aguentar firme e aceitar a situação. Porque, em dois dias, ela chegaria ao Colorado para morar na nossa casa, a gente querendo ou não.

agradecimentos

MUITAS PESSOAS EXTRAORDINÁRIAS FIZERAM com que esta história chegasse às livrarias. Primeiramente, gostaria de agradecer ao pessoal da Sourcebooks, principalmente à minha editora Aubrey Poole, que me ajudou a resolver a confusão de uma garota de quinze anos apaixonada, e à Dominique Raccah, que deu uma chance para doze garotos rebeldes. Em segundo lugar, gostaria de agradecer à incrível equipe do Wattpad. Ao Allen Lau, por ter criado o site que me transformou na escritora que sou hoje, e à Eva Lau, que fez o Wattpad parecer uma segunda casa para mim. A generosidade deles é inigualável. Agradeço também à Seema Lakhani, que me guiou durante a minha campanha de financiamento coletivo.

Há também as pessoas que alimentaram essa narrativa quando era apenas um único capítulo. Elas me encorajaram a adicionar um segundo e um terceiro até eu finalmente ter um romance em mãos. Aos meus amados fãs do Wattpad, por me ajudarem a dar vida à história. Sem seu apoio, eu não chegaria em lugar nenhum.

Agradeço à minha irmãzinha, que foi a primeira pessoa a ouvir minha história; à minha mãe, por apoiar esta carreira nada convencional; ao meu pai, cuja memória me deu forças para terminar a narrativa mesmo quando eu não queria; e, por fim, ao meu melhor amigo e noivo, Jared, por me amar mesmo eu sendo meio maluca.

um agradecimento especial para...

Alexandra D. (Mimi)
Maja D Jørgensen
Bipasha Peridot
PeridotAngel
Chellsey Bland
Richard Wiltshire
Lauren Wholey
Fiona Hennah
Kelly Hepburn
Sarah Watson
Megan Toher
Sania Henry
Daniela Jáquez
Shez King
black_rose_love
Annette Kinch

Faux Punker
Natasha Preston
Katy Thrasher
Alexis Stambek
Samantha R. Weck
Isabel Jean Brice
Lovectic
Alexa Dougherty
Czarina Sophia
TheOddPersonOut
Lilian Carmine
Colleen H.
Courtney Baysa
Khadija Al Kiyumi
Colleen Bartsch
Alexandra Trakula

Mélina Vanasse
Alondra Cuahuizo
Golbou Makvandi
Megan Faber
Victoria Murphy
Kimberly Ann Berna
Heather Kelby
Rebecka Teves
Candice Faktor

SUA OPINIÃO É MUITO IMPORTANTE

Mande um e-mail para **opiniao@vreditoras.com.br**
com o título deste livro no campo "Assunto".

1ª edição, maio 2023 | 1ª reimpressão, janeiro 2024

FONTE Arno Pro 11/16,1pt;
        Beloved Sans Bold 9/16,1pt
PAPEL Snowbright 70g/m²
IMPRESSÃO Gráfica Santa Marta
LOTE GSM020124